U0097767

著名的物理學者愛因斯坦曾說——
在過去，左右政治決策的，
幾乎完全是政治野心和追求經濟利益的欲望，
而不是以專門知識和客觀思考為依據的判斷。

〔新版〕

歷史在暗夜哭泣

熊飛駿 主編

前　言

　　政客和政治家是政壇的南北兩極，政治家有政治理想，政客則以貪污弄權為第一要旨；歷史上最著名的政治家是李世民和華盛頓，最有代表性的政客是嚴嵩和和珅；政治家並不總是推動歷史前進的人物，成吉思汗曾使亞洲文明倒退了幾百年，但所有的政客都是阻礙歷史前進的卑劣小人；政客和政治家與職位的高低沒有必然聯繫，袁世凱身為一國元首，可仍是一個卑鄙無聊的政客，海瑞只是一個七品芝麻官，卻是一個有責任心的政治家。

　　著名的物理學者愛因斯坦曾說──

　　在過去，左右政治決策的，幾乎完全是政治野心和追求經濟利益的欲望，而不是以專門知識和客觀思考為依據的判斷。

　　中國在漫長五千年的歷史之中，從秦始皇嬴政到清末帝溥儀為止，總共出了三百五十多個皇帝，各代帝王的作為自有後代史學的公論，對於賢者造福百姓不提，卻有人一上台就因「天下是咱家打來的」所以認為「朕即天下」而忘乎所以、鑽營私慾、胡作非為，搞得民不聊生、生靈塗炭、慘不忍睹……

　　儘管這些歷史的大車輪、早已被歲月的荒草所掩蓋，這些人物的骨骸也早已煙消雲散，但每每讓我們開卷之後，往往心情激動的不能自己，在掩卷之餘，又會忍不住扼腕長嘆，這就是──歷史在暗夜哭泣……

目錄

Contents

令左右大臣輪姦他的姊妹，還強迫姑母和他睡覺；北齊帝國的一任帝高洋在金鑾殿上設有一口鍋和一把鋸，每天必須親自動手殺人才能快活，還威脅說要把母親嫁給鮮卑家奴；人們只知道唐玄宗李隆基是「扒灰」皇帝，不知道後梁的開國皇帝朱溫最大的愛好就是和兒媳睡覺；齊襄公姜諸兒則和同胞妹妹不分晝夜地做愛；金國皇帝完顏亮對亂倫也有特別的愛好。在中國的三百五十九個帝王中，暴君占去了三分之一，明王朝的二十個皇帝，除了七任帝朱祁鈺外，其他的皇帝都擁有暴君血統。值得反思的是：暴君除了傷害國家和臣民外，尤其喜歡傷害自己的家族和親人。

宦官是可悲又可恨的社會群體，可悲是因為他們被剝奪了做人的尊嚴，可恨是因為他們沒有任何道德準則。宦官一旦和權力結合，就會製造人間慘劇；趙高僅用了三年時間就使強大無比的秦帝國土崩瓦解；中國歷史上最輝煌的漢、唐王朝就是斷送在宦官手裡；明王朝的宦官則更是無孔不入，幾乎主宰了政治、經濟、軍事各個領域，僅人數就達十萬人之多。

在中國歷史的21個正統封建王朝中，對中華文明影響較深的有秦、唐、明、清四個王朝。秦王朝奠定了封建專制體制和中央集權政治的總體框架，統一了文字、度量衡，使大一統的思想深深植根於國人心中。唐王朝創立了科舉制度，使政權大門向民間開放，擴大了政府的統治基礎。明王朝發明了八股文和文字獄，使知識份子思想僵化，絕對極權專制則窒息了社會生機，使社會發展停滯。清王朝奠定了的遼闊疆土，使大清王朝成為超級大國。

Contents

Contents

最後甚至成為阻礙社會前進的力量。今天的讀書人很難想像，明王朝的知識份子官員對皇帝連年不上朝理政無動於衷，卻對皇帝不按儒家禮教稱呼自己的父親為叔父，而堅稱為父親時冒死犯難，集合三百餘人在皇宮門外放聲大哭，宣稱國家快要亡國滅種了，由此可以想見知識份子好喧譁取鬧、不辨是非輕重的毛病到了何種程度。知識份子本應該是擁護和推動變法的主力軍，可當王安石和康有為起來變法時，知識份子卻反對得最為激烈，傳統知識份子的保守和固執，讓人感到不可思議。

第 一 篇
政客和政治家

　　政客和政治家是政壇的南北兩極，政治家有政治理想，政客則以貪污弄權為第一要旨；歷史上最著名的政治家是李世民和華盛頓，最有代表性的政客是嚴嵩和和珅；政治家並不總是推動歷史前進的人物，成吉思汗曾使亞洲文明倒退了幾百年，但所有的政客都是阻礙歷史前進的卑劣小人；政客和政治家與職位的高低沒有必然聯繫，袁世凱身為一國元首，可仍是一個卑鄙無聊的政客，海瑞只是一個七品芝麻官，卻是一個有責任心的政治家。

1542年，明帝國的第十二任皇帝朱厚熜任命嚴嵩擔任華蓋殿大學士，即實質上的宰相。

嚴嵩是中國歷史上最成功的大政客兼大貪官之一，他完全靠精密的諂媚和撰寫玉皇大帝的「青詞」而被擢升到宰相的高位。他謹慎小心地伺候他的政治老闆，外貌上對任何人都和藹可親，只有在排除他的政敵時才露出毒牙。

他惟一的工作不是處理國家大事，而是研究朱厚熜的性格與脾氣，他對朱厚熜腦袋瓜裡的每一根神經都瞭若指掌。朱厚熜自以為十分聰明，嚴嵩在朱厚熜面前便處處顯示自己窩囊。朱厚熜死不認錯，嚴嵩在任何情形下都避免暴露朱厚熜的過失。朱厚熜反覆無常，嚴嵩就永不提任何建設性的建議。朱厚熜猜忌大臣結黨營私，嚴嵩對任何陷於危難的朋友都拒絕援救。朱厚熜殘忍好殺，嚴嵩正好利用他來肅清異己。嚴嵩從不說一句使朱厚熜不愉快的話，任何情形之下都不說。君臣之間沒有一點道德性質或政治見解的契合，只有無微不至的揣摩和欺騙。嚴嵩對朱厚熜的了解，遠遠超過朱厚熜對他自己的了解，因此他能把朱厚熜玩弄於股掌之上達二十年之久，直到1562年才被朱厚熜勒令退休。

自那以後，純政客類型的政治形態在中國政壇深深地札下了根，成為數百年來最醜陋的政治現象之一。

政客和政治家是兩個不能混同的概念。兩者的共同點是追求權力，不同點是得到權力後用來幹什麼。政治家一般都有遠大的理想和明確的政治目標，有一定的道德水準和人類的高貴情操，得到權力後就會利用手中的權力去努力實現自己的理想和意志，以促進人類的進步和社會的發展。

　　美利堅合眾國的第一任總統華盛頓，就是一個傑出的政治家，是他率領穿著草鞋在雪地上行軍的美國民兵，趕走了數量和裝備占絕對優勢的大英帝國殖民軍，取得了美國獨立戰爭的勝利。1789年，華盛頓以全票當選合眾國的第一任總統，按理可以充分利用手中的權力好好享受一番並為他的家族謀點私利了，但華盛頓沒有這樣做，而是竭心盡力把合眾國這個鬆散的聯邦組成一個堅實的國家，同時在他的國土上把當時還停留在理論上的民主政治藍圖付諸實施。

　　18世紀的西歐流行「三權分立」、「天賦人權」、「民主共和」、「社會契約」等資產階級政治理念，但除了英國和荷蘭有限地實施了這些政治理念外，整個地球還處在專制和極權的淫威之下。華盛頓是孟德斯鳩（三權分立說的集大成者）和盧梭（《社會契約論》的作者）的忠實信徒，參政前極端厭惡專制獨裁，大權在握後並沒有像大多數權力人物那樣轉而喜歡這兩樣東西，而是下決心要在新大陸上根除專制政體的毒瘤，讓民主政治在美國札下深厚的根基。

　　美國成立的早期，處於民主政體下的國民有時不恰當地運用自己的民主權力，損害了社會秩序和國家安全，不像專制國家那樣能夠快速給國家帶來秩序和安定。當時有相當一部分國民和政務官不理解這是一個全新政體產生前的必然現象，是一個新生命降生前的陣痛，轉而懷念已被拋棄的封建專制政體。他們提議賦予總統不加限制的權力，甚至建議華盛頓乾脆當皇帝，這對一個國家統治者來說應該是求之不得的，但華盛頓是那種既有政治遠見又對國家民族有著強烈責任心的政治家，他斷然拒絕了他們的「好意」，不但拒絕當皇帝，還主動退出第三屆總統競選，主動從政壇上退下來，創立了廢除領袖人物終身制的光輝範例，因為

他認為終身制是變相的專制獨裁。

華盛頓的光明磊落和不顧千夫所指想當皇帝的大政客袁世凱的倒行逆施，構成了鮮明的對比，這不是一個等級的對比，因為袁世凱不過是一個政客，和傑出的政治家自然不可同日而語。政客無論擁有多大的權力，他的目的只有一個，那就是擁有更多的權力，因此政客最熱中的是升官、攬權、貪污、享受！

縱觀嚴嵩這傢伙的所作所為，我們可以粗略地歸納一下政客的基本特徵：

一、沒有明確的政治理想，也沒有任何文化信仰

政客一般沒有鮮明的政治立場，改革派、保守派、激進派在他們眼中都差不多，哪一派得勢他就跟誰，只要能讓他當官就成，而不管對方信奉什麼哲學、什麼思想。

如北宋末年的政客蔡京，本是擁護王安石變法的新黨人士，當舊黨上臺執政時，卻迫不及待地向舊黨領袖司馬光搖尾乞憐。當司馬光下令以五天的時間為限，撤銷「募役法」，恢復「差役法」時，大家都擔心時間短促，不容易辦到，只有開封市的市長蔡京如期完成，以至司馬光呼籲舊黨人士向蔡京看齊。八年後新黨得勢，蔡京又以最快的速度最高的熱度最堅決的態度叛離舊黨，投入新黨，宣布舊主司馬光是「奸黨」，刻在石碑上，昭告全國。

二、沒有是非標準，只有永恆的利益

大凡政客都是惟利是圖的，心中沒有好壞、正邪、善惡、是非、對錯、真假之分，只要對他們有利的就是好的，否則就是壞的。政客都有渾水摸魚的本事，他們討厭政治清明的治世，日夜祈求天老爺早一點讓國家和政府政令不修，使他們有空子（漏

洞）可鑽；但政客並不喜歡亂世，因為亂世是英雄的天下，他們沒有能力當英雄，還很可能被英雄砍頭示眾。

三、從骨子深處仇視美好的東西，善於利用人性的弱點

政客的心理都是陰暗的，因此他們見不得美好的東西，一見到美好的東西就要想千方設百計加以破壞，否則就會渾身不自在。

這裏有一則遠古的事例，可以說明政客的陰暗心理：秦始皇嬴政死後，按理應由長子扶蘇繼承皇位，可當時隨侍嬴政的宦官頭目趙高心裏卻一百個不願意，因為扶蘇太有能力，秦帝國在他手中一定會加倍強大，這是政客最不願意看到的事實。趙高最中意嬴政的小兒子胡亥，因為那個荷花惡少除了花天酒地外什麼也不懂，秦帝國到了他的手中就等於是一葉小舟駛進了亂石叢生巨浪濤天的湖面，結局肯定好不到哪裡去，這正是政客所希望的。

因為太接近權力魔杖的緣故，趙高運用陰謀詭計使胡亥登上了皇位，因此深得二世皇帝的寵信。胡亥即位後做的第一件事就是在趙高的勸說下，把包括扶蘇在內的十二個哥哥砍頭示眾，還把十位如花似玉的姊姊投入杜縣監獄，任趙高一個個地鞭打至死，剝光了衣服陳屍街頭，任鄉里小兒猥褻凌辱。

如果因胡亥當皇帝在法理上站不住腳，殺死十二個哥哥以消除法理上更合法的繼承人還可以理解的話，那麼處死十位公主就是找不到任何非做不可的理由了，因為女人根本不可能構成皇位的威脅。惟一的解釋就是趙高的陰暗心理，也許十位公主過於美麗，趙高見不得美麗的東西，如不能獨佔就要親手毀掉而後快。設想如果趙高是一個正常的男人，在毀掉公主之前是絕不會放棄凌辱她們的機會的。

如果你的上司是一個政客，那麼你千萬不要在他的面前展現

自己的才能和美德，政客最忌恨有能力的下屬，一旦發現你德才兼備，他就會下意識地處處和你過不去，而不管這樣做是否對他有利。政客由衷地歡迎人性的弱點，尤其是歡迎上司的弱點，因此政客不喜歡英明的上司。如果上司是一個昏庸低能的人，他就會處處如魚得水，充分利用上司的昏庸來達到自己見不得人的目的。尤其是那些昏庸固執而又自以為很聰明的上司，政客能把他們玩弄於股掌之上而令其不自覺，等到他們有覺察時往往都已經太遲了。

四、道德水準低下，缺少高貴情操，只有升官謀利一個目標

政客最熱中的是升官攬權，為此什麼傷天害理的事也幹得出來，除了升官、貪污和享樂外，根本不知道人類還有自我實現匡時濟世等與生俱來的高貴情操。因此政客在傷害你時，你千萬不要指望對方哪一天會良心發現，那簡直是和政客不清潔的血統過不去。

政客在謀求升遷時，總是事先圈定可能的競爭對手，然後盡其所能予以打擊排擠，而不管對方是否真的願意和他競爭，相反你越是表示無所謂的心態他越認定你別有用心，從而對付你的手段也更毒辣，因為他們根本不相信世上會有不想升官弄權的人。

五、親情友情淡漠，認勢不認人，只效忠於勢力較大的一方

西元前七世紀上半期，春秋五霸之一的齊桓公姜小白有一個寵臣易牙，靠無微不至地迎合國君的低級嗜好而獲得信任。齊桓公有一次無意間在他面前提起，自己什麼佳餚都吃過，就是不知人肉是何滋味。說者無心，聽者有意，易牙不失時機地抓住這個天賜良機，回家把自己的親生兒子殺死並精心烹調，然後獻給齊桓公品嘗，等到齊桓公吃了個酣暢淋漓並連稱好吃之後，易牙才告知主公吃的是他的兒子，把這個騎士式的英雄感動得熱淚盈

眠，認定易牙才是對他最忠心的臣子。等到易牙最為忌憚的齊桓公的股肱之臣管仲死後，這個忠心的臣子就設計把齊桓公餓死並使他的屍體爬滿蛆蟲。

　　無獨有偶，西元七世紀後半期的酷吏來俊臣和周興是最好的朋友，有一天，武則天把一件密告周興謀反的檢舉信交給來俊臣調查，任何人都認定來俊臣一定會為他的好友昭雪，可來俊臣卻命人把一個大甕架在燃燒的炭火上，然後對周興說：「有人告兄台謀反，我奉命調查，請君入甕。」周興的命運可想而知。

　　與易牙、來俊臣相比，19世紀末期的政客兼軍閥袁世凱的表現不但喪盡天良，而且對國家的損害是災難性的。那時偉大的光緒皇帝為了使國家富強，下令在朝野推行日本明治維新式的變法，遭到了以那拉蘭兒（慈禧）為首的那些腐朽的官員士大夫的反對。光緒帝為了使變法成功，就親自召見在天津小站訓練新軍的袁世凱，請求他對皇阿瑪實行兵諫。袁世凱當面感激涕零，發誓要不惜萬死來報答君王的知遇之恩；可一轉身就去向直隸總督榮祿告密，因為那時中央的軍權掌握在守舊黨領袖榮祿手中，守舊黨的勢力比維新黨強大百倍，政客只效忠於權力較大的一方。

　　在古今政壇上，有的政客為了討好自己的上司，甚至不惜鼓動自己年輕漂亮的妻子和上司私通；或強迫本來很優秀的女兒和達官貴人的荷花惡少聯姻。妻子女兒是他的至親，在政客手中也不過是一張牌，為了升官可以狠心地犧牲掉，就更不用說其他親人了。

六、明於人而暗於事，內戰內行外戰外行

　　大凡政客都老於人情世故，尤其精於內鬥，在打擊政敵排除異己和運用權術方面精明過人；可一碰到關係國計民生的大事和抵禦外侮，他們的智商差不多像白癡。如西元前三世紀的秦帝國

宰相趙高，就是一個在內鬥中把權術玩得溜溜轉的大政客，他用不到三年的時間就把朝中的政敵翦除罄盡，把秦帝國的根基掏空，最後連皇帝生死也操在他的手中。這個在內鬥中無往不勝的人物，一聽說劉邦的叛亂軍隊逼近咸陽，在絞盡腦汁後仍然一籌莫展，最後做出的決策竟然是「投降」！

七、目光短視，急功近利，結局多半不好，輕則身敗名裂，重則家族毀滅，權力越大毀滅得越是慘烈

政客不擇手段，妒賢嫉能，自然和天下英雄結下了深仇，一旦政治上的靠山倒塌，權力的能源被切斷，就會仇人遍野，四面楚歌。因為政客仇視美好的東西，政客重用的也都是和他一個模子的勢利小人，這幫人在主人倒楣時只有落井下石的本領和熱情，誰也不會去報答主人的栽培之恩，那些拼將一死酬知己的慷慨悲歌之士，早就被政客排擠掉了；因此政客在走下坡路時往往眾叛親離，成了十足的孤家寡人。政客在位時無論多麼權傾朝野，多麼炙手可熱，他的下場早就注定了，即使他僥倖能躲過懲罰，他的下一代也必然承受加倍的報應，因此歷代得勢的政客沒有風光過三代以上的。

上面所述的嚴嵩、趙高、易牙、來俊臣等曾經顯赫一時的政客都逃不過殺身之禍；蔡京、袁世凱雖然僥倖躲過了刀斧之災，但結局比砍頭更為淒慘；蔡京把宋帝國玩垮了之後，自己被女真人流放到荒涼苦寒的東北「五國城」，住在一間四面透風的破草屋裏，日夜啼飢號寒，凍餓勞累而死；袁世凱則是在眾人的唾罵聲中死去的，死前連最親愛的侄兒也背叛了他。

政客和政治家的區別如同南轅北轍，但區分政客和政治家並不是一件容易的事，否則政客也不可能對人類文明造成那麼大的

危害。

一則政客善於偽裝，在位時總是把自己標榜成國家民族和人民的救星，一副兢兢業業謹小慎微的樣子，熱心快腸地為你排憂解難，滿口仁義道德對社會上的不正之風義憤填膺，見什麼樣的人說什麼樣的話，用美麗的假言虛詞裝潢門面而把真正的狼子野心巧妙地隱藏。

二則政治家只關心國家大事，不大迎合人情世故，很容易招致普通人的誤解和敵意。在政治不清明的時代，政治家為了大的目標有時也會犧牲一些小的原則，被迫幹出幾樣迎合時世的末行，給反對他的政客留下了把柄。尤其是那些成功的政客和失敗的政治家，更容易蒙蔽人們的視線，把政客誤認為政治家。

歷史有一個悲劇性的定律：即政客成功的概率比政治家要大得多，因此政客和政治家在人們的價值尺度中也就經常發生錯位。普通人很容易把勝利和正義混為一談，認為勝利者就是正義者，成功的政客也因此得到社會的肯定和認同。

這顯然是一種認識上的錯誤，中國歷史上的改革家除了商鞅一人取得成功外，王安石、張居正、康有為等人都失敗了，但他們無疑都是偉大的政治家；袁世凱成功了，但他不過是一個無聊的政客。一個當權人物是政客還是政治家，我認為應該從下面三個方面著眼：

一、看他有沒有明確堅定的政治信念

政治家的政治信念是不可動搖的，即使他在掌權前為了一時的權宜之計而被迫掩藏自己的信念，可一旦大權在手就會努力去實現這個信念。

如唐宋八大家之一的歐陽修極端厭惡五代至北宋初年浮華綺麗無病呻吟的文風，但那時的科舉考試只認同類似的文章，以至

歐陽修一連幾次科考都名落孫山。在萬般無奈的情況下，歐陽修只好強迫自己寫一些浮詞豔賦，換來科考名登榜首，三年後朝廷委派他擔任主考官，才得以略抒平生胸臆，一掃浮華豔麗的文風，大力提倡明白曉暢的古文，親筆錄用了王安石、蘇東坡等傑才俊士，把北宋的文學推上了一個極高的境界。

政客是沒有政治信念的，即使有也不堅定，為了政治利益可以隨時把信念犧牲掉。袁世凱本是擁護維新變法的，自己也曾加入了「強學會」，但那不過是一種機巧的政治陰謀，以換取天下英雄對他野心的支持，一旦維新派失勢就馬上退出「強學會」，掌握政權後的所作所為也與維新派的宗旨背道而馳。

二、看他平時做人的「品格」

政治家都有較高的「品格」，看一個人品格的高低也應從三個方面著眼：（1）是「達」而視其所舉，看他有權有勢時推舉和任用什麼樣的人，用人才還是奴才，用君子還是小人；（2）是「富」而視其所予，看他有錢時結交什麼樣的人，把錢用在誰的身上或用來做什麼。凡是富貴時結交接濟懷才不遇的志士仁人，或把錢財用於公益事業的人都是品格高尚的人；相反的，凡是把錢財用於個人享樂或謀求升官的人都是品格低劣的人。（3）是「貧」而視其所不為，品格高的人在貧窮時絕不幹低三下四、出賣朋友和傷天害理之事，不取不義之財，哪怕這樣做能使他即刻脫貧致富。品格低的人得意時張牙舞爪，失意時卑躬屈膝，一朝窮愁潦倒，什麼下賤卑劣的事都幹得出來，就更不用說取不義之財了。

三、看他有沒有責任心

政治家都有很強的責任心，時運不濟時致力於「修身、齊家」，對自己和親人負責，不像政客那樣自暴自棄或損人利己；

時來運轉時則全身心地「治國、平天下」，嘔心瀝血，盡展平生所學，為國家和民族謀福利。政客則沒有這樣的胸襟和情操，一朝得志就拼命滿足個人的私慾，把過去的損失奪回來。

　　區分一個權力人物是政客還是政治家，有時會碰到一種特殊的情況：一種情況是政治家為了取得權力，有時也會像政客一樣不擇手段，這時的政治家和政客表面上沒有明顯的區別，但內在的實質是有區別的。首先政治家這樣做是身不由己，情勢使然，不這樣做不但損害個人還損害到人類的正義事業，行為有著很大的被動性，是純防禦性的，不像政客那樣主動且有攻擊性；其次是政治家成為權力人物後，不再重複當初那些權宜之計，政治行為向光明磊落的方向發展。

　　一個最鮮明的例子是唐太宗李世民大帝，是他發動了「玄武門兵變」，親手射殺了自己的哥哥和弟弟，掃清了自己通向皇位的障礙，其所作所為和歷史上最卑鄙的政客沒什麼兩樣。但李世民仍不愧為歷史上最偉大的政治家，他弒兄殺弟在當時的確有不得已的原因，不先發制人就會被殺，不僅如此，哥哥李建成和弟弟李元吉的才能胸懷和他相差太遠，國家若是落到他們手中前景不堪設想。李世民稱帝後，沒有像秦二世胡亥和隋煬帝楊廣那樣繼續屠殺皇族血親，相反的和其他的皇親兄弟相處得極為和睦。他勵精圖治，嚴以律己，把唐帝國建設成當時世界上最為強大理性的國家，締造了中華民族歷史上沒有貪污的「貞觀盛世」，成為自古至今最英明最傑出的帝王。

　　另一種情況是國家政治普遍的不修明，政治家只有用政客的手段才能取得權力，但不是最高權力。這時區分政客和政治家就要看他在自己權力所及的範圍內，是否在不觸怒上級權力機構的

前提下盡可能地去實現自己的理想，使自己管轄下的政治盡可能修明，而不是濫用權力貪污享樂，或一門心思繼續向上爬。

如張之洞靠當時流行的諂媚和請託取得高位，但在湖廣總督任上，全身心致力於國家的自強事業，把湖北治理成僅次於上海的洋務明珠和重工業基地，並使湖北免於八國聯軍的浩劫。辛亥革命在湖北首先發難並取得勝利，是和張之洞當初的努力分不開的。至於那些不惜觸怒皇權拿身家性命做代價，來改革弊政實現社會理想的志士仁人，無疑是最偉大的政治家了。

這裏有必要澄清一個認識上的誤區；即政治家都是國家元首或高官顯宦，政客則是低一點的官。其實，政客與政治家和官的大小沒有必然關係，袁世凱是中華民國大總統，實質是一個大政客；海瑞不過是個七品芝麻官，但卻是個出色的政治家。有的人即使現階段是布衣之身，也可能是一個潛在的大政治家，只是時世沒有給他機會而已。

並不是所有官場人物都可以區分為政客和政治家的，介於政客和政治家之間的是普通政務官，占從政人物的絕大多數。他們既沒有政治家的超凡能力和德操胸襟，也不像政客那樣陰險自私，惟利是圖，而是國家必不可少的從事具體事務的官員。

如果把政壇比做為一個交響樂團的話，政治家就是音樂指揮，政務官則是若干鋼琴師、小提琴手等演奏者，政客則是那些濫竽充數的人物。在政治清明的治世，政務官和政治家比較接近；在綱常敗壞的末世，政務官看上去更像政客，這不是他們的過錯，而是時世使然，不向低水準看齊就會倒楣丟官。

中國兩千年的封建體制是產生政客的極好溫床，在封建社會的上升時期，政客只是局部現象，還未形成普遍性的社會勢力，若干有能力的帝王和治世能臣又及時抵消了政客造成的負面影

響，政客雖然為患一時社會還在向前發展。到了宋代以後，封建專制政體開始走下坡路，政客逐漸形成燎原之勢，歷史前進的車輪被政客有效地阻止住了，社會的發展停滯了；尤其是到了明清時期，封建政制內部最後的一點活力也窒息了，朝野成了政客的天下，社會開始後退，從世界上一流的強國衰退下去，可見政客對國家和社會的危害是何等的巨大。

下面把上述的幾個政客造成的社會危害，簡單列舉一下：

・**易牙**：齊桓公餓死在他的手上，死後十五天才被人發現，這時屍體蒼蠅雲集，腐爛生蛆，蛆的數目多到爬出圍牆之外。桓公死後齊國大亂，永遠地喪失了霸主的資格。

・**趙高**：強大的秦帝國在他手中，不到三年就土崩瓦解，嬴姓皇族被屠滅種。

・**蔡京**：宋徽宗趙佶在他的引導下盡情盡性地「玩」，結果把宋帝國玩垮了，國家的半壁河山淪陷外族之手，幾千萬國民成為亡國奴。趙姓全體皇族三千餘人，包括駙馬和宦官，被一隊牛車載向三千公里外朔風怒吼的遙遠東北，任人奴役。

・**袁世凱**：葬送了可趕超日本的「戊戌維新」，使國家陷入軍閥混戰達幾十年之久，還險些淪為日本的亡國奴。

本文是以大政客嚴嵩開頭的，現在以230年後的另一個大政客和珅來收尾，進一步說明政客現象的嚴重性和危害性。

和珅是一位侍衛出身的滿洲花花公子，在18世紀70年代被自以為聰明絕頂的乾隆皇帝弘曆，擢升為宰相和首都治安總司令。他和16世紀明政府的宰相嚴嵩先後呼應，具有同一類型的特殊機緣和做官技巧，用諂媚和恭謹的外貌，把自命不凡的皇帝玩弄於

股掌之上。和珅上臺不久，就建立起全國性的貪污系統，全國的官員發現，如果不向上級行使巨額賄賂，就要被無情地排除，甚至被投入監獄，他們不得不適應這種政治形勢。所用的賄賂全部來自貪污工程的中飽和司法上的冤獄。和珅像一個巨大的無底洞，全國官員們的賄賂鉅款，瀑布般地傾注到裏面。

1799年和珅倒臺時，查抄他的家產折算白銀九億兩，相當於清帝國十二年財政收入的總和，如果包括他家人貪污的數目和他揮霍掉的款項，那就接近二十年的財政收入，和珅當權剛好只有二十年，說起來簡止讓人難以置信。16世紀的貪官嚴嵩，只貪了二百萬兩，只相當於和珅的五百分之一，可以說明政客現象愈演愈烈的趨勢。

綜上所述，政客現象的危害是不言自明的，它與國家強大不能並存，每個有天良的國人都應對政客現象有高度的警悟，都應和政客現象做堅決的鬥爭。要徹底消滅政客現象，只有從根子上剷除政客賴以孳生的社會土壤，建立一套科學修明的政治體制，使政客沒有立足之地。單靠防範和懲罰，只能使政客隱形於一時，一有機會他就會再跳出來危害人類文明。

第 二 篇
論誅殺功臣

　　朱元璋的江山是功臣用鮮血和生命換來的，可朱元璋卻在得天下後對功臣大開殺戒，當初和他共過患難的兄弟只有湯和一人得到善終，其他人全遭朱元璋的毒手，不但自己含冤身死，親人也被株連九族。朱元璋在和平時期共屠殺了五萬多人，罪名全是「謀反」，你相信有那麼多的人會造一個開國皇帝的反嗎？更具悲劇意義的是：後世的中國人對這個具有迫害狂血質的惡毒帝王給予了過多的理解和認同，認為屠殺功臣是不得已的行為，這才是真正悲劇所在！

提到誅殺功臣，人們自然會想到漢朝的開國皇帝劉邦，他的江山有一大半是韓信打下來的，可以說沒有韓信就沒有西漢王朝，劉邦也更不可能當皇帝。劉邦當皇帝後做的第一件事就是削弱韓信的勢力，把當時還是「齊王」的韓信徒改封為「楚王」，使其遠離自己的發跡之地，然後又有人適時告發韓信「謀反」，劉邦又再將他貶為「淮陰侯」，不出幾個月他的妻子呂雉又以謀反之名將韓信誘至長樂宮殺死。

劉邦於西元前202年得天下，韓信於西元前201年身首異處，這對共過患難的君臣在天下大定之後，只相處了一年多一點的時間，難怪韓信在臨刑之前發出了「狡兔盡、走狗烹；飛鳥盡、良弓藏；敵國破、謀臣亡」的浩歎了。

劉邦於處決韓信之後的六年間，又相繼把打天下時立過大功的燕王臧荼、梁王彭越、淮南王英布消籍砍頭，稍後分封的燕王盧綰被廢為平民，連他的女婿趙王張敖的封國也被取消；韓王信則很幸運地逃往匈奴，漢初分封的七個異姓王，就只剩下偏居一隅兵微將寡、對漢帝國構不成實質性威脅的衡山王吳芮了。劉邦誅殺功臣的惡名也因此載入史冊。

劉邦誅殺功臣的名聲最為響亮，但他並非做得最絕的人物；和歷史上的另外兩個帝王勾踐和朱元璋相比，劉邦的行為簡直仁慈得像傳說中的「觀世音菩薩」。

劉邦所誅殺的六個異姓王，雖然在打江山時立了大功，但他們的封國跨州連郡，各自擁有強大的軍力和財力，對漢王朝構成了實質性的威脅。就算他們念在和劉邦曾是同一個戰壕戰友的情分上不舉兵反叛，他們的後裔能否還會顧念這種情分就是一個未

知數了，一旦實力膨脹到一定的程度，向主子問鼎發難並不是不可能的事。更何況六個異姓王都是用兵打仗的英雄豪傑，年齡也比劉邦小得多，若要反叛朝廷自然難以應付，劉邦抵抗得了並不表明他的後代也能夠抵抗。因此那些強大的封國一朝不滅，漢帝國就一朝不能安枕。

劉邦自己就是因反叛項羽才當上皇帝的，因此對封國的忠誠持懷疑態度，最安全的辦法就是事先消除隱患，把封國消滅或使其力量削弱到不能累積叛變資本的程度。

韓信在當楚王時曾收留了劉邦的天敵項羽的大將鍾離昧，招降納叛連友邦都是一件忌諱的事，就更不用說懷有震主之威的臣子了，因此劉邦對韓信的疑慮並非毫無根據。梁王彭越是因沒履行封國出兵助主的義務才招致殺身之禍的；淮南王英布則是率先舉兵發難，劉邦連迴避的餘地都沒有，因此劉邦誅殺功臣是有一些不得已的原因，是為了帝國的千秋大計，並非單純是猜忌心太重或心胸狹隘之故，像和韓信並稱「漢初三傑」的張良和蕭何，劉邦不但沒殺他們還禮敬有加，其他的功臣也都委以重任。

現在我們再來看勾踐和朱元璋是怎樣對待那些開國元勳。

勾踐是中國歷史上最著名的忍辱負重的君王，也是最著名的忘恩負義的君王。西元前494年，吳王國大舉進攻越王國，越王國不能抵抗，為了保全國家，國王勾踐被迫給吳王夫差當奴隸，三年後依靠一號智囊范蠡的智慧才得以返國。勾踐回國後，在范蠡和另一位智囊文種的輔佐下勵精圖治，祕密重整軍備，十年生聚，十年教訓，於西元前473年打敗了比越王國強大十倍的吳王國，報了二十年前的血海深仇。吳王國覆亡的第二天，看透了勾踐本性的范蠡即行逃走，臨逃走時寫了一封信給越王國的宰相文

種，信上說：「狡兔盡、走狗烹；飛鳥盡、良弓藏。勾踐頸項特別長而嘴像鷹嘴，這種人只可共患難不可共享樂，你最好儘快離開他。」

文種看完信後，大大地不以為然，不相信世上會有這種冷血動物。但他不久就相信了，可已經遲了，勾踐親自送一把劍（吳王國宰相伍子胥自殺的那把劍）給文種，質問他說：「你有七個滅人國家的方法，我只用了三個就把吳王國滅掉，還剩下四個方法，你預備用來對付誰？」文種除了自殺外別無選擇。

假設范蠡沒有先見之明，結局一定不會比文種更好。當時的越王國剛剛逃離草昧時代，人才極端匱乏，像樣的就只有文種和范蠡兩人。勾踐雖然只殺了一人，越王國的政治家已被翦除罄盡，性質比劉邦要惡劣得多，造成的危害也要大得多。

如果說勾踐對功臣元勳像冷血動物的話，那朱元璋則和蛇蠍差不到哪裡了……

朱元璋於1368年得天下，1381年統一中原。戰場上的硝煙還未散盡，朱元璋就對功臣發動了有計畫的合法屠殺。

1380年，「有人」告發宰相胡惟庸謀反，說他企圖勾結東方大海中的日本，準備在宴會上殺掉朱元璋。朱元璋把胡惟庸剮了兩千多刀（魚鱗剮），屠滅三族。十年後朱元璋的迫害狂又犯了，宣稱發現已死了的胡惟庸的新陰謀和新同黨，於是展開全面逮捕，連朱元璋最尊敬的開國元老，自己的兒女親家，七十七歲的李善長也包括在內，共殺死了二萬餘人。

朱元璋還煞有介事地為這次大屠殺編撰了一本書，名「奸黨錄」，附錄李善長的供詞（這些供詞是怎樣獲得的，想起來應該令人不寒而慄），全國每個官吏人手一本，令其人人自危。

　　1393年，朱元璋發動第二次屠殺。「有人」告發大將藍玉謀反，藍玉下獄，在酷刑下「招認」準備發動兵變。藍玉被凌遲處死，屠滅三族。根據「口供」（在滅絕人性的酷刑下，當然要什麼口供，就有什麼口供）牽引，屠殺二萬餘人，其中有一個公爵，十三個侯爵，兩個伯爵。刑場上的鮮血都能匯成一條小溪了。

　　朱元璋兩次大屠殺的對象，都是他當初起兵時親如手足的患難朋友。他們為朱元璋出生入死，當他們以為可以分享富貴時，卻被朱元璋施以慘無人道的酷刑並株連九族。

　　這兩次大屠殺不過是成批地死亡，事實上朱元璋每天都在屠殺。像皇太子的教師宋濂，是元末明初文才最為出眾的人物，朱元璋尊稱他是「聖人」，來往宮中如同一家，因他孫兒牽扯到胡惟庸案中，朱元璋馬上翻臉不認人，昔日的上賓一眨眼就成了階下囚。

　　宋濂被貶到窮困的蠻荒，沒幾年就死在那裏。朱元璋最信任的智囊劉基，他對明王朝的功績和諸葛亮對蜀漢帝國的功績不相上下，但他的結局和諸葛亮不能相比，他的高度智慧使朱元璋渾身不自在，朱元璋將其毒死後再嫁禍到胡惟庸身上。平定雲南的大將傅友德，父子同時綁赴刑場腰斬。平定廣東的大將朱亮祖，父子同時慘死在鋼鞭之下。大臣李仕魯在金鑾殿上表示辭職，朱元璋認為是看不起他這個皇帝，當即命武士將李仕魯摔下殿堂，腦漿崩裂而死。

　　在朱元璋所有共患難的朋友中，只有三個人保全性命，沒有被扣上謀反的帽子。一是常遇春，一是徐達，一是湯和。常遇春運氣最好，天下還沒太平就早早地死掉。徐達的死和處決沒啥分別，他患一種疽瘡，最忌鵝肉。朱元璋偏偏送一碗鵝肉給他，並

命送鵝肉的宦官在旁監視他吃掉，徐達一面吃一面流淚，當晚毒發身死。只有湯和一人壽終正寢，因為他看上去傻乎乎的，不具備承載野心的智商。

在朱元璋統治時期，朝中人人自危，每時每刻都擔心飛來橫禍，官員們每天早上入朝，即跟妻子訣別，到晚上平安歸來，闔家才有笑容。結果每個官員害怕白天，因為夜晚不上朝，皇帝也不處理公務，生存概率要大一些。

李善長是朱元璋的第二大謀臣和功臣，和朱元璋是兒女親家。但朱元璋對他仍不放心，必欲去之而後快。恰好其弟李存義和胡惟庸聯姻，朱元璋便借此大做文章，指使坐罪胡惟庸案的丁斌（李善長的私親）告發李存義曾串通胡惟庸謀反。獄吏對李存義父子施以重刑，二人熬刑不過，只好按獄吏的主意（實則是朱元璋的主意）「承認」是奉了李善長的指使，那時一班朝臣，希承意旨，聯章交劾善長，統說是大逆應誅，一樁「謀反案」就此製造出來。

此時朱元璋還要故作姿態，說李善長是大功臣，應法外施恩。偏偏太史又奏言星變，只說此次占星，應在大臣身上，須加罰殛，於是太祖遂下了嚴旨，賜善長自盡。此時李善長已七十七歲，所有家屬七十餘人，盡行處斬。只有一子李琪，曾尚臨安公主，得蒙免死，流徙江浦。既說占星應在大臣，則善長一死足矣，何必殃及家屬多至七十餘人，可見都是事先安排好做戲給人看的。外如吉安侯陸仲亨、延安侯唐勝宗、平涼侯費聚、南雄侯趙庸、江南侯陸聚、宜春侯黃彬、豫章侯胡美即胡定瑞、滎陽侯鄭遇春等，一併押赴刑場處斬。

關於朱元璋瘋狂屠殺功臣元勳的心理動機，後世歷史學家有不同的解釋，最有代表性的解釋是朱元璋看到皇太子懦弱，擔心

他死後強臣壓主，所以事先消除隱患。這種解釋有一則宮廷軼聞可為佐證：有一天皇太子勸說父親不要殺人太多，朱元璋把一根長滿了刺的棍子丟在地上，命皇太子用手拾起來。皇太子一把抓住刺棍，結果給扎破了手掌並連聲呼痛。朱元璋說：「我事先為你拔除棍上的毒刺，你難道不明白我的苦心嗎？」

　　就算上面的解釋是真實的，也說明被殺的功臣全蒙受不白之冤，「謀反」根本是莫須有的罪名。部分文臣武將和草民百姓也許還相信「謀反」確有其事，只有朱元璋心裏最明白事情的真相。稍微有點常識的人都會發現「胡惟庸勾結東方大海中的日本謀殺朱元璋」純屬無稽之談，問題是九五至尊有意識地這樣宣傳，臣民也就不敢不相信。

　　這些「誣以謀反」的冤案，在屠殺功臣的同時也助長了司法制度的黑暗，要想那些赤膽忠心的臣子「承認」陰謀殺害皇帝，只有發明和動用連鋼筋鐵骨的漢子也承受不了的酷刑，給他們的肉體和精神施以難以想像的迫害。那些無辜的功臣連滅三族的謀反罪名都供認不諱，可以想像動用的刑罰野蠻殘酷到什麼程度？朱元璋的功臣在臨死前還要承受這樣的刑罰，進一步說明他們的悲劇是何等的深重。

　　朱元璋無止境地屠殺，皇太子懦弱而皇太孫年幼也許是原因之一，但恐怕不是主要的原因，因為僅此現象不一定非進行無止境的屠殺不可。劉邦和朱元璋是中國歷史上僅有的兩個平民出身的帝王，朱元璋面臨的形勢和前2世紀西漢王朝開國皇帝劉邦的情形相同，皇太子劉盈也是一個懦弱好心腸的男人，但劉邦只對擁有廣大土地和強大私家軍隊的少數將領動刀，像蕭何、張良之類的文官則安全得很。朱元璋的宰相胡惟庸也是文官，處於一人之下萬人之上的顯赫地位，手中又沒有直接指揮的軍隊，不知道

他何以要「謀反」，他拿什麼去「謀反」？「謀反」成功後他又向何處去？也就是說胡惟庸根本沒有「謀反」的內在動力。可朱元璋振振有詞地說他「謀反」，並因此誅殺了兩萬多人。

7世紀「大周」王朝的締造者武則天的處境比朱元璋要嚴重百倍，因為唐王朝的元老舊臣沒有一個贊成一個女人斷送他們用鮮血和生命打下的江山，儒家學派的士大夫也無不拒絕一個改姓亂統的女皇帝，但武則天也只對唐朝舊臣給予個別打擊。

退一步講，就算胡惟庸日後有可能成為對皇太子不利的強臣，朱元璋也沒有必要一下子屠殺兩萬多人，因為不可能有這麼多的人會附和胡惟庸的「狼子野心」。朱元璋在和平時期前後屠殺了四萬多文臣武將，對他的朋友和他的社會造成了巨大的災害，之所以如此，主要是朱元璋的自卑心理在作祟。

朱元璋出生於一個極度貧苦的家庭，父母雙雙死於瘟疫，很小就成了孤兒，放過牛，當過幹粗活的小和尚，天下大亂時又被迫落草為寇，在底層社會受盡欺凌。因為出身過於卑賤的緣故，朱元璋對上流社會既羨慕又仇恨，既想拼命擠進去又恨不得把上層人士踩在腳下報復蹂躪。他沒有機會接受系統的教育，缺少做人的崇高理想和高貴情操，因此不可能把苦難身世演變為改造社會普濟天下蒼生的動力，相反因為自己沒有學問，便對有學問有才能的人嫉妒得發狂。像胡惟庸、李善長、劉基等人，都是運籌帷幄、決勝千里的智囊策士，朱元璋的江山是他們三人智慧的結晶。

在本質上，自卑感過重的領袖跟有才幹的部屬不能並存，因此他們三人在朱元璋的力量不夠強大時還可被委以重任，一旦朱元璋意識到自己沒有他們也有足夠的安全保障時，他們的生命也就完結了。宋濂也是出身貧寒，身世和朱元璋相近，按理會同病

相憐，朱元璋早期也確實如此，但宋濂太有學問，朱元璋最終還是容忍不了。

如果僅僅是出身低賤和沒有文化，朱元璋大可不必有如此濃厚的自卑心理。出身高貴的人也有曾經貧寒的歷史，靠自己的努力取得的成就比從祖先那裏繼承來的果實更能得到社會的認同；人的才能是多方面的，沒有文化的人不見得就沒有能力；中國歷代的開國皇帝除了李世民出身高貴且受過良好的教育外，其餘的不是市井流氓就是草莽英雄，文盲絕不是個別現象。

上面提到過的劉邦既是市井流氓又是一個貨真價實的文盲，和朱元璋的身世大同小異，可劉邦沒有那麼濃烈的自卑心理，對出身和文化比他高的人相容並蓄，依其才能和特長分別委以重任。劉邦的智囊張良、陳平、蕭何和胡惟庸、李善長、劉基是同一類型的人物，但命運有天壤之別；前者一直得到劉邦的禮敬並壽終正寢，後者則被朱元璋處以極刑且屠滅三族。

劉邦是一個胸襟開闊的人物，不會因為自己出身貧民和沒有文化感到困擾；可朱元璋一直深以自己的貧民身分為恥，深怕別人還記得他曾經是個孤兒和小和尚，妄圖利用上流社會的鮮血，來強迫人們忘掉那段不光彩的歷史。無止境的屠殺對朱元璋的形象和明王朝的江山無任何補益，相反只能說明朱元璋是一個心胸極度狹隘的人物。

胸懷狹小和自卑心理相結合，就構成一種絕對自私和愚昧頑劣的可怕性格——表現在行為上的短視、冷血，喜歡看別人流血、看別人痛苦、看別人跪下來向他哀求。要滿足這些嗜好只有不停地屠殺，尤其是屠殺體面人物來製造無休止的人間慘劇。

勾踐和朱元璋屠殺功臣，不僅對當世的社會和國家造成了極為惡劣的影響，而且把人們的歷史觀導入了一個非常危險的誤

區：即皇帝屠殺功臣是逼不得已的，是為了國家的千秋大計和王朝的長治久安，不殺掉那些當年一起打天下的患難兄弟，他們就會造反作亂。

這是一個荒謬透頂的邏輯，但這個邏輯在社會意識領域裏有很大的市場，在和平年代逐漸演變為領導幹部應該排擠和壓制那些有能力的下屬，否則有才能的下屬就會幹出不利於領導幹部的事，而那些碌碌無為的庸才反而是最安全對領導最忠誠應該被委以重任的……

誠然，那些位高權重的功臣在和平時期對國家安全和社會秩序有一定的負面作用，他們多半是亂世英雄，在逆境時能夠不顧生死、吃苦耐勞，為開邦立國衝鋒陷陣；在順境時則缺乏自制力和遠見卓識，容易居功自傲、仗勢欺人，或在別有用心之人的蠱惑下野心膨脹，擁兵自重或舉兵造反。但這只是問題的一個方面，另一方面則是功臣的正面影響：他們不但是創立國家的謀臣勇將，也是和平時期穩定國家的磐石，是新建王朝的寶貴財富，關鍵在於皇帝怎麼運用和駕馭他們。

歷史上有少數胸襟開闊才能超人的帝王，不但沒有屠殺功臣，相反在天下大定之後繼續發揮功臣的優勢，利用他們的勇力為國家開疆拓土，大力擴充帝國的疆域，最有代表性的人物是唐王朝的開國皇帝李世民（李淵只是名義上的開國皇帝）。

唐帝國是在隋末農民起義的硝煙中建立起來的。奠定唐帝國江山的功臣既有尉遲敬德、秦叔寶、程咬金、李靖等草莽英雄，也有房玄齡、杜如晦、長孫無忌等謀臣策士，還有魏徵等效忠於李建成集團，企圖置李世民於死地的智囊武夫。

李世民不但沒有屠殺他們，相反在戰爭平息之後繼續委以重任，利用他們的才智來建設滿目瘡痍的國家。這些功臣並沒有像

人們擔心的那樣作威作福，而是竭力盡忠鞠躬盡瘁，把唐王朝建設成為中國歷史上貢獻最巨、國力最強、影響最為深遠，可以說是空前絕後的偉大王朝。

　　有人可能認為唐王朝的功臣天性較為純良或更為通情達理，是否確實如此沒有確切的根據，他們和朱元璋的功臣在能力和德操上沒有太大的區別，關鍵是李世民對功臣駕馭有方。例如尉遲敬德在李世民即位初期，自仗曾經捨身救主的功勞，在朝中專橫跋扈，動不動就毆打別的大臣，有一次竟然在金鑾殿上當著文武大臣的面，把李世民的叔父打傷了。

　　駕馭功臣是一種相當高明的政治技巧，李世民採用的方法不是簡單幾句話概括得了的，總的來說是揚長避短，防微杜漸，一方面防止他們身上的消極因素無限的膨脹，在初露苗頭時就予以制止；另一方面為他們的智力和勇力尋求合理的用場。具體來說就是為武將尋找新的戰場，使他們的過剩精力得以合理宣洩，滿足他們建立更大功業的雄心壯志。

　　如李靖在李世民登基後的第三年，以大將軍的頭銜率軍北征，一舉擊潰了給唐帝國帶來巨大威脅的「東突厥汗國」，俘虜了他們的首領頡利大可汗，為唐帝國開拓疆土兩百萬平方公里，消除了來自北方的邊患，也為李世民大帝贏得了「天可汗」的尊稱。對於胸懷韜略的謀臣策士，李世民則運用他們的高度智慧來治理國家。

　　魏徵是李建成集團的第一號智囊，曾多次勸李建成發動先發制人的襲擊殺掉李世民，可李世民並不記恨這些，而是像齊桓公對待管仲一樣委魏徵以重任，對他幾乎言聽計從，還和他結成兒女親家。對於那些桀驁不馴、居功自傲的勇武之臣，李世民不是簡單地屠殺他們，而是巧妙地加以馴服，旁敲側擊令其自省，既

不撕破面皮又使其有所戒懼。

　　如上面談到的尉遲敬德，李世民看到他在大殿行兇後，當即長歎一聲，隨侍的大臣問皇上何以歎氣，李世民深有感觸地說：「我先前總不理解漢高祖何以要屠殺功臣，心想天下是功臣打下來的，為什麼不能和他們一道共富貴共享樂呢？我當了皇帝後，暗下決心不走劉邦的路，要和功臣榮辱與共、肝膽相照，君臣之間兩不猜疑、上下相安，現在看來這只是一廂情願，劉邦當初那樣做也許有不得已的原因。」

　　這篇充滿殺機的話，很快回饋到尉遲敬德的耳中，令尉遲敬德和那些忘了自己是誰的臣僚出了一身冷汗，自此行跡大為收斂，不再仗勢欺人，尉遲敬德更是足不出戶，在家養些歌兒舞女以娛晚年。

　　李世民簡單的一席話，既喚醒了尉遲敬德的自知之明，使其不至危害國家和社會，又保全了他的名節，不愧是一位高明的政治大師。設想當初李世民如果不發那番感歎，尉遲敬德很可能愈演愈烈，在得意忘形之餘犯下不赦之罪，那時李世民就只好揮淚斬馬謖了；如果李世民當時簡單地把尉遲敬德殺掉，他就淪為和劉邦一樣的人物，也就不可能成為中國歷史上最英明的帝王。

　　並不是每個帝王都具備李世民那樣的超人智慧，能夠充分利用功臣的積極作用而使消極作用消弭於無形；事實上有不少帝王的綜合能力還趕不上他的臣下。當帝王感到自己的才能不足以駕馭他的臣下時，帝王心理上的不安全感是可以理解的，但並非一定要通過屠殺功臣的手段才能解決問題。

　　聰明的帝王往往通過權臣之間的互相牽制，來防止某一個權臣積聚到可以威脅帝王的無限權力，或乾脆像10世紀宋王朝開國皇帝趙匡胤那樣，使用「杯酒釋兵權」的方法做出反應，既保全

功臣的富貴又消除肘腋之患。既然有那麼多的方法可以消除功臣的負面影響，屠殺功臣實在是一種極端自私而又愚蠢至極的辦法，不但不能解決問題，相反還留下無窮的後患。

下面我們再回過頭來看看勾踐和朱元璋屠殺功臣的惡果：

越王國滅掉吳王國後，一度成為諸侯中最為強大的國家，擁有問鼎中原統一中原的潛力。勾踐殺掉文種後，越王國便加速度地衰落，終於在西元前333年亡於楚王國，是諸侯國中最先滅亡的一個強國，比西元前230年第二個滅亡的韓王國要早一百多年。而滅掉越國的楚國，一百年前曾被匍匐在越王國腳下的吳王國擊敗，前後相比反差竟如此強大，這都是勾踐屠殺功臣的惡果。

朱元璋對功臣實行滅種式的屠殺後，以為自此國泰民安，沒想到他剛剛進入墳墓，他的第四個兒子，分封在北平的燕王朱棣便舉兵反叛，開始了宗族血親間復仇式的自相殘殺。因為功臣被屠殺罄盡，中央軍沒有傑出的統帥，叛軍輕而易舉地取得了勝利，皇帝朱允炆在首都陷落之時永遠失蹤了，野史傳說他遠逃海外做了和尚。

綜上所述：屠殺功臣的現象多半發生在有自卑感的領袖建立的王朝，自卑感的產生則源於領袖自信心不足和胸懷不夠寬闊，而那些才能不夠卓越的領袖又往往是最缺乏自信的。對草莽英雄或革命群眾而言，一旦判斷錯誤，或被命運之神作弄，選擇或擁護這類人物作為領袖，那是一種真正的悲哀。

屠殺功臣是中國歷史文化最醜陋的一頁，其危害不僅僅限於當世，對後世甚至今天也造成了極為惡劣的影響。那些靠不尊嚴

手段達到尊嚴地位的官僚政客，因為自己才能平庸，也就格外嫉恨那些有能力的下屬，雖然沒有生殺大權不能像朱元璋那樣從肉體上消滅他們，但能夠不擇手段使他們不舒服。

　　「你有才能我偏不用你，看你把我怎麼辦！」在官場絕非個別現象，但凡是有這種心理的官僚肯定是不稱職的。「任人惟賢，惟才是舉」是國家強大和政治修明的前提，要做到這點，首先必須讓那些富有能力的人走上領導崗位，有能力的領導才會惺惺惜惜，才會知人善用，不擔心有才能的下屬會有朝一日超越自己；而那些武大郎式的領導則只會妒賢嫉能和壓制人才。

第 三 篇
中國歷史上的暴君

　　中國人都知道隋煬帝楊廣是個人暴君，但和大分裂時期
那些武人出身的暴君相比，楊廣的暴行根本算不了什麼。後
趙帝國的第二任君王石虎把親生兒子施以拔光頭髮、割去舌
頭、砍斷四肢、剜掉雙眼，然後縱火焚死的酷刑，自己則在
一旁興味盎然地觀看；前秦帝國的皇帝苻生當眾命令宮女和
公羊性交，看能不能夠生下小羊；南宋的六任帝劉子業命令
左右大臣輪姦他的姊妹，還強迫姑母和他睡覺；北齊帝國的
一任帝高洋在金鑾殿上設有一口鍋和一把鋸，每天必須親自
動手殺人才能快活，還威脅說要把母親嫁給鮮卑家奴；人們
只知道唐玄宗李隆基是「扒灰」皇帝，不知道後梁的開國皇
帝朱溫最大的愛好就是和兒媳睡覺；齊襄公姜諸兒則和同胞
妹妹不分晝夜地做愛；金國皇帝完顏亮對亂倫也有特別的愛
好。在中國的三百五十九個帝王中，暴君占去了三分之一，
明王朝的二十個皇帝，除了七任帝朱祁鈺外，其他的皇帝都
擁有暴君血統。值得反思的是：暴君除了傷害國家和臣民
外，尤其喜歡傷害自己的家族和親人。

中國是世界上歷史最為悠久的國家之一，有著五千年的文明史，和埃及、印度、巴比倫並稱為世界上的四大文明古國。世界上沒有一個國家像中國那麼歷史悠久，也沒有哪一個國家像中國這樣有一脈相承的文化。現在的希臘人跟從前的希臘人無關，現代的埃及人跟從前的埃及人無關，但現代的中國人卻是古中國人的後裔。

在長達五千年的歷史中，從黃帝王朝到袁世凱稱帝，出現了像樣的或不像樣的共計八十三個王朝和三百五十九個帝王，其中暴君人數占三分之一左右。幾乎每一個王朝的亡國之君都且暴且昏，只有少數幾個例外。就連那些本應該很英明賢德的開國之君，也有不少擁有暴君血統；如後梁帝國的開國皇帝朱溫就是一個集叛徒、土匪、強盜和惡棍於一身的大暴君。明王朝的二十個皇帝，除了七任帝朱祁鈺外，幾乎都可以和暴君畫上等號。這些暴君締造了踐踏人權的極權專制政體，創立了野蠻的刑事訴訟法，樹立了窒息社會生機的「官本位」價值觀，使溫順的國民在一個又一個的噩夢中發抖。

中國歷史上的暴君大體可分為四種類型：第一類是有奇異癖好的暴君，如過分貪財或好色。第二類是缺乏自制力，被權力弄得昏昏然並最終喪失人性的暴君。第三類是能力超人，自視過高，聽不進不同意見的暴君。第四類暴君則是制度下的產物。

一、中國最早的暴君——夏桀和殷紂

夏桀是夏王朝的末代君主。他文才出眾，武藝超群；赤手空拳可以格殺虎豹，能把銅鉤像拉麵條一樣隨意彎曲拉直，如此文

韜武略的男人應該有能力成為一個英明的君王。遺憾的是，夏桀把所有的聰明才智都用在暴虐、享樂和胡鬧上。

　　他大興土木建造豪華誇張的皇宮，用黃金鑄成的柱子就有九個。皇宮之內，肉堆積得跟山一樣，在一個足足有五平方公里的巨大池塘裏盛滿美酒，像風吹過的湖水一樣波浪起伏。夏桀多次在酒池裏划船，船上載著花朵一樣的美女……夏桀最熱心的工作就是舉行盛大宴會，每次宴會都不少於三千人，這在當時那個幅員並不遼闊的國度裏可是一個驚人的數目。三千人走到酒池邊，像牛群飲水一樣一齊從岸上伸下脖子，在震耳欲聾的助興鼓聲中放開喉嚨狂飲。夏桀最寵愛的妻子妹喜有一個很奢華的愛好：喜歡聽綢緞撕裂時發出的聲音。夏桀因為愛這個女人，就極力滿足她的「愛好」，命宮女在她身旁日夜不停地撕綢緞。成千上萬的婦女辛勤勞作的成果就這樣被撕毀了。

　　夏桀在位時的最大傑作是發明一種名為「炮烙」的酷刑，在銅柱上塗抹膏油，下面燃燒炭火，教犯人赤足在銅柱上走過。那是不可能不滑下去的，滑下去恰恰跌到炭火上燒死。當犯人在這種酷刑中掙扎悲號時，夏桀沉浸在巨大的快樂之中。

　　有一天，夏桀一面欣賞犯人的慘叫，一面問忠誠且英明的大臣關龍逢是不是快樂，關龍逢說：「這種做法，好像足履薄冰，危在目前。」一心想聽好話的夏桀大光其火：「你只知道別人危在目前，卻不知道自己危在目前！」下令把關龍逢推上燒得通紅的銅柱，並眼睜睜地看著他掉進燃燒的炭火，在淒慘的悲號聲中慢慢化成灰燼。

　　有莘部落酋長伊尹提醒他再這樣下去有亡國的危險，夏桀大大地不以為然，他說：「你別妖言惑眾，人民有君主，猶如天空有太陽，太陽亡，我才亡。」夏桀是不可能和太陽相比的，他說

這句話的第二年，商部落酋長商湯率軍進攻夏王國的首都安邑（山西夏縣），在鳴條（山西夏縣鳴條岡）把力量占絕對優勢的夏軍擊潰，夏桀成了俘虜，被放逐到蠻荒的南巢（安徽巢縣，當時那裏還未開發）養豬。夏王朝的壽命到頭了，那天的太陽不但沒有落下來，相反更加燦爛。

商部落的末代君主殷紂是一個傳奇式的人物，和夏桀一樣文武全才。人們對他的了解比夏桀要充分，因為以他為主人公的通俗演義型小說《封神榜》在中國民間家喻戶曉。

他天生神力，如果生在今天的西班牙，一定是一個空前絕後的鬥牛高手，能囊括所有鬥牛項目的冠軍；因為他能把九隻牛倒拉著走。他的雙手還能托住大廈的橫樑……

要命的是，他沒有把他的聰明才智用在治國安邦和濟世安民上，而是用在拒絕規勸和掩飾錯誤上。他這方面做得很成功，到了他執政的後期即使他一絲不掛地出現在眾目睽睽之下，臣僚也會大聲歌頌他英明偉大，就像安徒生童話裏的那位穿「新衣」的國王一樣。他在任時大興土木，宮廷建築一日不停且花樣翻新，僅「瑤宮」和「瑤台」就興建了七年。後宮中的肉像山林一樣堆著，酒也是盛在龐大的池子裏——這點和夏王朝的末代君主夏桀很相似。每次宴會，參宴的臣僚常常七天七夜大吃大喝，一連幾天沉醉不醒。

殷紂和夏桀一樣貪淫好色，他寵愛的蘇妲己據說比妹喜還要美麗一百倍，民間傳說她最後被九十高齡而又鐵石心腸的周兵團總司令姜子牙綁赴刑場處斬時，劊子手無不失魂落魄、骨軟筋酥，姜子牙只好親自行刑，姜老先生在遇到同樣的困難之後，只好下令把蘇妲己那美豔絕倫的面容用布蒙起來。

絕色美女因為從小就受寵的緣故，心靈往往不太美麗，蘇妲

己就是一個有虐待狂的美人。她慫恿愛她的丈夫把冬天赤腳過河的夫婦的腳骨敲碎，研究他們為何不怕冷；還下令剖開孕婦的肚子，看胎兒是什麼模樣，絲毫也不在乎丈夫的江山，會因她的病態獸行而受到傷害。

　　殷紂在迫害忠臣良民和發明殘酷的刑罰方面也有傑出的才幹，他把兩名忠心耿耿的大臣九侯和鄂侯剁成肉醬，又把九侯的女兒也是最愛他的妃子挖掉眼珠，用燒紅的銅斗烙掉雙手。

　　有著很高才幹被臣民尊稱為聖人的周部落酋長姬昌因此歎了一口氣，殷紂就把他囚禁在河南湯陰達三年之久，還把他的兒子姬考處死，做成肉羹強迫姬昌吃掉。殷紂得意地宣稱：「誰說姬昌是聖人，連自己的兒子都吃。」在忘乎所以之餘，放鬆了對姬昌的戒備。

　　殷紂的所作所為終於把最忠心且最有能力保衛他的姬昌逼到了對立面，姬昌不再不識時務進諫逆耳忠言，而是投其所好，獻上大批美女、名馬、珠寶，和一大堆甜得發膩的恭維話來表明自己的「忠心」。

　　殷紂果然被深深地感動了，不但釋放了姬昌還授給他征伐其他部落的龐大權力。姬昌利用這份權力剷除了仍然忠於殷紂的部落，然後積極籌劃針對殷商帝國的戰爭。殷紂的反應是大大嘉獎姬昌的「忠心」和把大批治國安邦的棟樑之才逼反到姬昌的身邊，把自己的牆基掏空，為姬昌「培植」打敗殷商帝國的力量。

　　殷紂的叔叔比干不忍心看到商帝國的大廈在他的眼前倒下，不顧死活地向侄兒進諫逆耳忠言，勸殷紂即刻收斂行徑，網羅天下人才以挽大廈之將傾，並指出殷商帝國的危機所在。殷紂的反應是暴跳如雷：「我聽說聖人的心有七竅，你好像是聖人，不知道有幾竅。」下令把比干當庭剖腹挖心，把挖出來的血淋淋的心

傳示宮人察看是否真有七竅。

最後的日子來到了，西元前1122年，周部落跟他的聯盟在河南孟津會師，四萬五千人的周兵團跟七十萬人的商兵團在商帝國的首都朝歌南方二十公里的牧野（河南汲縣）展開決戰，決戰的結果是商兵團以絕對優勢的兵力而失敗，殷紂收穫的果實是逃到堆滿金銀財寶的鹿台縱火自焚！

夏桀和殷紂都是能力卓越、才幹超群的帝王，本應該成為造福天下普濟蒼生的英雄人物，沒想到在成為帝王之後竟成為天下的公害，為人民也為自己帶來巨大的災難。這說明中國古代的帝王從一開始就擁有不加限制的廣大權力，只有無限的權力才具有如此猛然的毒性，使一個英雄人物淪為禽獸不如的惡魔。

值得注意的是：夏桀和殷紂的所作所為就像是一個模子裏刻出來的，都聽不進不同意見。結局也大同小異，本應成為明君可最終成為暴君的帝王。他們的過人智慧創立了極權專制制度，並最終成為這種制度的犧牲品。兩人都過不了美人關，並最終在美人的懷抱裏跌得國破家亡。

二、有奇淫異癖的暴君

這種類型的暴君主要出現在春秋戰國時期：有代表性的是周王國的幽王姬宮涅，衛國「新台醜聞」的主角姬晉，齊王國的姜諸兒和楚王國的熊圍、熊棄疾兩兄弟。

中國有一句古老的諺語：「有奇淫的人，必定有奇禍。」這雖不是定律，但大多數都逃不過去。這四人因奇淫招來的災難，令後世的歷史學家在義憤填膺的同時又忍俊不禁。

1. 烽火戲諸侯的周幽王姬宮涅

姬宮涅是周王朝的第十二任國王，他上任後的全部工作就是

找美女、覓豔婦和發洩沒完沒了的獸慾，把祖輩用鮮血換來的江山完全不當回事。西元前780年，周王國發生兩件大事，一是岐山崩裂，一是三川（涇水、渭水、洛水）乾涸。

　　這是大旱災將要發生的前奏，忠誠但不識時務的趙國國君姬帶提醒姬宮涅：「山崩川竭，顯示人的血液枯乾，肌膚消失。岐山又是周王朝的創業之地，一旦崩陷，預示王國的根本發生動搖，上天會降災給我們。大王如果求賢輔政，勵精圖治，或許可消除天怒。如果一味沉湎酒色，恐怕天下會生變亂。」

　　這些話不是任何一個暴君聽得進耳朵的，姬宮涅更是大大的震怒，把姬帶逐回他的封國。另一個有責任心但不識時務的褒國國君褒王向步姬帶的後塵繼續盡忠進諫：「大王既不畏懼上天的警告，又捨棄忠良，國家如何能夠治理。」姬宮涅的忍耐終於達到了極限，把褒王向囚入監獄。

　　褒王向的兒子褒洪德用盡一切正常的辦法都不能營救老父，無奈之餘想起四百年前周王朝的開山老祖姬昌被殷紂囚禁在湯陰的故事，得到「暴君都荒淫好色且不顧後果」的啟發，於是依樣畫葫蘆地訓練一批以褒姒為首的美女進獻給姬宮涅。姬宮涅看到褒姒後神魂顛倒，對褒王向的忠心有深刻的印象，不但釋放了褒王向，還採取步驟立褒姒當皇后。

　　西元前773年，姬宮涅把原配妻子申后廢掉，又把申后所生的太子姬宜臼貶為平民，發配到四百公里外的申國，命他的外祖父申國國君管教，同時宣布立褒姒為正式皇后。

　　遺憾的是：褒姒並不體諒國王丈夫的良苦用心，對丈夫好像有諸多不滿，平時很少露出笑容。姬宮涅為了引褒姒發笑，竟懸賞千金要臣民出主意。一位貌似忠誠的大臣獻計說：「如果燃起烽火，令諸侯瞎忙一氣，包管王后會笑。」

連小孩子都知道絕不可亂玩烽火，但姬宮湦認為國君偶爾玩一次應該沒有關係。他不顧真心愛他的臣僚的反對，帶著褒姒前往首都東方三十公里的驪山舉行盛大宴會。君臣狂嚼豪飲到午夜時分，姬宮湦下令燃起烽火。

　　烽火是古代外敵入侵時向遠方守軍通報求援的警報工具，白天燒狼糞起煙，晚上點火，很遠的地方都能看到。京畿附近的寺國國君們看到烽火後，以為首都被蠻族包圍，國王命危在旦夕，立即集合軍隊，前去共赴國難。姬宮湦和褒姒居高臨下，準備欣賞這場自以為使人出醜實則埋下殺身之禍的偉大節目。黎明時分，那些身披重甲、汗出如雨、銜枚疾進的勤王之師進入視界，不久就抵達驪山腳下。封國的部隊雖經過一夜急行軍，仍鬥志昂揚，面上呈現出獻身君王、為國捐軀的壯烈表情。姬宮湦的反應是放聲大笑，笑台下的諸侯聯軍為何那麼蠢，為何如此輕易就被他愚弄。

　　他派人宣布聖旨說：「各位忠心可嘉，其實沒有什麼外寇，我只不過用烽火消遣消遣。請各位原路回去，另候犒賞。」那些封國國君們，在好不容易才相信自己的耳朵後，其驚愕狼狽的表情可想而知。褒姒一一看在眼裏，不禁嫣然一笑（或許是笑身為皇帝的丈夫竟然像不懂事的小孩一樣瞎胡鬧）。這一笑使她美若天仙。姬宮湦喜從天降：「王后一笑，百媚俱生。」

　　褒姒千金一笑，姬宮湦的自信心又提高了一步，他下令申國殺掉太子姬宜臼。申國國君上奏章稍微提出一點不同意見，姬宮湦就被迅速地激怒了，他頒下聖旨撤銷申國國君的封國，並集結軍隊發出戰爭威脅。申國國君知道單獨不能抵抗，申辯又沒有絲毫用處，無奈之餘只好飲鴆止渴，跟周王國的共同敵人——位於首都鎬京附近的犬戎部落結盟，要求犬戎對鎬京發動先發制人的

襲擊，申國則派人在鎬京埋伏作為內應。

犬戎部落早就對鎬京的財富和美女垂涎三尺，對於這個天下掉下來的餡餅自然沒有拒絕之理。申國的使者後腳離開，他們前腳就兵臨城下，對鎬京發動突然襲擊。姬宮涅在驚惶失措之餘又一次燃起了烽火，向他曾經譏笑為傻瓜的諸侯國求救。

不過，這一次輪到姬宮涅成為傻瓜了，封國國君們都拒絕再被戲弄，不肯派出一兵一卒。烽火狼煙，日夜燃燒，可城下沒有一輛戰車赴援，鎬京沒有別的選擇，在犬戎和申國內應的內外夾攻下陷落，姬宮涅身首異處，褒姒被犬戎擄去，不知下落。

姬宮涅的生命算不了什麼，其實他早就該死，跟著倒楣的是他的家族和他的國家。鎬京在犬戎部落的大肆焚燒和劫掠下，滿目瘡痍，生靈塗炭，別說作首都，連普通的集鎮都不夠格。繼任的國王姬宜臼只好將首都遷到東方的洛陽，周王朝的版圖大大地萎縮，京畿也跟著縮小，只剩下洛陽周圍不過二萬平方公里的彈丸之地，國王的財源兵源大大地減少，而且一天天地趨於枯竭，再沒有力量保持原有的威風和尊嚴，對封國的約束力大大減小，各封國遂產生自行擴張領土的野心。強大的周王朝自此不可逆轉地衰落了。

2. 淫母霸媳的衛宣公姬晉

「新台醜聞」的總導演衛宣公姬晉年輕時就有亂倫的癖好，他跟庶母夷姜私通，生下一個兒子，名衛急子，意思是「急急而來的兒子」。這件嚴重背叛禮教的亂倫事件，當然絕對保密，孩子寄養在民間。等到衛晉當了衛國國君，具有不再在乎抨擊干預的權力時，他就和夷姜公開淫亂，急子也被立為太子。

急子成年之後，老爹衛宣公遣使臣前往齊國，禮聘齊國國君的女兒宣姜作為急子的妻子。這位多嘴的使臣回國後，在國君面

前把宣姜的美貌大肆渲染。使臣原本是想拍拍國王的馬屁，也許根本沒有惡意，但衛宣公卻因此滋生出霸佔美女兒媳的邪念。他在淇水河邊，建造了一座非常華麗的宮殿，命名「新台」，然後讓急子出使宋國。

急子一走，衛宣公就派人去齊國迎親，把宣姜直接迎到新台，當晚就與兒媳同床共枕。等到急子回國，宣姜已由妻子變成庶母。宣姜看到丈夫一下子從夢想中的白馬王子變成一個糟老頭，內心的失望和懊惱是在所難免的，不過失望過後，跟那種勢利的女人一樣，只要能掌握眼前的富貴，也就自欺欺人地圖個眼前快活，而且一連生了兩個兒子：姬壽和姬朔。

有了兩個兒子，宣姜開始考慮未來，感到她的前任未婚夫是親生兒子稱孤道寡的絆腳石，必須搬除。

老爹同意少妻的見解，因為這些年他在兒子面前多少有點不好意思，如果能夠永遠見不到這個兒子就可免去許多尷尬。有了這些因素，衛宣公的獸性再度發作，對親生兒子興起殺機，只有站在權力頂峰的人物才會有如此野蠻的獸性。恰巧齊國進攻紀國，請求衛國出兵相助，衛宣公命急子前往齊國約定會師日期；一面卻暗中派出武裝殺手，偽裝成強盜埋伏中途，命令他們「看見懸掛白色牛尾（一種代表封國使節的標幟）的船隻，即殺死船上的人，事成之後，憑牛尾領賞」。

這個陰謀屬於高度機密，不料卻被宣姜的大兒子姬壽探知。衛宣公夫婦雖然喪盡天良，可生的兒子卻是一個有良心有道義的君子。姬壽對邪惡的老爹老娘無可奈何，無法勸說他們收回成命，只好把陰謀告知長兄。

姬急子不相信世上會有這樣冷血的父親，堅持要前往齊國。姬壽不得已，設宴為長兄餞行，把他灌醉，留下一張字條說：

「我已代你前往，請快逃命。」

然後把白色牛尾插在自己船頭出發，到了埋伏地點，「強盜」只認白色牛尾不認人，不由分說把他殺掉。

急子酒醒之後，自然不忍心弟弟代他去死，也隨後追了上去。可是等他追到現場時，弟弟已身首異處。急子抱著弟弟的屍體放聲痛哭，邊哭邊責備「強盜」殺錯了人。「強盜」自不能允許正主兒仍然活著，血淋淋的短劍一揮，急子人頭落地。

兩個兒子死於非命，衛宣公做賊心虛，晚上因驚恐不能入睡，一合上眼就看到滿身是血的姬壽、姬急子前來索命，半年不到就死了。

衛宣公亂倫的代價未免大了點，但和十五年之後的齊國國君姜諸兒比起來，他還算幸運的。

3. 和妹妹睡覺的齊襄公姜諸兒

齊襄公姜諸兒對亂倫有異乎尋常的愛好，他在任時最值得稱道的韻事是和同胞妹妹文姜通姦。文姜和上文所述的宣姜是親姊妹，這兩姊妹在「亂倫軼聞」裏真是兩個難得的活寶。

文姜成年後嫁給了魯國國君姬允，這個戴綠帽子的丈夫做夢也想不到是他的大舅子做的手腳。西元前694年，姬允夫婦到齊國做國事訪問，害著「想思病」的文姜——看到久別的情人哥哥，竟當著宮人的面調起情來，讓丈夫一人在外面長時間坐冷板凳。

這一對狗男女風流夠了，才發現姬允已怒火萬丈地站在他們面前，兄妹倆的醜聞就這樣暴露了。姬允把文姜罵了個狗血淋頭，然後憤然辭行回國。狗兄妹當然想到姬允回國後會發生什麼事，就命大力士彭生，在扶姬允上車時把他扼死。魯國明知道內情，但因軍事力量太弱，沒有實力和強鄰申辯是非，只好單單指控彭生，要求嚴懲兇手。姜諸兒就把彭生殺掉，一則推卸責任，

一則滅口。但這種掩耳盜鈴的鬼把戲是矇騙不了所有國民的，醜聞還是在很大的範圍內傳開了，只有姜諸兒自認為罪惡已掩飾得天衣無縫。

姜諸兒冥頑不靈之餘又一意孤行，幹著禽獸不如的勾當還自以為很偉大，只顧自己恣意妄為而無視別人的感受和尊嚴。大將連稱受君命去邊疆某地駐防，臨行前向姜諸兒詢問駐防的期限，當時姜諸兒正在吃瓜，便隨口說等來年瓜熟的時候就把連稱調回。等到第二年新瓜上市時，一心想著和家人團聚的連稱望眼欲穿地等候換防的消息，可左等右等也沒等到一個兵將來接管他們的防區。連稱以為國君忘記了他的諾言，就派一個部下去首都給姜諸兒進獻新瓜，藉以提醒君王是履行諾言的時候了。

沒想到姜諸兒閉口不認賬，一張口就要連稱繼續駐守一年，並聲稱君主有權做任何決定。連稱原以為君主是金口玉言，這時看到姜諸兒出爾反爾，心中的火氣就不用提了。連稱也是姜諸兒的大舅子，他的妹妹早年嫁給了國君。文姜自丈夫死於非命後，不敢回魯國，就留在姜諸兒的身邊，這對狗男女再也拆不開，連稱的妹妹備受冷落，難免心懷怨懟。連稱想起在宮中守活寡的妹妹，新仇舊恨一齊湧上心頭，遂產生除掉國君的念頭，並為此制訂了一份頗為周密的計畫，缺少的只是一個適當的時機，但機會不久就來了。

彭生死後第八年，姜諸兒去郊外打獵，發現一頭野豬，連射三箭，都沒有射中，當他正準備射第四箭時，那野豬忽然舉起前蹄，像人一樣直立起來，發出駭人的慘叫。姜諸兒驚恐中看那野豬竟然是已死的彭生，魂飛魄散，一頭從馬上栽下來，等到救起時，一隻鞋子卻不見了。剛好在當天晚上，發生了大將連稱指揮的兵變。當叛軍怎麼都找不到姜諸兒，正要放棄努力時，在一個

暗道旁邊發現了那隻鞋子，於是把姜諸兒抓出來，亂刀砍死。民間堅信這隻鞋子是彭生的鬼魂放在那裏的。

4. 哥哥好細腰，弟弟霸兒媳

楚靈王熊圍不是通過合法的手段登上王位的，他的王族血統太過疏遠，他採用血腥的手段殺掉他的侄兒熊麇後才坐上寶座。他是楚王國著名的暴君，對美女的興趣遠遠大於治國。他最愛纖纖細腰的女子，以致數以百計的宮女為了細腰而餓死——或許出於自願減肥，也或許出於強迫。

熊圍的荒淫好色給了野心家以可乘之機，西元前529年，熊圍的弟弟熊棄疾仿傚哥哥當年的做法發動政變，把熊圍從寶座上趕下來。熊圍走投無路，一根繩索上了吊。熊棄疾如願以償地當上了國王，立他的兒子熊建當太子。當楚王國的臣民暗自慶幸暴君已除，從此可以過上好一點的日子時，但熊棄疾很快使他們萬分失望，他的所作所為比他的哥哥還要荒唐百倍，對他的家族和國家的傷害也要慘烈百倍。

熊棄疾為了聯秦制晉（當時晉楚正在爭霸），為他的兒子熊建聘下秦國國君的妹妹孟嬴作為妻子。孟嬴，即小說家筆下的無祥公主。西元前526年，熊棄疾派大臣費無極前往秦國為太子迎親。費無極是一個陰險狡猾、小聰明層出不窮的無聊政客，從骨子裏仇視所有美好的東西，當他把孟嬴迎接到郢都後，像衛國「新台事件」的那位使臣一樣在君王面前盛讚孟嬴的美麗天下無雙，所不同的是費無極心懷歹意，因為他極力攛掇熊棄疾作「扒灰佬」，把兒媳據為己有。

熊棄疾和費無極是一路貨色、臭味相投，自然對這個「忠心耿耿」的建議滿心歡喜，君臣二人開始有步驟地實施這個邪惡的計畫。費無極告訴秦國的護送大臣說，楚王國的風俗，新娘要先

到皇宮拜見公婆，然後才可以正式舉行婚禮。於是孟嬴進宮，老爹就霸王硬上弓，把兒媳變為妃子，而把一位陪嫁的齊國少女冒充孟嬴嫁給熊建。一年之後，孟嬴生下一個兒子熊軫，醜聞也開始敗露。

孟嬴和「新台事件」的宣姜一樣，是一個被犧牲的女子，沒有力量阻止這種事情發生，但她比宣姜的靈魂高貴，沒有殺害前任未婚夫而奪嫡的意思。可是費無極不會讓災難停止，他既然走出了陰謀的第一步，就會繼續走下去，直到這個陰謀給自己帶來豐厚的回報，否則將來太子上臺後，他注定會吃不了兜著走。

就算熊建留他一條狗命，他的政治生命也會完結，而一個政客的政治生命是和腦袋連在一起的。費無極把前途寄託在孟嬴跟她的兒子熊軫身上，他一次又一次地慫恿熊棄疾把熊建調得遠遠的，免得熊建和孟嬴碰面把醜聞揭穿，終於把熊棄疾給說動了，因為他也希望永遠見不到這個兒子，尷尬的滋味畢竟不是好受。就這樣熊建被驅出郢都，派到北方邊疆。隨後費無極繼續施展連環計，誣陷國君的繼承人熊建謀反，建議熊棄疾把長子殺掉，改立少子熊軫當太子。

熊棄疾聽了大大地嘉獎費無極的「忠心」，於是對親生兒子再起殺機，他雖然感覺到太子謀反的理由有點牽強，但能夠永遠見不到「債主」也不失為一件好事，何況立熊軫當太子還可取悅美麗的愛妃。

陰謀已經佈置就緒，但執行起來還有點困難，因為熊建身邊有三個正直且才能超群的輔臣伍奢和他的兩個兒子伍尚、伍子胥，尤其是伍子胥更是一個文武全才的英雄人物，要殺熊建首先得除掉這三人。費無極的陰謀佈置得很周密，伍奢和伍尚依計落入網中，可擁有超人智慧的伍子胥卻逃出了網外，歷盡千辛萬苦

流亡到了楚王國的敵國吳國，被吳王委以軍政重任。

十六年後，伍子胥率領強大的吳兵團回國復仇，攻陷郢都，把熊棄疾的屍體從墳墓裏掘出來打了三百鞭，來不及逃走的楚王的夫人，和所有大臣的妻女全部淪為吳軍的性奴隸，強大的楚王國被切割得遍體鱗傷之後又蒙受了極大的羞辱，這都是熊棄疾「扒灰」惹的禍。

三、亂世暴君──武人專政的產物

歷史有一種現象：一個國家一旦進入戰亂時期，武人在政治上就佔有舉足輕重的地位。南北朝和五代十國時期，國家陷於長期的混戰，那些靠軍功起家的武人很容易坐上帝王寶座，但這些帝王一開始就嚴重地腐敗，不知道珍惜他們的政權，很容易變成暴君。

主要原因有四：(1)是武人長於軍事，拙於治國，他們用暴力奪取政權後，面對比軍事複雜百倍的政治往往一籌莫展；(2)是武人缺乏自制力，一旦掌握無限權力，曾經被壓抑住的人性的弱點就會像火山一樣迸發出來，並且一發不可收拾，最終把他的家族和他創立的江山燒毀；(3)是武人目光短淺，憂患意識淡薄，大權在握就會忘了所以，以為天下就數他最大，不知道江山得來艱難失去易，更不知道謹慎使用手中的權力，一味聽憑自己的好惡和享樂；(4)是武人不會約束並教育好自己的孩子，生下的兒子非惡即渾，政權即使沒有斷送在他自己手裏，也會斷送在繼任的兒子手裏。

這個時期的暴君有不少是一些大孩子，既沒有相應的教養又不知道創業的艱難，在任時的所作所為只能用「荒唐、無聊和不可思議」來概括。

1. 五胡亂華十六國時期的暴君

五胡亂華十六國時期坐上帝王寶座的除了六個漢族小官僚外，其餘全是匈奴、鮮卑、羯、氐、羌的軍閥和他們的後代，武人帝王的四個弱點他們全都具備，除了後趙帝國的石勒和前秦帝國的苻堅外，其餘的都是或大或小的暴君。

五胡亂華十六國時期的第一位暴君是漢趙帝國的第三任皇帝劉聰，他的帝國曾攻陷了晉王朝首都，殺了兩個晉國的皇帝，迫使晉王朝遷到當時還是蠻荒的長江以南。但漢趙帝國的版圖並不大，勢力所及的範圍只相當於今天的陝西省和山西省的西部，比漢王朝的一個郡大不了多少，可劉聰荒淫兇暴的程度，即令大一統的暴君們也會大為遜色。

劉聰當政時的最大興趣是營建宮殿、搜羅美女和亂施刑罰，在皇宮中，僅正式皇后就有五位，姬妾則達一萬多人，幾乎把那個小王國裏稍微有點姿色的年輕女子全都霸佔光了。劉聰常常幾個月不出皇宮，不跟群臣見面，一門心思縱情聲色犬馬。他誣陷弟弟劉親王謀反，把無數高級將領挖掉眼珠後，再放在燃燒的炭火上烤炙，僥倖活下來的再全部押上刑場腰斬，首都平陽幾乎空了一半。

劉聰的兒子劉粲較他的父親更為讓人瞠目。即位後的第一件事就是跟五位年齡都不滿二十歲的先父寵妃不分晝夜做愛胡鬧，從不過問國家大事，在位不到兩個月就被他的岳父發動政變推翻。劉粲和所有的劉姓皇子皇孫，不分男女老幼，不分賢愚不肖，全做了刀下之鬼；劉姓皇族墳墓，包括劉淵、劉聰在內，全被剖棺焚屍。

後趙帝國的開國皇帝石勒是五胡亂華十六國中最英明的君主之一，可他的侄兒，繼任皇帝石虎卻是一個禽獸型的暴君。他像

一條毒蛇一樣，腦筋裏只有兩件事：淫欲和殺人。

他在首都鄴城開闢了世界上最大的狩獵圍場，圍場裏的野獸是帝國的「一等公民」，享有比普通公民高得多的待遇，任何人都不許向野獸擲一塊石頭，否則就是「犯獸」，要處死刑。

石虎最有興趣的「正事」是蒐集美女，有一次一下子就徵集了三萬人。後趙政府官員為了迎合石虎的淫慾完成規定指標，像強盜一樣挨家挨戶搜捕年輕女子。父親或丈夫如果拒絕獻出他們的女兒妻子，就會當場被亂刀砍死。當成千上萬的美女送到鄴城時，石虎高興得手舞足蹈，凡有超額的地方首長，都加官封爵；但等到這項暴政引起人民大規模逃亡，朝野怨聲載道時，石虎又指責那些新晉封侯爵的地方長官不體恤人民，把他們作為替罪羊斬首示眾。為了容納搜括來的美女，石虎分別在鄴城、長安、洛陽三大都市大興土木，建造豪華的宮殿，四十餘萬民工晝夜不停地勞作，半數以上的勞工病死或累死。鋪天蓋地的苛捐雜稅，迫使缺衣少食的平民百姓賣兒賣女，等到無路可逃之時，便起而抗暴或全家自縊而死。道路兩側樹上懸掛的屍體，成了這個帝國最辛酸的景觀。

石虎很愛他的兒子，他曾經深有感觸地說：「我實在弄不懂司馬家族為何自相殘殺（晉王朝的『八王之亂』全是司馬皇族自己人打自己人），像我們石家，要說我會殺我的兒子，簡直不可思議。」

他說這句話的第二年，被封為皇太子的石宣因看不慣弟弟石韜親王宮殿的樑木太長，竟派殺手把石韜刺死（武人帝王的兒子很多擁有這樣的虎狼性格），還準備把老爹同時幹掉，提前登基。石宣的行為不但殘暴冷血而且愚蠢至極，是大分裂時期的武人帝王後代最具代表性的一個人物。

有其子必有其父，石虎的反擊瘋狂而殘忍，他率領妻子姬妾和文武百官登上高臺，把石宣綁到台下，先拔掉他的頭髮，再割掉他的舌頭，再砍斷手足、剜去雙眼，然後牽到事先準備好的柴堆上縱火燒死，臺上的人都閉上眼睛不忍觀看。石宣所有的姬妾兒女，包括才五歲的幼子，也是石虎最疼愛的孫子，全淪為刀下之鬼。太子宮的宦官和官員，都被車裂。太子宮衛士十萬人，全部被放逐到一千二百公里外的前涼王國交界處的金城。

石虎的瘋狂獸性給他所屬的羯民族帶來滅種的噩運。石虎逝世後，他的三個兒子為了爭奪王位開始自相殘殺，第二年漢民族大將冉閔發動政變，把最後的勝利者石鑒殺掉。冉閔對胡人有刻骨的仇恨，他下令說：「凡殺一個胡人，官員升三級，士兵升牙門將。」僅首都鄴城地區，被屠的就有二十萬人，包括羯民族所有的親王大臣和販夫走卒。人民對石虎暴政所蘊藏的憤怒，報復到整個羯民族身上，這次報復是殘酷的，羯民族從此消失。

一個民族如果出現了像石虎這樣的權力人物，那才是這個民族真正的不幸。

五胡亂華十六國時期另一個英明的君主是前秦帝國的苻堅，可他的前任也是他的堂兄苻生卻是一個石虎型的大暴君。這個自幼瞎了一隻眼的二十一歲青年，最愛好的差事也是殺人和性交。他離不開鐵錘鋼鋸刀斧之類肢解人體的兇器，一言不合就親自動手殺人。

一般帝王殺人總是命劊子手行刑，可苻生愛好親自動手殺人並肢解屍體。他經常大宴群臣，強迫臣僚像他一樣暴飲暴食，凡是不酩酊大醉的，苻生就教弓箭手一一射死。他一天不殺人就不快活，他的大臣無論是諂媚他還是規諫他都一律處斬。

除了殺人和淫慾之外，他的一些行為簡直喪失人性：他命宮

女與男人當眾性交，親自率領群臣在旁興趣盎然地觀看；又命宮女跟羊性交，看她能不能生下小羊；又把牛馬驢羊等活活剝皮，使牠們在宮殿上奔跑哀鳴；或把人的面皮剝下，再叫他表演歌舞……苻生殺得高興時，把朝廷中所有的高級官員，包括宰相元帥，通通以謀反的罪名處斬，連梁皇后也成了他的刀下之鬼。他的舅父勸他少殺，他的回答是用鐵錘擊碎舅父的頭顱。他常用的刑罰有四種：砍斷雙腿、拉碎胸骨、鋸頸、剖腹。當他殺得昏頭昏腦不知道自己是誰時，苻堅率軍闖進皇宮一刀砍下了他的頭顱，及時地中止了他的罪惡。

　　後燕帝國的最後一任皇帝慕容熙，是一個看來頗有點重情的暴君，慕容熙剛即位時，對丁太后的恩情自然無法忘懷，還能經常與她同床共歡。但過了僅有一年的時光，慕容熙又看上了中山尹苻謨的兩個女兒。有了這兩個美人，慕容熙自然冷落了丁太后。丁太后牢騷滿腹，便和侄兒丁信商量想廢掉慕容熙，改立慕容淵為皇帝。慕容熙聽到風聲後，毫不留情，把他們全部殺掉。

　　慕容熙十分寵愛苻謨的兩個女兒，但這兩個姐妹不是享福的命，不久先是姐姐的身體欠佳，一命嗚呼。不久妹妹也跟著姐姐離開了人間，他下令政府官員都要放聲大哭，並派遣衛士巡迴查看，凡沒有哭出眼淚的人，都要嚴厲處罰，官員們只好用辣椒刺激淚腺。出葬那天，慕容熙赤著雙腳，徒步扶柩十多公里，其悲哀之情使不少已婚婦人深受感動。苦於暴虐的首都龍城人民乘機舉事，在高句麗大將高雲的領導下關閉城門。慕容熙率軍攻擊，結果兵敗身死，也許是上蒼感念他的一片癡心，讓他追隨苻皇后的亡靈去了。

2. 南朝的暴君

　　南朝的宋帝國短短六十年壽命中，共八任皇帝，而六任皇帝

是暴君。他們是二任帝劉義符，三任帝劉義隆，四任帝劉駿，五任帝劉子業，六任帝劉彧，八任帝劉昱。

劉駿在位時最值得稱道的軼事是參觀皇宮博物館。這個博物館是南宋帝國的開國皇帝劉裕建立的，他把貧賤時給人當傭工使用的燈籠麻繩之類的東西陳列在裏面，目的是讓他的後裔子孫們觸目驚心，體念祖先創業的艱難，好好珍惜自己的江山。

可劉駿參觀完博物館後，卻指著老祖父劉裕的遺像說：「他不過是一個莊稼漢，混到這個地位，豈不有點過分？」隨駕的群臣一個個驚愕地張大了嘴巴。劉裕若是地下有知，不知作何感想。

劉子業即位時只有十六歲，還是一個大孩子，目空一切又恣意妄為。他最大的創舉是把所有的王妃公主召進皇宮，命他左右親信，輪流姦淫。他的嬸母江妃不肯做此禽獸之舉，劉子業打了她一百皮鞭，當著她的面處斬了她的三個兒子……

還有一次，劉子業命令宮女赤身裸體在院子裏追逐嬉戲，其中有一個宮女不肯脫衣服，劉子業立即把她砍頭示眾。

劉子業對亂倫也有強烈的熱情，竟然把姑母新蔡公主接進皇宮，收為姬妾，而把情敵姑父殺掉。他的母親王太后病危，派人喚他，他說：「病人住的地方鬼多，我怎麼能去？」王太后大怒說：「快拿刀來剖開我的肚子，怎麼生出這種畜生？」

劉子業疑心他祖叔劉義恭會對他不利，親自率領軍隊到劉義恭家，把劉義恭和四個兒子全部殺死，然後肢解四肢，剖出腸胃，又挖掉眼睛，泡在蜂蜜裏，名「鬼目粽」。他對所有的叔父都不放心，索性把他們集中囚禁，隨意毆打，或者在地上拖來拖去。他尤其憎惡劉彧，每頓飯都把劉彧的衣服剝光，令他像豬一樣用嘴去木槽裏吞食，且幾次要殺他，全虧劉彧的弟弟劉休仁伶

俐的諂媚才保得性命。

值得一提的是：劉子業最喜歡傷害他的親人和他的家族，這不是個別現象，而是很多暴君共同的特徵。一個家族如果出現了一個暴君，他的親人最好別指望「一人得道，雞犬升天」，他們所受的迫害或許比暴君統治下的臣民還要慘烈。

劉子業只當了一年皇帝，就被管理衣服的宦官壽寂之殺死，他最討厭的叔父「豬王」劉彧被劉休仁等一些親王擁上皇位。劉彧本來是一個性情溫和、心寬體胖的男人，可當了帝王之後卻變成了另外一個人。他首先把兄長劉駿的二十八個兒子全部殺掉，接著再把和他一塊在劉子業手中共患難的兄弟全部殺掉，然後又逼迫屢次救他性命的弟弟劉休仁服毒自殺⋯⋯

八任帝劉昱當皇帝時只有十歲，還沒能力做出太大的壞事，可到了十五歲，劉姓家族遺傳的劣根性在他身上完全暴露無遺。他不喜歡宮廷的拘束生活，只喜歡穿著短衫短褲像街上的小混混一樣四處遊蕩，累了就像流浪漢一樣躺在街邊睡覺。他有無窮的小聰明，既會當裁縫又會演奏樂器，可就是不會當皇帝。

他最初很樂意跟街市上的販夫走卒打交道，當別人不知道他是誰而跟他爭執辱罵時，他也不以為意；可一轉眼就擺起架子，一出宮門就宣布戒嚴，並有大隊武裝隨從護衛，來不及躲避的人或家畜，一律格殺勿論。首都建康幾乎成為廢墟，千家萬戶晝夜閉門，街道像墓道一樣寂靜。

劉昱和苻生一樣，身邊不離鐵釘鐵錐，一天不親自動手殺人就不快樂。有一次他闖進禁衛軍司令部，看見正在睡午覺的禁衛軍司令蕭道成肚子特別大，突然異想天開，竟然把大肚子當靶子，張滿弓箭瞄準了大肚子上的肚臍。隨侍的人員有不少是蕭道成的親信，急忙托住弓箭勸解：「大肚子固然是個好靶，可是一

箭射死，下次就沒有這樣的好靶了，不如改用草箭，射了還可再射。」劉昱於是改用草箭，一箭正中肚臍，大笑說：「我這一手如何？」他這一手當然漂亮，蕭道成不但不再忠於他，還派親信砍下他的腦袋，把皇位奪了過來，劉姓皇族被屠殺滅種。

南宋的齊帝國只有二十四年的壽命，卻搞出來七任皇帝，其中三任是暴君，他們是三任帝蕭昭業、五任帝蕭鸞和六任帝蕭寶卷。蕭昭業在侍奉生病的皇帝老爹時看上去悲痛欲絕，可暗地裏卻請楊姓女巫用法術詛咒老爹快快死去，以便自己提前當皇帝。老爹病危時，蕭昭業給妻子寫的信是用三十六個小「喜」字做一個圓圈環繞一個大「喜」字。老爹死後，蕭昭業做的第一件事就是重賞楊姓女巫，以獎勵她咒死老父的功勞，然後分批屠殺皇子皇孫，熱心地為敵人復仇；然後大把大把地賞錢，半年不到就把國庫揮霍一空。

宰相蕭鸞是開國皇帝蕭道成哥哥的兒子，蕭昭業的叔祖。蕭昭業幾次要殺蕭鸞，幾次都在猶豫不決時被人勸阻，最後被蕭鸞先發制人殺掉。

蕭鸞是靠政變殺掉蕭昭業當上皇帝的，他在任時最熱中的事就是屠殺皇族，每逢他晚上焚香禱告，嗚咽流涕時，左右的人就知道明天一定有大規模流血。蕭道成的子孫被屠殺罄盡，大屠殺一次接著一次，他死前的那一次曾一口氣殺掉十個親王，然後才命有關機關告發那十個親王謀反，要求處死。蕭鸞假意不准，做出在法律機關的堅持下才不得已向法律屈服的假象。

蕭鸞的兒子蕭寶卷即位時只有十六歲（和亂倫的劉子業即位時一樣大），這位暴君中的暴君性格內向，不喜歡跟大臣接觸，只喜歡出宮閒逛，卻不允許任何人看他，每次出宮都先行戒嚴。為了預防有人從門縫裏偷看，凡他經過的街道，兩旁的房舍都要

空出來。皇家衛隊前驅的鼓聲一響，平民就像聽見防空警報，狂奔而出向四方逃命，來不及逃走的全做了刀下之鬼。

有一個孕婦逃得慢了點，被蕭寶卷看見，竟被開膛剖肚，血淋淋地當眾把嬰兒從肚子裏挖出來……另有一個害病的老僧無力逃避，躲在草叢裏，蕭寶卷一聲令下，亂箭像飛蝗一樣飛過去，老僧瞬間被射成蜂窩狀。

蕭寶卷每個月都要這樣出遊二十多次，且方向無定，忽南忽北，忽東忽西，有時還是夜遊，老百姓終日提心吊膽，難得有一天安穩的日子。這樣的暴君是沒有善終的，蕭寶卷只當了兩年多一點的皇帝就激起四次巨大兵變。第一次發生於499年，蕭寶卷的堂兄蕭遙光親王起兵進攻皇宮，失敗。第二次發生在同年，大將陳顯達從會稽起兵進攻建康，也失敗。第三次兵變發生在500年，大將崔景圍攻台城，被另一位大將蕭懿撲滅。

這三次兵變迅速地被蕩平，蕭寶卷的氣焰成倍地增長，認定天意民心都站在他這一邊，屠殺更變本加厲，沒多久就把平定第三次兵變的股肱之臣蕭懿殺掉，於是激發起第四次也是最後一次兵變。蕭懿的弟弟雍州州長蕭衍在襄陽叛變，率軍順長江東下。

但蕭寶卷並不在意，他在皇宮中用黃金鋪地，鑿成蓮花，叫他最寵愛的妃子潘玉兒走在上面，稱之為「步步生蓮花」。蕭衍的叛軍於次年九月挺進到建康城下，完成對首都的包圍。蕭寶卷鎮靜如昔，三次兵變都被平叛，他堅信第四次兵變沒有理由例外，所以他在圍城中專心致志擴建他的宮殿。

民間有一棵好樹木或一株好竹子，都被毀牆拆屋移植入宮。他的左右親信中有幾個比較清醒的，看出局勢嚴重，希望蕭寶卷能夠安靜下來，其中一人趁著他的坐騎忽然驚嘶的機會向他進諫說：「我看見你父親，他很不高興，責備你總是出宮遊蕩。」蕭

寶卷的反應是極為憤怒，拔出佩刀到處尋找他老爹的鬼魂，尋找不著就用草縛一個他老爹的人像斬首，把頭掛在宮門口示眾。

將領們請他拿出宮中財物犒軍，蕭寶卷捨得把黃金拿來鋪地，卻捨不得用來做軍餉，竟然跳起來喊：「為什麼只教我花錢，敵人來了難道只殺我？」一個人被無限權力作弄到如此程度，使人連生氣的熱情都沒有。

到了十二月，蕭寶卷正在殿上無憂無慮地作樂聽歌時，城防司令王國珍率軍殺入皇宮，一刀砍中他的膝蓋，一個宦官從旁再砍一刀，斬下這個只十九歲的年輕人的頭顱，迎接蕭衍入城。

南梁帝國的暴君蕭繹臨死前的瘋狂使中華文化受到一次無法補償的損失。他把收藏的十四萬冊圖書全部放火焚毀，許多絕版珍本都成灰燼。他把自己的國破家亡全歸罪於讀書太多。他死前的小動作是揮劍砍柱，大呼：「文武之道，到此為止！」

3. 瘋子治國——並非文人的杜撰

北齊帝國的創立者高歡也是一個英雄人物，他的最大缺點也是大多數武人共有的缺點：縱容兒子們驕傲橫暴，無法無天。他的兒子高洋是北齊帝國的第一任皇帝，這個瘋子型的暴君，很快就把這個本來很有希望統一中原的帝國送上了末路。

高洋是一個酒鬼，又是一個徹頭徹尾的殺人狂，北齊帝國的金鑾殿上有兩樣奇怪的擺設：一口鍋和一把鋸，那是高洋親手殺人的工具。高洋每逢喝醉了酒，必須殺人才能快樂；而他從早到晚都在喝醉，所以他必須從早到晚不停地殺人。宮女宦官和親信每天都有人慘死在他的盛怒之下，最後遂由司法部門把判決死刑的囚犯，送到皇宮供高洋殺人時之用。

後來殺的人太多，死囚不夠供應，就用拘留所裏正在審訊中的被告充數，稱為「供御囚」；不但送到皇宮，即使高洋出巡

時，供御囚也跟在高洋的屁股後，只要三個月不死，即作無罪釋放。他心情不快活時，一下子就把宰相高隆之和他的二十多個兒子全部殺死。

宰相李暹病故，高洋親去李暹家祭吊，問李暹妻子：「想不想妳丈夫？」對方回答說：「結髮夫妻，怎不想念。」高洋說：「既然想念，何不前往。」當即抽出佩刀砍下對方的頭顱，一揮手扔在牆外。

高洋非常寵愛一位妓女出身的薛貴嬪，又跟她姊姊暗度陳倉。有一天，高洋到她姊姊家吃酒，姊姊求高洋給她父親一個大官，高洋的回答是令衛士把她懸掛起來，用鋸子鋸成兩段。姊姊死後沒幾天，高洋忽然想起薛貴嬪曾經跟別的男人睡過覺，又把她殺掉，把血淋淋的人頭藏在懷裏參加宴會，在宴會高潮時，掏出來拋在桌子上，在座的賓客無不大驚失色，魂飛天外。高洋又把薛貴嬪的屍體肢解，用腿骨做一個琵琶，一面彈一面唱「佳人再難得」。薛貴嬪出葬時，高洋跟隨在後面，蓬頭垢面，哭得昏天黑地……

高洋凶性發作時六親不認，有一天他心情不好，碰巧看見母親婁太后坐在小矮凳上，就衝過去一腳踢翻了矮凳，把老太婆跌成重傷；還有一次一言不合，就大嚷大叫要把母親嫁給鮮卑家奴。高洋到岳母家串門，給岳母的禮物是一箭射中她的面頰，吼叫說：「我喝醉了連親娘都不認識，妳算什麼東西！」再把已滿臉流血的岳母打一百皮鞭。高洋把平日經常規勸他的兩個弟弟高浚和高渙囚在地窖鐵籠之中，親自去看他們，縱聲高歌，命二人相和。二人又悲又怕，唱出的歌聲聲音顫抖。高洋聽了，先是陪著流了幾滴眼淚，隨後提起鐵矛向二人猛刺，衛士群矛齊下，兩個弟弟霎時成了一團肉醬。高洋還把北魏帝國元姓皇族全部屠

殺，嬰兒則被拋到空中，用鐵矛承接，像串糖葫蘆一樣刺穿。

北齊帝國的最後一任皇帝高緯是高洋的侄孫，他最自豪的傑作是誣陷最忠心的宰相和軍事天才大元帥斛律光謀反，屠滅三族，另委任一臉忠貞好話說盡、但早已暗中投降北齊的敵國北周的高阿那宏擔任宰相。北周皇帝宇文邕聽到斛律光的死訊，高興得跳了起來，下令大赦，以慶祝敵人的這椿冤獄。

高緯的另一傑作是在和北周帝國展開關係帝國生命的決戰時，卻在他最寵愛的妃子馮小憐的要求下，率領重兵四出打獵，結果本來很悍應該取勝的北齊兵團一戰即潰，高緯被高阿那宏作為晉見禮物獻給北周追兵，押往長安封為侯爵。九個月後，像他誣陷斛律光謀反屠滅三族一樣，自己也背上了「莫須有」的罪名，所有高姓皇子皇孫全成了刀下之鬼。他最寵愛的妃子馮小憐則淪落為奴，給人舂米。

4. 五代十國的暴君

後梁帝國的開國皇帝朱溫是一個地痞流氓出身的惡棍，在強權就是真理的亂世，靠令人恐懼的暴力取得政權。這個殺豬出身的無賴，本是唐末農民起義領袖黃巢的部將，在黃巢走下坡路時對他的老闆反噬一口，投降唐朝，被唐政府任命為宣武軍區（河南開封）節度使。

二十年後，唐王朝宦官政權發生內訌，宰相崔胤請朱溫發兵救駕，朱溫率軍進入長安，突襲皇宮，對宦官進行滅種式的大屠殺。唐王朝的宦官作惡多端，殺幾個不會承擔良心責任，可那些沒有作惡，還是孩子的小宦官也成了刀下之鬼，朱溫的做法未免有殘暴之實。屠殺宦官的第二年，朱溫強迫唐政府遷都洛陽，並裹脅長安全體市民跟隨東遷。長安宮殿和所有民房被悉數拆除，百萬市民剎那間成為赤貧，被朱溫的汴州兵團押解上道，咒罵聲

和哭聲連綿四百公里，沿途死亡的屍體遍地皆是。長安這個曾經作為各朝首都先後達一千多年之久的歷史名城，受到了最慘重的破壞，從此喪失被選為首都的資格。

遷都洛陽後的八個月，朱溫派人刺死了傀儡皇帝李曄，三年後又強迫李曄的兒子李祝禪位給他。朱溫只當了六年皇帝，在位時除不停地殺人和跟兒媳睡覺外，沒做過什麼正經事。皇宮有的是美女，可朱溫偏偏要去霸佔兒媳，既傷害了兒子，又背上了亂倫的惡名，實在讓人想不通。這興許印證了「得不到的就是好的」那句俗諺，那時天下的女人都是皇帝的菜，只有兒媳是碰不得的，既沒教養又無任何道德準則的朱溫，就偏要去碰。

有奇淫的人，必定有奇禍，和春秋時期以「扒灰」名垂史冊的姬晉、熊棄疾一樣，朱溫「扒灰」也扒出了現世報，他的兒子朱友珪一刀刺穿了他的肚皮。

後晉帝國的創始人石敬瑭是出了名的「兒皇帝」，這個令人肉麻的無聊人物為了當皇帝，竟請求塞北的遼帝國出兵援助他進攻當時還是皇帝的小舅子李從珂，條件是當了皇帝後割讓長城以南面積達十二萬平方公里的「燕雲十六州」作為報酬。

石敬瑭即位後，為了感謝遼帝國的再造之恩，除了按約割地外，還隆重地尊稱遼帝國的皇帝耶律德光為「父」，自稱為「兒」。那一年耶律德光只三十七歲，石敬瑭已四十七歲。三十七歲的父親收養四十七歲的兒子，正是封建時代有頭臉的人物，才搞得出來的作品。

四、暴君的集大成者 —— 聰明絕頂的楊廣

隋煬帝楊廣是一個家喻戶曉的暴君，稍微有點歷史知識的人，對他的荒淫暴虐都有很清晰的印象；但很少有人知道他是一

個絕頂聰明的人。他有相當高的文化素養，作的詩感情充沛、文辭華麗，也有很強的藝術感染力；他寫的文章旁徵博引、條分縷析、順理成章；他的言論和他所頒的命令都大義凜然，無懈可擊。連文才武略空前絕後的李世民大帝，也從心底佩服他的聰明和教養。從他當皇帝之前和長兄楊勇爭奪繼承人的過程，就可看出他擁有的無與倫比的小聰明。

隋王朝的開國皇帝楊堅使長期陷於分裂和混亂的中原歸於統一和安定，是他精明能幹的最好表證。他深知創業的艱難，很知道珍惜國力，不但自己生活儉樸，食不甘味，衣不著錦；還嚴禁皇族驕奢淫逸，揮霍浪費。在他的領導下，國人非凡的復興潛力很快表現出來，不幾年工夫國家就恢復應有的強大。從中央到地方的糧倉全塞得滿滿的，人民的溫飽問題基本得到解決，社會秩序安定，吏治清正廉明，種種跡象表明隋王朝會千秋萬歲。

隋文帝楊堅因江山來之不易，也就格外注重繼承人問題。他深知繼承人若選擇不當，對王朝和楊姓家族的傷害將是無與倫比的。大分裂時期像石勒、劉裕、高歡這些本來很英明的帝王，就是在選擇繼承人時栽了跟頭，王朝和家族也因此蒙受了最慘烈的災禍。因此楊堅在選擇繼承人時慎之又慎，對兒子尤其是皇太子的要求也就格外嚴厲。

楊堅有五個兒子，全是妻子獨孤皇后所生，一母同胞自應親如手足，其中長子楊勇是法定的繼承人，被立為皇太子；次子楊廣因聰明好學，二十歲時就出任攻陳總司令，一舉而下江南，俘虜了傑出的音樂家皇帝、〈玉樹後庭花〉的作者陳叔寶和兩位長髮拖地的絕色美女，立下了蓋世的軍功，因而深得其父楊堅的寵愛。隋王朝統一中原後不久，楊廣便開始奪嫡，向他的同胞哥哥楊勇伸出毒手。

　　皇太子楊勇是一個大而化之的花花公子，疏闊豪爽，不拘小節。老娘獨孤皇后最討厭男人有姬妾，楊勇偏偏姬妾成群，在宮中守活寡的妻子沒多久就抑鬱而死。老父楊堅最討厭大臣花天酒地，楊勇偏偏喜歡大宴賓客，通宵達旦地歌舞飲宴。這些本都是小的縫隙，但精明過人的楊廣很善於利用這些縫隙，並開始有計畫地切入這些縫隙。

　　楊廣只有妻子蕭妃一人，供役使的婢僕不是老太婆就是醜小鴨；擺在庭屋的古琴上積滿灰塵，二十五弦只剩下四弦……僅這幾點就夠老爹老娘高興。老夫婦每派人到兒子那裏，楊勇只把他們當僕人看待，楊廣則把他們待如上賓，和妻子雙雙站在門口恭謹迎接，臨走時還殷勤問訊，並致送厚禮……於是老夫婦耳畔聽到的全是讚揚楊廣的聲音。

　　楊廣出鎮江都，每次入朝辭行，都作傷心留戀狀淚如雨下，依依不捨。父母看兒子如此孝心，也心痛流淚，不忍他遠離膝下。楊廣需要的正是如此，這樣他才能接近最高權力。楊廣知識水準很高，待人接物謙虛恭謹，尤其曲意結交政府官員，對楊堅最信任的宰相楊素更捨得下本錢。他所展示出來的，全是一個千載難逢的標準領袖，具有肝膽相照、義薄雲天的英雄性格和救國救民、民胞物與的聖賢抱負，集人類所有美德於一身。

　　在這樣一個精明的對手面前，楊勇很快被孤立起來了，最後莫名其妙地背上了「謀反」的罪名，被盛怒的父皇廢為平民，囚禁深宮。楊廣則如願以償地當上了皇太子。

　　楊廣奪嫡後的第四年，對皇位有點迫不及待了，開始向他曾經流淚致孝的父皇痛下毒手。這一年，楊堅前往長安一百四十公里外的仁壽宮避暑，在行宮一病不起，皇太子楊廣入宮侍奉。望著病榻上奄奄待斃的父皇，楊廣興奮得無法再繼續控制自己。

楊堅的病榻前除了楊廣外，還有他最寵愛的陳貴妃隨侍左右。陳貴妃肌膚如玉、豐乳肥臀，楊廣早就對之垂涎三尺，只因她是父皇的愛妃才一直克制自己不敢造次。現在父皇的病看來是不治的了，他沒有必要繼續顧忌禮法了。楊堅的雙眼總是閉著，楊廣的雙眼則瞪得像銅鈴一樣，不過不是望著垂危的父皇，而是盯著陳貴妃的豐滿胸脯。最後終於忍不住了，當陳貴妃去偏殿換衣服時，楊廣不自主地尾隨上去，從後面一把抱住了她，欲行亂倫之事。

陳貴妃在驚恐中回過頭來時，簡直不敢相信自己的眼睛，那個禽獸不如的傢伙，竟然是她一向從心底敬重的皇太子，於是出於本能地掙扎逃掉。這時楊堅剛好從昏迷中醒來，問其何故神色倉皇，陳貴妃垂淚地說道：「太子無禮。」楊堅大怒說：「獨孤誤我。」

當即命令兩位親信官員去長安召喚楊勇。楊廣望著陳貴妃逃走的背影，深知自己這次會吃不了兜著走，便搶先一步通知他平時曲意結交的警備司令楊素。楊素立即命令禁衛軍把去長安的兩位親信官員逮捕，勒兵戒嚴，包圍仁壽宮，斷絕內外交通，然後命部將張衡闖進楊堅的臥室，把皇上揮拳打死。

楊廣弒父後的第一件事就是找他美麗的庶母陳貴妃睡覺，陳貴妃這次沒有任何掙扎；第二件事是派人馳赴長安把已經罷黜的哥哥殺掉，剷除皇位的合法繼承人，然後給父親發喪，在文武百官的「萬歲」聲中，坐上了皇帝寶座。

楊廣從開始採取奪嫡行動，到他弒父行兇之日，歷時十四年，在這段漫長的歲月中，一直能偽裝得天衣無縫，真是一件不容易的事，只有絕頂聰明的人，才有可能做到。

楊廣的過人聰明應該能成為一個偉大的帝王，只可惜他欠缺

人類所特有的高尚靈魂和責任心，他奪嫡的目的只有一個，就是獲得無限權力。獲得無限權力的目的也只有一個，那就是瘋狂地享樂和發洩被壓抑了十四年的獸慾。因此他的聰明才智只能增加對國家和人民的傷害，正所謂「流氓的武功越高，對社會的危害性越大。」正因為楊廣具有絕頂的聰明和精力，所以只短短十幾年時間，就把一個空前富裕強大的王朝毀滅。

下面把楊廣在位十五年中的重要暴政概述一下：

1. 橫徵暴斂，大興土木，耗盡國力民財

楊廣即位後，迫不及待地從長安前往洛陽，徵調民夫二百萬人，擴建洛陽城和洛陽宮。在洛陽西郊興建「西苑」，面積六百平方公里，內有人工湖和連綿不斷的人工山，山上宮殿林立，曲折盤旋。另有人工小運河，由人工湖通到洛水，沿小運河兩岸建皇宮十六所，稱為「十六院」，每院美女二、三百人，佈置豪華，恍若人間天堂。

楊廣每出遊賞月，騎馬隨駕的宮女就有數千人之多。又在洛陽南郊建「顯仁宮」，在太原建「晉陽宮」，在汾州建「汾陽宮」。為了便於外出遊樂和炫耀他的偉大，楊廣徵調幾百萬民工開鑿長達兩千公里的「京杭大運河」，605年前開通濟渠（洛陽到淮安間運河）和邗溝（淮安到長江間運河），608年開永濟渠（洛陽到涿郡運河），610年開江南河（鎮江至杭州運河）。沿著運河建皇宮四十餘所，稱為「離宮」。

2. 三征高麗，窮兵黷武，挖空帝國根基

楊廣二十歲時就被任命為行軍大元帥，統率五十二萬大軍討伐力量處於絕對劣勢的陳帝國。他當時的對手陳叔寶又是一個地道的亡國之君，對美女和歌舞的興趣遠勝於治國。因此楊廣兵團一路勢如破竹，一月不到就平定江南。

這一戰役在大大地增長了楊廣威望的同時，也種下了楊廣窮兵黷武的禍根，使他把戰爭視同兒戲，在挑起戰爭時不作認真謹慎的思考權衡。楊廣在即位不久就挑起了和高句麗王國連綿不斷的戰爭，他於611年前往涿郡，高句麗國王高元竟未回應他的徵召到涿郡迎接他。楊廣感到沒有面子，氣得七竅生煙，下令討伐高句麗，動員全國士兵集中涿郡，糧秣集中遼西郡。軍令慘急，造船工匠站在水中，畫夜加工，腰部以下都生了蛆，半數死亡。

次年集中兵力一百三十萬第一次東征，這是當時已知世界能夠調動的最龐大的兵團，理應所向無敵，可戰爭結果大敗虧輸，損兵折將三十餘萬。

楊廣只迷信軍事上數量的優勢，其實當日之攻城戰，野戰軍數量過大，無法擺佈。除非以此數量先聲奪人，使對方喪失鬥志，才有效用。否則展開兵力過多，已先在自己陣容裏產生統御的困難，成為日後戰場上的弱點。

果然西元612年之役，隋軍在鴨綠江以北遼河以東的地區遭遇到高句麗的堅強抗拒，前來支援的水軍在朝鮮半島登陸成功，卻沒有發生奇襲的效用，也不能與陸軍策應，陸軍則補給接應未及，統帥權又控制過嚴，再加以隋皇沒有作殊死戰的決心，一到戰事有利，高句麗詐降，高級將領不敢做主，因此亦無法擴張戰果。最後因秋季潦雨來臨，在平壤北三十里開始撤退，士卒既無實際的訓練，一受高句麗兵的追擊，就崩潰而不可收拾，以致九軍盡陷，喪失資儲器械以巨萬計。

613年，楊廣御駕第二次東征，不巧督運軍糧的將領楊玄感（楊素的兒子）在黎陽叛變，截斷楊廣的歸路。楊廣只好回軍應戰，第二次東征草草結束。

614年，楊廣第三次東征，並下詔稱「黃帝五十二戰，成湯

二十七征」，只是臣下無敢應者，各處叛兵攻陷城邑也不能每一處平剿。這時全國已成沸騰之勢，變民集團風起雲湧，四方回應，徵調的兵力半數不至。高句麗也因連年征戰精疲力竭，只好請和，並把楊玄感的同黨，去年投降高句麗的斛斯政送回隋朝，以表誠意。楊廣總算爭到一點面子，於是罷兵，回洛陽後徵召高元入朝。高元仍然不至，楊廣火冒三丈，下令準備第四次東征。因突厥汗國始畢可汗統騎兵十萬抄他的後路，圍困楊廣於雁門郡；全國各地盜匪蜂起，已不能在涿郡集結兵力，這次東征才胎死腹中。

3. 三下江南，四出遊樂，刮盡民脂民膏

楊廣開運河的目的不是為人民興修水利，而是便於他一個人乘船前往他曾經鎮守過的當時全國最繁華的大都市江都遊玩。605年、610年、616年先後三次下江南。帝王出遊已經不平凡，楊廣出遊更是威風八面，僅皇家乘坐的龍舟就有數千艘，不用槳篙，而用縴夫，拉縴的達八萬餘人。禁衛軍乘坐的軍艦也有幾千艘，由軍士自己拉縴。一萬多艘船隻，首尾相銜一百餘公里。騎兵夾岸護衛，萬馬奔騰，旌旗遍野，場面甚是壯觀。飲食供應由二百五十公里以內的地方政府奉獻，競爭著極盡精美，宮人們無法吃完，臨走時一律倒掉。

楊廣宣稱他喜歡江都，其實他在江都仍居在深宮，從沒有跟祖國江山如畫的大自然接觸，他只是喜歡沿途這種使人驚心動魄的派頭，只是為了炫耀他的偉大。

楊廣於西元608年，令天下鷹師集結長安，一來就有一萬多人，610年他又在洛陽端門街盛陳百戲，天下奇技異藝畢集，一月方散，他自己也好幾次微服去觀賞。他又聽說吐谷渾（鮮卑族入青海部落）行波斯馬，放在青海草原，能生龍駒，一日千里，

他就入雌馬兩千匹於川谷以求「龍種」，種種荒誕不經之事，就是為了滿足他的炫耀慾。

楊廣最後一次出遊江都，因遍地變民武裝截斷了他的歸路，他只好在江都住了一年多，最後被親信大將宇文化絞死，死時才五十歲。強大的隋王朝也跟著完結。

楊廣跟他的前輩石虎、高洋之流的暴君完全不是一個類型。石虎、高洋之流的荒淫兇暴，可以直接從行為上觀察出來，楊廣則不然，他給人的是一種非常厚道、非常理性的印象，具有極大的欺騙性，人民在不知不覺中受其荼毒。他把暴行間接化和制度化，使其成為一種合法的暴政。

這暴政表面上好像不是楊廣的本意，實際上卻恰恰相反，而且他的本意比官員們更惡毒，所以對人民的傷害就更大，人民的還報也就更為慘烈。以隋王朝力量的雄厚，如果楊廣只是中等暴君，帝國可能仍承受得住，不至於迅速覆沒；但楊廣的暴政太全面了，他在短短的十五年中，就毀掉了這個空前富庶強大的帝國。

楊廣絕頂聰明，這是他的優點；但聰明人都有自視過高、瞧不起他人的弱點，尤其是聽不進相反的意見。如果不能戰勝這個弱點，聰明就可能成為一把自傷的利劍。聰明反被聰明誤的事例在現實生活中比比皆是。

楊廣不能也不願意戰勝自以為是的弱點，他曾對大臣宣稱：「我天性不喜歡聽相反的意見，對所謂直言敢諫的人，都說他們忠誠，但我最不能忍耐。你們如果想升官封爵，一定要聽話。」事實證明，楊廣的聰明毀了他，也毀了他的國家。

五、明王朝的暴君 —— 極權體制的罪魁

首先，明王朝的暴君數量之多，在中國歷史上空前絕後，二十任皇帝就有十七個是暴君。其中二任帝朱允炆一上任就遇到叔父發動的叛亂，四年後兵敗身死；十五任帝朱常洛在位只有三十天，還來不及作惡；如果讓這兩人多在位幾年，也極有可能成為暴君，事實上只有七任帝朱祁鈺一人不是暴君。

其次，明王朝雖然出了那麼多的暴君，可壽命卻出奇地長，竟統治中原達兩百七十七年之久。如果加上南邊的三個流亡小朝廷，合起來有兩百九十五年，比強盛的唐王朝的壽命還要長，不像大分裂時期的那些暴君一樣馬上招致王朝的覆亡。

再次，明王朝的暴君除了十一任帝朱厚照之外，本人並沒有太多的眾所週知的暴行，暴行多半是下面的官僚和太監幹的，但這些官僚和太監正是秉承皇帝的旨意。

朱元璋和朱棣雖然殘暴好殺，可都是在懲治貪污叛逆和整肅吏治的幌子下大開殺戒，直到今天還為人民所稱道，乍看起來好像是明君而不是暴君。我們不能被假象所蒙蔽，明王朝的暴君不但作惡多端，而且貽害無窮，流惡難盡，對中華民族的傷害較之大分裂時期，那些禽獸不如的暴君有過之而無不及。

在這以前，中華民族儘管多災多難，但一直以一個強大文明的形象自立於世界民族之林。可自明朝以後，它落伍了，從天朝大國加速度下滑，以至19世紀歐洲人侵入時，中華民族竟墮落成為一個白癡般的民族，究其原因，始作俑者正是明王朝的暴君，正是他們創立的那一套極權專制體制，毀滅了中華民族的靈性和進取精神，窒息了中華民族的生機，使華夏文明比西方文明至少落後了三百年。三百年的落後，才是明王朝暴君無與倫比的罪

惡。

　　下面我們從三個方面來敘述這些罪惡的內容和危害——

1. 蹂躪人權，毀滅人性的尊嚴

　　明王朝的開國皇帝朱元璋是一個平民出身的帝王，骨子深處有著濃厚的自卑情結，異常羨慕官員和士大夫所保持的優越地位，因而產生強烈壓制別人的暴虐意念，以求自己心理平衡。

　　中國歷史上的政治思想中本來就缺乏人權觀念，但故意建立摧殘人權制度的，則由朱元璋創始，即三百年間使人聞而戰慄的「詔獄」和「廷杖」。「詔獄」就是由皇帝直接指揮的皇家特務組織「錦衣衛」，後來又增設相同性質的「東廠」、「西廠」和「內廠」等非正規的司法系統，由皇帝最親信的宦官主持。

　　這些特務組織最初只是負責調查及逮捕謀反妖言大奸大惡之人，後來發展到專門用於迫害在政治鬥爭中的失敗者，和人性較為充分的上流社會人士。這些特務組織相互交錯，密如蛛網，遍佈全國的各個角落，街頭巷尾的一舉一動，夫妻吵架和市井打鬥，早上發生，晚上就到了皇帝耳中，這是前所未有的現象。宦官主持詔獄的最大方便，是他可以隨時向皇帝直接提出報告，皇帝可以隨時向宦官發布命令。

　　宦官沒有文化，不知禮義廉恥為何物，潛意識中對正常人尤其是上流社會人士有一種仇恨心理，犯人一旦落到他們手裏，命運可想而知，活命或不受慘烈苦刑的希望幾乎等於零，即使沒有犯任何罪，在難以忍受的酷刑之下也會承認自己有罪，哪怕是滅九族的罪行也會招認。這種罪惡的制度還人為地鼓勵「告密」和「打小報告」等人性中最醜陋的行徑，毒害國人的品行，使國人變得短視冷血，人格日益向低層次滑行。

對人權具有同等摧毀功能的還有廷杖，即在大庭廣眾之下，用木棍打罪犯的屁股。這是一種痛苦難忍的刑罰，受刑人大聲哀號，頭臉撞地，塵土塞滿口中，鬍鬚能全被磨脫，情形慘不忍睹。強壯的人可支持八十下，超過一百的往往在杖下斃命，僥倖不死也要割去敗肉數碗，醫治半年以上。肉體的痛苦也許是次要的，最難醫治的還是心靈的創傷，在眾目睽睽之下暴露下身並呼天搶地，那是一個有自尊心的人無法接受的羞辱。在廷杖制度下，上自宰相，下至平民，沒有人能維持人性的尊嚴。

2.建立絕對專制的極權體制，窒息中華民族的生機

朱元璋得天下後，對當初打天下的功臣大開殺戒，前後一共殺了五萬多人。除了常遇春和湯和外，起兵時共過患難親如手足的朋友連同其家族全慘死在他的屠刀之下，連朱元璋最信任的智囊劉基、李善長也難逃毒手。

朱元璋把有能力的人殺光後，即下令撤銷中書省編制和宰相職位，擢升六部為一級中樞機構，各部首長直接向皇帝負責，皇帝不再設立助手，而直接向各部發號施令。

中華民族有史以來在政治上占重要位置的宰相制度從此消失，皇帝遂在沒有助手幫助的情形下，單獨處理帝國事務。朱元璋對這個措施很是得意，認為是他最高智慧的結晶，可以使朱姓家族牢牢地把握權力魔杖，保持明政權千秋萬世。朱元璋為了防止大權旁落的確費盡了心機，他想方設法把權力集中到皇帝一人身上，可問題恰恰出在皇帝身上。

朱元璋來自民間，政權又由他創立，深知創業的艱難，為政比較勤奮，對繁瑣的政務還可勉強應付。問題是靠世襲制即位的皇帝不可能都是英明勤奮的，朱元璋的後裔就是一群惡少，生長在深宮之中和女人宦官之手，既沒有能力也沒有熱情處理政務，

面對著千萬種變化莫測的帝國事務，必然手足無措。

　　朱元璋平均每日要批閱一百五十件奏章，裁決四百種案件。從前有宰相可以幫助皇帝，如今沒有人能為他分擔，他也不准別人分擔。可他的後代皇帝沒有朱元璋那樣的吃苦精神，只有依靠祕書機構，後來則依靠宦官代理政務，於是大權逐漸落入祕書和宦官之手。宦官是沒有能力、沒有愛心、沒有原則、道德水準又低下的一個群體，由這些人掌握生殺大權，人民是不可能有好日子過的，社會也不可能向前發展。

　　明王朝的暴君還有一個顯著的特點，那就是每個暴君都出奇的懶。除了朱棣、朱元璋比較勤政外，其他的暴君對玩樂胡鬧的興趣比理政要大得多。15世紀60年代，明王朝開始出現一種自從人類有政治組織以來，從來沒有聽說過的「斷頭政治」。

　　從九任帝朱見深起，皇帝長年龜縮深宮，不和大臣見面，也不上朝理政，十四任帝朱翊均在位期間，二十五年間只在金鑾殿亮了一次相，台下百分之九十以上的大臣竟然不認識他。

　　中國歷代王朝的皇帝，無論如何昏瞶兇暴，總是經常地都要出席金鑾殿上舉行的清晨彙報，跟群臣見面，討論國政，必要時還出席小型的在別殿舉行的高階層彙報，聽取並裁決大臣的意見，術語稱為「早朝」或「視朝」。只有明王朝的暴君始終藏在深宮，大臣不認識他，他也不認識大臣，其懶惰昏庸可想而知。由這樣的懶皇帝來包攬國家大事，國家會治理成什麼樣子就可想而知了。

　　極權體制的另一個弊端是：權力集中到皇帝一人手中，其他的官員就處於相當被動的地位，沒有責任心也沒有必要去主動地為國操勞，官員的積極性和創造性也因此被扼殺。

　　在這種體制下，全國只有皇帝一人在思考，其他的人不能也

沒有必要思考，即使思考了也是基於爭權奪利等陰暗目的。問題是在幅員遼闊的龐大帝國中，事務包羅萬象千變萬化，不是皇帝一人的腦袋容納得下的，不作為或作為失當的事情也就不可避免，於是帝國的生機窒息了，社會開始大步地後退，這也許是朱元璋所希望的，只要朱姓家族能永遠地騎在百姓頭上作威作福，國家越落後人民越愚昧越好。到了明王朝的後期，那些懶皇帝，也就是惟一有思考權力的人也拒絕思考，社會就成了一具殭屍。

3. 腐蝕知識份子的靈魂，確立「官本位」價值觀

中國歷史上文化最陰暗最醜陋的部分就是「官本位」價值觀，而最終確立官本位價值觀的正是明王朝的暴君。在明王朝以前，官吏雖然得到社會普遍的認同，但具有真才實學的詩人、畫家、醫生甚至是不願做官的山林隱士一樣得到世人的尊敬。

唐代的大詩人李白不願也不會做官，可全社會的人對他敬慕有加，連唐玄宗李隆基也對他表現了極大的尊敬。東晉的陶淵明「不願為五斗米折腰向鄉里小兒」掛冠歸田，凡是經過九江郡的社會名流或達官貴人，都要去他的草屋登門造訪，以表達自己的禮敬。

自明王朝以後，官的大小才成為衡量人的價值的惟一尺度。在極權專制社會，官性和人性並不總是成正比的，在大多數情況下甚至還成反比，官的大小不是依據其才能和貢獻，而是依據賄賂和打擊他人的權術，這樣道德水準越低的人官反而當得越大，得到的待遇和禮敬也越高。

具有道德勇氣的人，加速地被排斥出政府之外，或被誣陷在詔獄之中。這真是最大的政治悲劇。官本位價值觀的影響一直延續到今天，大學教授騎自行車上下班，只有初中水準的鄉長卻坐著豪華進口轎車四處遊樂的現象，早已不是什麼新聞。

通過競爭性考試即科舉制度選拔官吏是中華民族對人類文明的一大貢獻，可科舉制度到了明王朝卻進入了一個死胡同，成為阻礙社會前進的一種僵化制度。

唐宋科舉考試範圍很廣，既有政治策論等從政藝術，也有詩詞歌賦等反映人情感修養的文學藝術，有時還考天文地理歷史知識，能夠較為公正地衡量一個人的綜合素質。

明王朝的科舉考試則對題材和體式進行了嚴格的規定，考試範圍極為狹窄，只以「四書」「五經」為題材，四書五經又以道學家領袖人物朱熹的注解為標準課本。試卷格式則硬性規定使用八股文。依照規定，作八股文不能發揮自己的意見，也不是自己在說話，而是儒家聖人系統在說話，看起來四平八穩、面面俱到，實際上什麼都沒有觸及。

這種文體，跟代數學上的方程式一樣，用不著獨立思考——事實上是嚴厲地禁止獨立思考，只要把聖人系統的言語恰當地代入八股的方程式中，便是一篇最好的文章。

知識份子所從事的惟一研究工作，是從「四書」、「五經」中選出全部可作為考試的題目，請老於此道的八股作家，撰寫數百篇八股文，日夜背誦。考試時把適當的一篇照抄一遍，就像賭博時押寶一樣，押中就成為進士，被任命為官員；押不中則落第而歸，下次再來，下下次再來。通過這種途徑考中的知識份子是難得有真才實學的。

知識份子不接觸其他任何書籍，甚至連四書五經也不接觸，沒有自己的思想，更沒有自己的情感，不知道人類還有別的知識和別的情操，只知道如何做八股文和如何做官，於是一種只有明朝才有的「官場」社會形成。

知識份子自此由社會的進步力量變為社會的阻礙力量。如果

說先前的知識份子鐵肩擔道義，妙手著春秋，站在時代前列的話，明王朝的知識份子的所作所為則叫人肉麻，為皇帝配製春藥和為太監當奴才的知識份子應有盡有。

明王朝有一項不成文法，非進士出身，不能擔任宰相或部長級官員，也就是說只有知識份子才能當大官。科舉對知識份子的重要性至為了然，它是知識份子的惟一出路。漢唐王朝還有立功邊疆一途，明王朝則沒有任何其他機會。明王朝統治階層即由這類知識份子組成，他們對人的評價，完全以官為標準，一種貽害無窮的官本位價值觀自此形成。

為了使官本位價值觀成為社會的惟一尺度，朱元璋還不准人當隱士，不准主動辭官，每個人的思想和行為必須圍繞著「官」去玩轉。

綜上所述，明王朝的暴君旨在建立一種傷害人類文明的暴虐制度。先前的暴君作惡還只是個人或局部行為，暴君死亡後暴行也隨即終止，可明王朝整個社會的權力人物是有計畫有組織地為非作歹，暴君死亡後暴行仍在繼續。因此明王朝的暴君對中華民族傷害的廣度和深度是歷史上的任何一個暴君所無法比擬的。

上面是從整體上論述明王朝暴君對中華民族的傷害，下面我們再逐個給這些暴君亮亮相——

・**一任帝朱元璋**：大規模屠殺功臣，製造胡惟庸冤獄和藍玉冤獄，共殺五萬餘人，使明廷成為恐怖世界。官員們每天早上入朝，即跟妻子訣別，到晚上平安回來，全家才有了笑容。最惡毒的暴政是把罪犯的妻女發配給妓院強迫賣淫，任兩條腿的動物百般凌辱。

製造文字獄，毀滅知識份子的靈性和思想。它的特徵是：罪

狀由當權人物對文字的歪曲解釋而起，證據也由當權人物對文字的歪曲解釋而成。一個單字或一個句子，一旦被認為誹謗元首或諷刺政府，即構成刑責。浙江府學教授林元亮，奏章上有「作則垂憲」，處斬。北平府學教授趙伯彥，奏章上有「儀則天下」，處斬。桂林府學教授蔣質，奏章上有「建中作則」，處斬。

這些句子的「則」本是「法則」和「標準」之意，但朱元璋卻把「則」當作「賊」，認為是譏諷他當過小偷的往事。尉氏縣學教授許元，奏章上有「體乾法坤，藻飾太平」。這兩句話是千年以前的古文，朱元璋卻解釋說：「法坤與『髮髡』同音，髮髡是剃光了頭，諷刺我當過和尚。藻飾與『早失』同音，顯然要我早失太平。」於是許元被處斬。

朱元璋又嘗於元宵夜出遊，市上張燈結綵，並列燈謎。謎底係畫一婦人，手捧西瓜，安坐馬上，馬蹄甚大。朱元璋見了，大怒回宮，即命刑官查緝，將做燈謎的市民拿到杖死。刑部莫名其妙，奏請寬宥。朱元璋大怒道：「褻瀆皇后，犯大不敬罪，還說可寬宥麼？」刑官仍然不解，只好遵旨用刑。

後來研究起來，才知馬皇后係淮西婦人，向是大腳，燈謎寓意，便指馬后，所以觸怒朱元璋，竟罹重辟（大辟）。做了一個燈謎便招致殺身之禍，可見朱元璋的殘暴和冷血。

・**三任帝朱棣**：製造靖難大屠殺，一下子殺了一萬四千多人。前祭祀部長黃子澄全族處斬。前國防部長齊泰兄弟全部處斬。皇家教師方孝孺屠殺十族，連朋友學生都包括在內，殺八百七十三人。財政部副部長卓敬滅三族。教育部長陳迪全家處斬，親屬一百八十餘人廷杖後貶竄蠻荒。監察部代理部長景清磔死，家屬親朋全數處決，故鄉一連數個村莊房舍一空。監察部副部長練子寧磔死，家族一百五十一人處決，數百人貶竄蠻荒。最高法

院祕書長鄒瑾家族四百四十八人處決。最高法院副院長胡閏家族二百一十七人處決。

•**六任帝朱祁鎮**：信任太監王振，王振慫恿他親征瓦剌，結果兵敗被俘，朱祁鎮復位後竟然仍思念王振，特地為王振雕像，招魂安葬。

•**九任帝朱見深**：寵信太監汪直，在位二十四年，始終藏在深宮，不朝見政府官員。萬安因敬獻春藥有功，竟被擢升為首相。

•**十一任帝朱厚照**：寵信太監劉瑾，使他權傾朝野。劉瑾有一個核心集團，被稱為「八虎」，單是這個名字就可說明這幫人的暴虐和殘酷。一天早朝時，殿階上忽然發現一封信，朱厚照命揀起來看，是一份揭發劉瑾種種罪行的匿名控訴狀。朱厚照在上面批示：「你所說賢能之人，我偏不用。你所說不賢能之人，我偏要用。」（這句話，今天聽起來仍然耳熟。）朱厚照有這種倒行逆施的能力，但這樣做最大的受害者恐怕是他們朱家。

劉瑾有皇帝撐腰，大發雷霆，命部長以下高級官員三百餘人跪到奉先門外烈日之下追究事主。那些高級官員從早晨跪到天黑，國防部科長和北京地方法院法官焦渴過度，倒下來死掉。天黑之後，未死的人再被囚進錦衣衛詔獄。劉瑾死後，朱厚照在另一位太監強尼的引導下去南中原遊蕩，常常信步走到一大戶人家，命錦衣衛把這家的男人趕走，而留下女人伴寢，世界上最兇暴的強盜行為也不過如此。

•**十二任帝朱厚熜**：在位四十六年，1540年起不出朝見政府官員，一直到1566年逝世，二十七年間總共跟群臣只見過四次面，平均七年出席早朝一次。他信任大貪官嚴嵩，後者專擅朝政二十年，惟一的嗜好就是貪污和排除異己，朝中稍微有點理性的

官員不是被誣陷進監獄就是捲起鋪蓋走人。

因為朱厚熜的瀆職和嚴嵩的濫用職權，明政府已腐爛透頂，全國沸騰的抗暴民變如火如荼，每年至少都要有一次大規模的暴動。連宮女楊金英等人也因受不了朱厚熜禽獸般的惡行，試圖乘朱厚熜熟睡時用繩索把他勒死。如果她們不是因為太緊張打了個錯結，朱厚熜必死無疑。這是一種深入骨髓的仇恨，使世界上最善良的宮女用謀殺的手段，以圖跟她們的仇敵同歸於盡。由此可以想見明政府的宮廷是何等骯髒恐怖。

·十四任帝朱翊鈞：十歲即位，在位四十九年，二十歲之前因張居正攝政，還不敢有太大的惡行，只是經常拷打身邊的宦官和宮女，把這些可憐無助的人拷打至死。朱翊鈞在張居正死後親政，第一件事就是抄張居正的家，繼而開始吸鴉片，接下來開始不跟大臣見面。到了1589年，朱翊鈞像是被皇宮吞沒了似的，不再出現，一直到1620年死亡，只在1615年才勉強到金鑾殿上亮了一次相，一味龜縮在深宮吸毒酗酒和打殺宮女宦官。

朱翊鈞1582年親政，到1592年的十年間，僅官方統計就已鞭死了一千多人。明王朝的權力集中到皇帝一人手中，其他的官員只能照皇帝的聖旨行政，不能擅自決斷。

皇帝不作為，全國行政遂陷於長期停頓。到了1610年，中央政府六個部只有司法部有部長，其他五個部全沒部長。監察部長缺十年以上。錦衣衛沒一個法官，囚犯關在監獄裏，有長達二十年還沒問過一句話的，他們在獄中用磚頭砸自己，輾轉在血泊中呼冤。全國地方政府的官員也缺少一半以上，但請求任用官員的奏章，朱翊鈞視若無睹。1619年，遼東軍區司令官楊鎬四路進攻後金汗國，在薩爾滸大敗，死四萬五千人，開原、鐵嶺相繼失陷，北京震動。全體大臣跪在文華門外，苦苦哀求皇帝批發軍事

奏章，增派援軍，急發軍餉——前線將士正在冰天雪地和饑餓中殺敵，可朱翊鈞毫不理會。

　　由宦官管理開礦和負責徵收賦稅，是明王朝的暴政之一。朱翊鈞的「礦監」和「稅監」全是一群人倫喪盡的餓狼，把百姓的財富搜括罄盡，全國中等以上的家庭大部分破產。

　　·十六任帝朱由校：在位八年，是一個狂熱的木匠，經常在宮中赤膊短褲揮汗如雨地運刨掄斧，製造桌椅案櫃，雕刻屏風；對政治則是白癡，把朝政委託給孩童時帶他的玩伴太監魏忠賢。

　　魏忠賢心靈陰暗歹毒，在朝中結黨營私，瘋狂迫害對國家民族還有一點責任感的朝臣。他最為得意的傑作是誣陷抗擊後金的軍事天才、遼東軍區司令官熊廷弼「貪污」，自毀明帝國的「長城」；然後又誣陷為熊廷弼呼冤的監察部長楊漣和評議部主任委員魏大中「受賄」，逮入詔獄，用酷刑迫害至死。

　　魏忠賢的核心組織有「五虎」「五彪」「十狗」「十孩兒」「四十孫」，一看這些稱呼，就可窺知他們的成員是些什麼東西。魏忠賢當權的後期，各地官員紛紛為他建立「生祠」，以歌頌他的豐功偉績。祠堂本是祭拜死人的場所，但搖尾拍馬屁的官員卻在魏忠賢還活著的時候，在祠堂中樹立他的塑像，供人當神仙般的焚香跪拜，祈求降福，這真是一件空前熱鬧的政治奇觀。魏忠賢當權僅僅七年，就把明王朝的根基全部挖空。

　　·十七任帝朱由檢：在位十八年，精力充沛，有心治理國家，但智商不高，脾氣暴躁，發脾氣時不可理喻，而且幾乎是沒睡著的時候都在發脾氣。他對自己的錯誤永遠有動聽的掩飾，絕不尋求更正，卻喜歡部下歌頌他英明。

　　朱由檢最津津樂道的政績是他中了清帝國的反間計，宣稱清帝國的剋星、用兵如神且忠心耿耿的遼東軍區總司令袁崇煥是清

帝國的「奸細」，把他押赴刑場千刀萬剮。清帝國的勢力自此失去控制，最終奪占了明帝國的江山。

朱由檢最勇敢的一件事是殺人，發脾氣時像一頭掙脫了鐵鏈的瘋狗，人性和理性全失。有一次他把大臣們請到金鑾殿上，向他們作揖行禮，說：「謝謝各位先生，幫助我治理國家。」然而不久就大發雷霆，把被他謝謝的「各位先生」殺掉。朱由檢寵信太監曹化淳，讓他擔任北京城防司令，後者在李自成兵團來到時大開城門迎接農民軍進城，像鐵鑄一樣堅固的北京城沒經過戰鬥就告陷落。這進一步地證明了朱由檢的「知人善任」。

・**十八任帝朱由崧**：在臨時首都南京即位，這時清帝國大軍壓境，明政府的殘餘國防軍力量弱不禁風，不堪一擊。朱由崧上殿時表情憂愁，大臣以為他憂心國事，未免說些安慰話，朱由崧卻回答說，後宮宮女數量少且不夠漂亮，當務之急是挑選美女，擴充後宮，弄得大臣一個個哭笑不得。

朱由崧頒布的第一道敕令是徵集宮女，第二道敕令是命各地方官員進貢春藥祕方。被貶竄的閹黨巨頭阮大鋮被召回政府擔任要職，跟實力派宰相馬士英結成一條陣線，瘋狂打擊忠於明政府的文武官員。朱由崧只當了十三個月的皇帝，就被清帝國俘虜，送到北京砍頭。

・**二十任帝朱由榔**：在位十六年，一直像流寇一樣被清政府追逐，在西南諸省的大山中不停地逃亡，最後逃入緬甸，在邊界蠻荒地區搭建草屋，與土人雜居。在破草屋的金鑾殿上，任用另一位太監巨頭馬吉翔，對忠心耿耿、追隨正統政府流亡的官員呵責辱罵和施用廷杖酷刑，好像仍在北京一樣。

如果給明王朝的暴君逐一畫像的話，肯定是一幅帶有漫畫性質的「群醜圖」，看後讓人作嘔又忍俊不禁。

　　要重點強調一下中國最後的一個封建王朝——清王朝。這是一個少數民族統治的王朝，該族入主中原時連文字也沒有，文化水準遠遠低於有著五千年文明的漢族，但清王朝皇帝的總體素質卻是最高的，一個暴君也沒出現。唐王朝的二任帝李世民是一個空前絕後的蓋世英雄，可他的後裔也有不少暴君型的帝王。

　　清王朝壽命二百九十六年，共有十二個皇帝，將近三分之二的皇帝都很勤政，了解並努力完成他們的責任，三分之一也都具有中等才智，像明王朝那樣一連串草包惡棍型的君王一個也沒有。中國歷史上還沒有一個王朝，包括周王朝、西漢王朝、東漢王朝、唐王朝這些偉大的王朝在內，出現過這麼多具有很強能力，而又肯努力工作的帝王。漢族有那麼悠久的文明史，所建立的王朝竟然趕不上一個由不識字的關外小民族統治的王朝。

　　總之，中國人要對傳統文化進行痛心革面的反省，徹底丟棄「官本位」價值觀，不惜以生命為代價來捍衛人性的尊嚴。

第 四 篇
宦官專政
——封建專政的怪胎

　　宦官是可悲又可恨的社會群體，可悲是因為他們被剝奪
了做人的尊嚴，可恨是因為他們沒有任何道德準則。宦官一
旦和權力結合，就會製造人間慘劇；趙高僅用了三年時間就
使強大無比的秦帝國土崩瓦解；中國歷史上最輝煌的漢、唐
王朝就是斷送在宦官手裡；明王朝的宦官則更是無孔不入，
幾乎主宰了政治、經濟、軍事各個領域，僅人數就達十萬人
之多。

　　宦官，是中國傳統文化最可恥的產物之一。至於宦員專政，則是封建專制體制惹的禍。

　　宦官起源於農業社會的多妻制度。西元前12世紀，從事農業而奉行多妻制的周部落，從西方渭水流域向東發展，滅掉了位於黃河中游的商王朝，這一獸性的野蠻制度也隨著帶入中原，成為中華傳統文化的重要組成部分，延續三千年，直到20世紀，隨著帝王制度的消滅才被滅絕。

　　一個男人擁有數目龐大的妻子群之後，以他一人之力肯定滿足不了所有妻子的生理需求。成年男女的性要求乃人之天性，長期且不合理地壓抑這種天性無疑違反人性。當妻妾的性要求無法從丈夫那裏得到滿足時，不可避免地會產生親近其他男人的欲望。

　　為了防止妻妾的紅杏出牆，丈夫們想了很多辦法，最有成效的措施就是向女人灌輸片面的貞操觀，宣揚萬惡淫為首，女人如果和丈夫以外的男人發生不正當的性關係，那是女人最大的罪惡，活著時身敗名裂，死後要去十八層地獄下油鍋。而男人卻可以三妻四妾，可以去妓院尋花問柳，而不用承擔任何道德壓力。

　　這個辦法行之有效，但並非對所有的女人都起作用，那些沒有受過傳統教育的女人有時就不吃這一套。更何況性慾的力量有時很強大，有些人不惜身家性命也要去嘗試，俗話說「色膽包天」。所以男人在給妻妾灌輸了片面的貞操理論後仍然不十分放心，最安全的辦法就是把她們像囚犯一樣關閉在戒備森嚴的庭院（皇宮）之中，與外部世界隔絕，永遠見不到別的男人。

　　問題是皇宮工作並不能全部由女人擔任，像只有男人才能承

擔的力氣活就不是女僕能勝任的。還有去市場採購之類，如仍由女人擔任，她們勢必要跟外面的男人接觸；如由男人擔任，他們也勢必深入皇宮。

這些問題對妻妾成群的丈夫是一樁真正的困擾，最後是周部落那些夭壽的酋長解決了這樁困擾。他們想出一種傷天害理的殘忍辦法：把男人的生殖器閹割，以供差遣，稱之為「宦官」，成為多妻制度下女人和男人間最理想的媒介，幾乎每一個貴族家庭都有需要，皇宮需要的數量當然更多。一直到10世紀，宋王朝政府下令禁止民間蓄養閹奴，宦官才為皇帝所專有。

在男權社會裏，生殖器是男性尊嚴的重要組成部分，因此世界上幾乎沒有男人高興閹割自己，所以宦官的來源只有兩種，一是金錢誘惑，一是強迫。即使是金錢誘惑，因為宮廷不接受成年宦官（因為成年人被閹割有很強的仇恨心理，還有殘存的性意識），孩子又怎麼懂得為錢捨身？而收買孩子父母，對孩子來說仍然是強迫。這是國人最辛酸的一樁悲慘遭遇。

中國古代的宮廷是世界上黑暗的宮廷之一，有它特有的行為標準和運行法則。孩子們被閹割後，即被送入宮中，永遠和父母家鄉隔離，像投入羊群的羔羊，無依無靠，無親無友，隨時會被毆死、虐死。如明王朝的萬曆皇帝朱翊鈞，平均每三天就要親手鞭死一個宦官。孩子們必須忍辱負重，如被大宦官收為養子，在養父培植下，逐漸接近皇帝，觸及或掌握權力魔杖，就有出人頭地的機會。這樣的機會是極少的，絕大多數宦官都在魔窟中悲慘地死去，沒有人為他們申冤或為之灑一滴同情的淚水。

孩子一旦被閹割成為宦官，就永遠失去了做一個正常人的機會，因為生殖器是一個男人的標誌，其價值有時比腦袋還要重要，一個不男不女的人在文明不太發達的社會裏是不會得到尊重

和認同的。儘管宦官被閹割不是他們本人的過錯，他們一樣是專制體制的受害者，按理應該像殘疾人一樣作為社會的弱勢群體被人們廣泛地同情和關懷。

但遺憾的是，當時的國人沒有那樣的胸懷，人們對宦官不是同情關懷，而是極度地蔑視和奚落。因此，宦官對社會和正常人有一種強烈的仇恨心理，一旦掌握權力，就會以百倍的瘋狂來報復給他們身心以巨大傷害的社會群體。令人痛心的是，在極權體制的國度裏，宦官掌握權力的機會比正常人大得多，因為他們接近最高權力（皇帝）的機會比正常人多。

自儒家學派的所謂「聖人」叔孫通創立複雜繁瑣的「朝儀」制度後，皇帝跟他的子民，包括最尊貴的大臣，都隔開了一段相當長的距離。大臣只能在皇帝上朝時當著文武百官的面和皇帝說上幾句場面話，說心裏話和打小報告的可能性幾乎等於零，因為皇帝和大臣很少有單獨在一起的機會。

皇帝除了上朝當眾處理國事外，其餘的時間多半待在宮廷，宮廷除了皇帝外不允許任何一個正常的男人自由進出，因此大臣想單獨向皇帝陳述自己的意見是很難找到機會的。相比之下，宦官不但能自由出入宮廷，有資格的宦官還能整天圍著皇帝打轉，有相當多的機會單獨向皇帝吹耳邊風，把自己的觀點和好惡潛移默化為皇帝的觀點。

這樣宦官就有相當多的機會接近權力，對政治施加影響。倘若發生大臣和宦官爭權奪利的爭鬥，宦官所處的位置無疑有利得多。如果皇帝勤勞明智，上朝理政的時間比待在宮廷的時間長，宦官的影響就小些；如果皇帝懶惰糊塗，大部分時間待在深宮廷，宦官的影響就要大得多，這時就極有可能出現宦官專政的情形。

到此為止，我們可以總結出幾條宦官的基本特徵：

一、宦官是自卑的，因為他們沒有生殖器，不但沒有生育能力，還因永遠失去了做一個正常人的機會而為社會所不齒。

二、宦官沒有高深知識，沒有機會接受高深教育，因此也就沒有高深知識派生出來的匡時濟世造福蒼生的高貴情操。

三、宦官曾因貧窮而被閹割，又備受社會的歧視輕蔑，因此宦官多少都懷有對正常人的仇恨和報復心理。

四、宦官缺少遠見當然更談不上有什麼偉大的抱負，因為宮廷生活極度狹窄和現實。

五、宦官沒有後代，比正常人相對性少希望和未來，為非作歹不用擔心殃及子孫，所以宦官行為歹毒，作惡不擇手段，除非被外力所遏制，否則惡行不會自行終止。

綜上所述，宦官是一個對社會害處多於益處的群體。在這裏有必要強調一點，造成這種現狀不是宦官一方的過錯，如果當初不去閹割他們，或在閹割之後社會不再歧視奚落他們，他們的仇恨心理自然會少一些，他們的權力慾也就不會那樣強烈，宦官專政的機會也會少一些，即便掌了權對社會的傷害也會輕一些。

因為宦官心靈深處有太多的委屈和不平，他們特別渴望掌握權力，利用權力向社會索取自己失去的東西。宦官由於接近皇帝，很容易從皇帝手中竊取權力，並進而左右政權。宦官專政，這個封建專制的怪胎，在歷史上的中國一再地成為事實。

一個王朝一旦形成宦官專政的局面，它覆亡的命運也就注定了。因為宦官既無智慧也無德行獨攬行政大權，宦官專政千篇一律地結出兩樣苦果：一是王朝的解體，導致屍橫遍野的改朝換代大混戰；一是宦官慘遭滅種式的大屠殺，給國家和宦官自己帶來

巨大的災難。

一、第一位權勢逼人的宦官

中國歷史上第一位最有勢力的宦官是秦王朝的宮廷總管趙高。趙高是始皇帝嬴政的貼身侍從，嬴政無論走到哪裡都帶著他，因此他是最接近皇帝的人。所幸的是嬴政比較英明勤奮，不那麼容易糊弄，趙高很難從他手中竊取權力，對帝國構不成大的危害。可從嬴政死亡的那一刻起，趙高就有機會打開「潘朵拉魔盒」（希臘神話裏專門裝妖魔鬼怪和不幸種子的盒子）了。

嬴政喜歡出巡，他的足跡幾乎遍佈全國各地著名的山川，每次出巡趙高都陪侍左右，最後一次出巡歸來途中，走到沙丘暴病身亡，死時遺詔命他的長子嬴扶蘇繼任皇帝。

這是趙高最不願接受的事實，因為嬴扶蘇比嬴政還要勤奮明智，一旦他君臨天下，他這個貼身侍從注定離權力越來越遠。好在嬴扶蘇當時不在嬴政身邊，正在離沙丘幾千公里之遙的上郡監督由大將蒙恬率領、防禦北方匈奴的邊防部隊，這使得趙高有機會施展他的陰謀。他把賭注壓在嬴政的幼子，那個除了玩樂胡鬧外不知人生為何物的嬴胡亥身上。

嬴胡亥當時正陪侍在嬴政身邊，聽到趙高有意立他為皇帝時還有點不知所措，因為他根本沒有當皇帝的心理準備。他上面有十三個哥哥，每個都比他精明能幹，在長子繼承制的法統社會裏，皇帝那個位子離他太遙遠了，因此他對皇位沒抱任何幻想。

當趙高把當皇帝的種種好處渲染得天花亂墜時，這個花花公子除了高興外，還對這個年齡比自己大一倍的玩伴，滋生出發自內心深處的感激之情。趙高又施展利誘威脅之術，竟然使那位對秦王朝忠心耿耿的宰相李斯同意並參與了他的陰謀，篡改了嬴政

的遺詔，命嬴胡亥繼任帝位，又命嬴扶蘇自殺。

嬴胡亥坐上皇帝寶座後，一刻也離不開對他有再造之恩的趙高，不但對他言聽計從，還把他引為知己。趙高乘機利用他的信任引導嬴胡亥加速走向墮落。下面是他們兩人之間的一段精采對話。

嬴胡亥：「人生在世，不過白駒過隙。我既然有至高無上的地位，有權有錢，想幹什麼就可以幹什麼，所以我要享盡天下豔福，你以為如何？」

趙高：「這是極聰明的見解，愚蠢的人永遠想不到。」

嬴胡亥自此一門心思地玩樂胡鬧，沒時間過問國家大事，權力遂順理成章地滑入趙高手中。

趙高教導嬴胡亥做的第一件事就是把嬴政的十二個兒子，也就是胡亥的哥哥全部砍頭示眾；又把他的十位如花似玉的姊姊投入杜縣監獄，趙高則親手把她們活活地鞭打致死。死後連屍體也不放過，剝光了衣服陳屍街頭，任鄉里小兒猥褻凌辱。

趙高教導嬴胡亥做的第二件事就是大興土木，橫徵暴斂，耗盡國力民財，使之大失民心。國民不堪重負，怨聲載道，人心思變，一年不到就激起全國沸騰的民變。

嬴胡亥坐上寶座的第二年，一小隊後備邊防軍在陳勝吳廣的率領下於蘄郡大澤鄉發動兵變，結果引起各地連鎖性的民變，不到一年，大半個國家已落於叛亂分子之手，秦帝國的權力所及只剩下最初發跡的關中地區。

當變亂的消息傳到中央時，趙高把那些報告不悅耳消息的官員全部投進監獄，並嚴密地封鎖消息，不讓嬴胡亥知道外面的真實情況。有一次嬴胡亥從一個宮女口中聽到國民在造反了，就問趙高有無此事。趙高回答說：「是有一些小小的騷動，但都是些

癬疥之疾，是少數遊手好閒之徒打劫商旅，偷雞摸狗而已。地方官員搜捕進剿，皇威到處，草匪已全部肅清。」

贏胡亥聽了非常高興。趙高事後查出了那個多嘴的宮女，就找一個罪名把她處決掉了。結果民變在趙高的保護下像野火一樣四處蔓延。

趙高並非有意保護民變，他沒有那樣的情操，而是他沒有能力來應付，又對民變的後果估計不足，認為變民成不了大的氣候。他是一個內戰內行，外戰外行，明於人而暗於事的邪惡政客，自然對全國沸騰的民變束手無策，又懼怕他人在戰場上立功而受到重用，使自己的權力縮小，於是採用掩耳盜鈴的手法，妄圖用紙來包住火，祈求叛亂自生自滅，自己依舊大權獨攬。他寧可國破家亡，也不願失去半點權力，因為權力是他能夠為非作歹的前提。

當全國民變蜂擁，秦帝國江山搖搖欲墜之時，趙高仍在蒙住眼睛瘋狂地攬權。在精密的設計下，他誣陷開國元勳宰相李斯私通東方的叛徒，把他和他的兒子李由雙雙送上了腰斬的刑場。

李由當時是三川郡守，正在滎陽英勇地抗擊叛軍，扼住叛軍西進的咽喉。在他的英明指揮下，滎陽成了擋在叛軍前面的一個堅不可摧的堡壘。殺死李由為叛軍西進秦帝國的心臟地帶——關中，最終推翻秦王朝掃清了障礙。

趙高遂當上了宰相，也是中國歷史上惟一的一位宦官宰相。為了建立權威，他著手在帝國境內推行徹底的愚民政策，把帝國境內稍微有點思維頭腦和見識的臣民剷除淨盡，為此特地在一次朝會上把一隻鹿呈獻給贏胡亥，並宣稱呈獻的是一匹馬。

贏胡亥雖然昏庸，可是鹿是馬還分得清，他說：「明明是一隻鹿，怎麼說是馬呢？」趙高說：「明明是馬，怎麼說是鹿呢？

陛下不相信的話,請問各位大臣。」

高級官員們遂分為兩派,一派認為是馬,一派認為是鹿,把贏胡亥也給弄糊塗了,懷疑自己的眼睛是不是出了問題。等到這個事件結束後,認為是鹿的一派官員,不久就陷入證據確鑿的謀反案件中,全部被殺,趙高遂完全控制了政府,掌握了百分之百的朝政人權。

不過,這個政府在趙高的摧殘下,已沒有幾天的權力可操縱了。在這之前趙高已掌握到百分之九十的朝政大權,如果他不去企望那百分之百的權力,不殺害秦帝國的股肱之臣,秦王朝的壽命也許要長得多,他享受權力的日子也會長得多,現在掌握了百分之百的權力,可已沒有時間來享用了。

趙高這樣做是愚是智?我們正常人也許永遠也猜不準他的心理動機,他一定有非這樣做不可的理由,只是這個理由所包含的智慧成分一定不會很多。往往有些小事看上去很聰明的人,在大事上卻愚蠢至極。

秦帝國在民變的燎原烈火中沒有頃刻覆亡,全靠它的財政部長(少府)章邯。這個善於用兵的將才,在幾個月內就把已打進關中、擁兵數十萬的陳勝變民集團消滅,進而又打敗了新興的楚王國,殺死了楚兵團司令項梁。眼看全國的叛亂就要撲滅下去,這時趙高不高興了,因為章邯的聲望已經高過了他。

恰好這時章邯在河北巨鹿被楚王國的猛將項羽擊敗,這雖是一次戰役的失利,對秦王朝的帝國政府並沒有太大的震動,可足夠趙高有計畫地切入。一則是嫉妒章邯的戰功,二則是要把民變日熾的責任推到章邯身上,他向贏胡亥控告章邯縱敵玩寇,養敵自重。贏胡亥這時已身不由己,要想不相信也不成。

這時章邯的祕書長司馬欣至首都請求增援,一連三天見不到

宰相，正在驚疑時聽到這個消息，急忙從小路逃走。趙高果然派人追趕，但還是讓他逃脫了。章邯進退失據，沒有別的選擇，只好率領身經百戰的二十萬野戰部隊向項羽投降。

秦帝國的主力兵團自此不復存在，防衛力量成了一道紙屏。當叛軍再次挺進關中時，秦政府已集結不到多少兵力。嬴胡亥把最後的希望寄託在他最信任的宰相趙高身上，認為只有他才會創造奇蹟。嬴胡亥屢次派人召見他，可趙高每次都「臥病」在床。他在內鬥中是一等一的高手，對付敵人卻一籌莫展，或許他也在床上反思當初殺了些不該殺的人，這些人本來可以保護他多作威作福幾天。

趙高越是稱病，嬴胡亥就越是要召見他，到實在推脫不掉時，趙高決定對手中的傀儡皇帝下毒手。他密令擔任咸陽市長的女婿閻樂率兵闖進皇宮，向昔日的恩主舉起了屠刀，直到這時嬴胡亥才發現趙高的猙獰和邪惡，但已經太遲了，屠刀一揮，那顆愚蠢的人頭與軀體永遠分開了。

嬴胡亥死後沒幾天，趙高的腦袋和軀體也分了家。

二、第一次宦官專政

第一次宦官專政是皇帝和外戚權力鬥爭的產物。

外戚是皇帝的妻族和母族，因為和皇帝有血親關係之故，在科舉制度尚未確立、裙帶關係在官吏任免中起重要作用的時代，大量進入中央和地方政府擔任要職。皇帝能力強的時候，外戚是一種助力，如漢武帝劉徹的妻舅衛青在反擊匈奴時立了大功；皇帝能力弱的時候，外戚就近水樓臺先得月，成為政權最自然的篡奪人。等到又一個能力強的皇帝繼位時，就要收回原本屬於自己的權力。權力是一個誘人且可愛的東西，嘗到了甜頭的外戚自然

不會心甘情願地交出權力，於是皇帝和外戚圍繞權力的爭鬥自此
展開。

　　中國最早的封建王朝漢王朝，外戚和皇帝的權力鬥爭貫穿王
朝的始終，西漢王朝的江山就是被外戚王莽奪去的。到了東漢王
朝，外戚和皇帝的爭鬥愈演愈烈，最終為宦官專政埋下伏筆。

　　東漢王朝皇族有一個湊巧且不幸的特徵，即皇帝即位時的年
齡都很小。除了開國皇帝劉秀跟他的兒子劉莊外，其他皇帝屁股
坐上寶座時，最大的只有十八歲，最小的還抱在懷中餵奶，殤
帝、少帝、沖帝和質帝還不到十歲就死了，這個現象使外戚主宰
政局不可避免。皇帝既然幼小，當母親的皇太后自然而然就成為
權力的中心。

　　在儒家學派意識形態和多妻的宮廷制度下，皇后很少跟別的
男人接觸，倉促間掌握全國最高權力，面臨著她必須對十分陌生
的政治行動做最後裁決，她的能力和心理狀態都無法適應，猶如
赤身露體忽然被拋到街上一樣恐慌而孤單，惟一可靠的人物不是
朝中大臣，因為她根本不認識他們，而是她平日可以常常見面的
家屬。她沒有選擇，只有這些人她才相信能夠幫助她解決問題，
尤其是父親和兄長，往往成為她的政治主心骨。

　　外戚掌握政權後，很快發現了權力的可愛，因為權力可以助
他恣情縱慾為所欲為，大大地提升他的生活品質。為了鞏固竊取
的權力，他們便把自己的親信安插到中央和地方的各級政府中
去，讓他們擔任要職。等到皇帝長大成年開始親政時，外戚已在
政府中佈置就緒，皇帝處於完全孤立的境地。皇帝跟外戚鬥爭，
必須獲得外力支持。沒有外力支持的皇帝，脆弱的程度跟普通人
沒有區別。

　　東漢政府第十任皇帝劉纘，九歲時受不了外戚梁冀的傲慢態

度，說了一句「跋扈將軍」，梁冀立刻把他毒死。毒死皇帝這樣的天大事件，在朝中居然沒有引起任何震盪，可見沒有外力支持的皇帝影響是如何有限。

皇帝想得到外力支援，有兩種方法，一是跟士大夫結合，一是跟宦官結合。跟士大夫結合可能性很小，因為皇帝與他們平常太過疏遠，而且也不知道誰是外戚圈子裏的人物。惟一的一條路只有依靠宦官，此外別無其他選擇。於是皇帝和外戚的鬥爭就轉為外戚和宦官兩大邪惡集團的正面交鋒。

外戚和宦官的鬥爭在前期互有勝負。一個小皇帝登基，外戚靠女人的力量執掌政權，等到皇帝長大後，和宦官聯合從外戚手中奪權，外戚被殺被逐，權力轉到宦官和皇帝手中。皇帝死後，又一個小皇帝登基，另一批外戚靠女人掌權，皇帝長大後又聯合宦官從外戚手中奪權，把外戚拖往刑場，像殺豬一樣殺掉。

政權像籃球一樣在外戚和宦官手中搶來搶去。東漢王朝第四任皇帝劉肇，跟宦官鄭從結合，逼迫外戚竇憲自殺。第六任皇帝劉祜，跟宦官李閏、江京結合，逼迫繼竇憲而起的外戚鄧騭自殺……最後的勝利者屬於宦官集團。

東漢王朝十一任皇帝劉志成年時，外戚梁冀權傾朝野，第十任皇帝劉纘就是被他毒死的，劉志對他更是側目而視。為了剷除梁冀的勢力，劉志跟五個宦官密謀採取行動。

他知道面臨最大危險，生命和前途完全握在與謀的宦官之手。在密商大計時，劉志曾把一位名叫單超的宦官咬臂出血，誓言事成後共用富貴，像黑社會的兄弟一樣歃血盟誓。劉志和宦官的密謀成功了，梁姓戚族被屠殺滅種。梁冀的屍骨未寒，劉志便開始大封功臣，把參與密謀的五個宦官，一齊封為一等侯爵，又封另外八個宦官為二等侯爵。

　　漢王朝有一個嚴厲的規定：非姓劉的人不能封王，對於其他姓氏的臣民，一等侯爵是最高封賞。劉志在封賞宦官時的確捨得下本錢。外戚和宦官的鬥爭以宦官的最後勝利收場，此後外戚又做了幾次反擊，甚至不惜聯合昔日的敵人士大夫，但都以失敗而告終。宦官牢牢地掌握政府大權。

　　如十二任帝劉宏即位時，母親竇太后攝政，任命兄長竇武為大將軍。竇武聯合士大夫謀殺宦官，還沒等到動手消息就被洩露出去了。宦官曹節、王甫發兵反擊，竇太后成了囚徒，竇武身首異處。宦官十七人封侯。

　　自此，宦官以正式政府官員身分出現，仗著跟劉志的咬臂之盟，他們的家族親友也紛紛出任地方政府首長。這些新貴出身跟宦官相同，行為也相同，除了弄權和貪污外，幾乎什麼都不知道，比外戚當權所表現的還要惡劣。

　　這使本來專門抨擊外戚的士大夫階層，受到更大的傷害。他們憤怒地轉過頭同外戚聯合，把鬥爭目標指向宦官。外戚和宦官的鬥爭自此轉為士大夫和宦官的鬥爭。士大夫反擊宦官不僅僅是在皇帝面前告狀，而且和外戚組成聯合陣線，利用所能利用的政府權力，對宦官採取流血對抗。宦官自然予以同等強烈的反擊，中國遂開始了第一次宦官時代。從159年十二個宦官封侯，到189年宦官全體被殺，共三十一年。

　　士大夫跟宦官鬥爭中，宦官獲勝的機會明顯要多得多，因為皇帝在他們的掌握之下。十二任皇帝劉宏對宦員的信賴，更是達到了匪夷所思的地步，他常指著兩個臭名昭著的宦官說：「張讓是我父，趙忠是我母。」一個皇帝說出如此沒水準的話，劉宏的昏庸也實在有點過分。一個國家由這樣的皇帝掌舵，撐船的又是最沒責任心和道德水準又低下的宦官集團，帝國的航船自此駛入

了礁石叢生的水域，要想不翻船簡直是不可能的。

西元166年，宦官一手製造了為期十八年的「黨錮」之禍，對知識份子進行了空前的大迫害。二百多名理性尚存、拒絕與宦官合作的士大夫被禁離故鄉，褫奪公職終身，不得擔任任何官職。士大夫領袖之一的范滂進監獄時，對前來送行的小兒子說：「我要是教你做壞事吧，壞事畢竟不是人做的；我要是教你做好事吧，你爸爸的結局就是做好事的下場。」這段話，今天聽起來仍令人心頭滴血。

宦官的胡作非為很快敲響了東漢王朝的喪鐘。西元184年，太平道教主張角鼓動了幾十萬信徒武裝暴動，全國籠罩在一片血光之中。此時帝國的根基已被宦官淘空，東漢政府既無財力軍力又無統帥人才來平息這場暴亂，無奈之餘只好飲鴆止渴，乞靈於地方武裝對抗「黃巾軍」。地方軍閥乘機擴充自己的軍事實力，收編降伏的黃巾，形成割據一方的勢力，不再聽命於中央政府。黃巾民變雖然被鎮壓下去了，但全國軍閥割據的局面自此形成，東漢政府已名存實亡，權力所及的範圍只有首都洛陽周圍的一小塊地方。

宦官的胡作非為也為自己掘好了墳墓。西元189年，最後的日子來到了，士大夫領袖之一的禁衛軍統領袁紹，率領五千名全副武裝的禁衛軍縱火焚燒宮門，攻入皇宮，對宦官進行了絕種性的大屠殺。無論老幼，無論平常行為如何，統統格殺勿論。可憐那些平日受盡欺凌，還沒來得及作惡的小宦官，也不明不白地做了刀下之鬼。

第一次宦官時代就這樣在宦官的屍山血海中結束。宦官似乎應該從中吸取血的教訓，不再干預超越自己能力的政治，可惜宦官沒有接受教訓的智商，同樣的悲劇一再地在中國歷史上重演。

三、第二次宦官專政

第二次宦官時代從西元755年「安史之亂」開始，到903年朱溫發動宮廷政變結束，歷時一百四十九年。

第二次宦官專政是皇帝與地方軍閥鬥爭的產物。

唐王朝是一個有進取精神的王朝。從太宗李世民到玄宗李隆基前期的一百年間，歷任皇帝不斷開疆拓土，漠北和西域相繼歸入中原的版圖。為了統治新開闢的疆土和對外保持進攻態勢，唐王朝在邊境地區先後設立了十個軍區——藩鎮，軍區司令官稱之為「節度使」。

節度使最初只管軍事，後來為了提高軍隊的機動性和戰鬥力，節度使可就近徵兵籌餉，逐漸掌握了軍區內的財政和行政權力，節度使因此成為軍區內名副其實的最高統治者。節度使權力的增大有利於保持唐王朝軍事力量的強大，不利因素是為節度使積累了對抗中央政府的資本。

西元755年，范陽軍區節度使安祿山被酒肉宰相楊國忠逼反，率領番漢混合兵團十七萬人南下，一路勢如破竹，東都洛陽首都長安相繼失陷，扒灰皇帝李隆基狼狽地逃往四川。他的兒子李亨前往西北五百公里外的寧夏靈武重組中央政府，徵召仍然忠於唐王朝的軍隊討伐安祿山。經過這次打擊後，皇帝對軍事將領充滿戒心，在任用他們的同時又嚴加監視，防止他們像安祿山那樣叛變。

於是，發明一種此後幾乎遺害一千年的監軍制度，派遣宦官出任監軍。不但軍區設有監軍，就是比軍區小兩三級的軍事單位也設有監軍。武裝部隊中遂形成兩個系統，一是傳統的軍事系統，一是可以直達皇帝御座的宦官系統。監軍的任務，表面上是

協助軍事統帥，事實上是在防止叛變。

安史之亂雖然平定下去了，但節度使的力量非但沒有削弱，相反還有大幅度的增長，最終形成藩鎮割據的局面。割據的形成，由於安史手下若干當節度使的大將在投降中央政府時，仍握有強大的武裝部隊和重要據點。大亂之後，皇帝和宰相杯弓蛇影，不敢予以調動，命他們繼續擔任原職如故，只求表面歸順，維持統一的外貌。

這些節度使當然了解這種政治形式，遂乘機取得合法的割據。不但軍事、財賦、行政全部壟斷，連節度使的職位也父子相承，成為無名有實的獨立王國。

其他軍區也紛紛仿傚，加之安史兵變後，全國逐漸都被劃做軍區，作為對內抗衡和安置軍閥的工具，全國藩鎮割據的局面因此形成。在這種政治形勢下，皇帝更沒有理由不防範軍事將領，監軍宦官的權力也隨著節度使力量的增長而增長，最終到了連皇帝也無法收拾的程度，第二次宦官專政因此來臨。

因為監軍是一個權威的職位，所以宦官擁有極大的權力，軍區首長在皇帝眼中的分量和好壞並不在於他的文治武功，而在於監軍宦官呈給皇帝的一面之詞；一紙密告，就可以使統帥人頭落地。中央第一任討伐安祿山的統帥高仙芝和副統帥封常清，就因為不能滿足監軍宦官邊令誠的勒索，邊令誠密告他們通敵謀反，二人遂被雙雙處斬。繼任的統帥哥舒翰也因不能籠絡宦官，被宦官誣陷為「養敵自重」，結果只好在不該出戰時含淚指揮潼關守軍做自殺式地出擊，結果不出所料全軍覆沒，使安祿山僥倖成功。不過最可笑的是，當安祿山攻陷潼關，向長安挺進時，邊令誠帶著皇宮的鑰匙第一個向叛軍投降。

監軍宦官並不能如所預期地防止統帥叛變，而只會誣陷統帥

叛變，或把統帥逼反。撲滅安史兵變的大將僕固懷恩，一門之中為國捐軀的四十六人，女兒也為了國家的和親政策遠嫁到回紇汗國。但他得罪了宦官駱奉先，於是駱奉先密告他謀反。僕固懷恩發覺之後，不願作高仙芝第二，只好選擇叛變才能自存。昭義軍區監軍宦官劉承恩經常凌辱節度使劉悟，甚至計劃綁架他。劉悟在忍無可忍之餘逮捕劉承恩，發兵和中央對抗。同華軍區節度使周智光索性把監軍宦官張志誠殺掉，聲明說：「僕固懷恩本來不反，被你們逼反。我本來也不反，今天為你而反。」

　　唐憲宗李純即位後，唐王朝呈現中興氣象，藩鎮割據的局面有所緩和，中央政府的權威大大增長，連「河朔四鎮」也陸續歸附中央。四鎮之一的成德軍區節度使李寶臣征討有功，李純特派敕使宦官馬承倩前往慰勞。馬承倩臨返長安的前夕，李寶臣親自到旅舍致謝，並送禮物綢緞一百匹。河朔地瘠民貧，搜括不出多少財物，這已是超級重禮了，但馬承倩卻嫌太少，把禮物拋擲道旁，大罵而去。監軍宦官的貪暴和跋扈可見一斑。李寶臣無法忍受這樣的羞辱，決心脫離中央。

　　宦官的暴行得不到有效的制止，因為昏暴的皇帝堅定地相信他們，於是宦官的暴行不但公開而且合法。凡不能使宦官滿足的對象，隨時都會發現忽然陷入「謀反」的巨案。雖然大臣們不斷向皇帝建議加以約束，但皇帝都聽不進去，連本來很英明的唐憲宗李純也不承認宦官誣陷過大臣。他說：「宦官怎麼敢誣陷大臣？即令有什麼讒言，當皇帝的也不會聽。」

　　還得意揚揚地宣稱：「宦官不過是一個家奴，為了方便，差使他們跑腿而已。如果違法亂紀，除掉他們就跟拔掉一根毫毛一樣。」李純誇口後不久，即被宦官陳弘志謀殺，曇花一現的「中興」也隨著李純的暴死成了昨日黃花，藩鎮再度專橫割據如故。

唐代宗李適在位時，涇原軍區兵變，李適對統軍將領疑心更重，於是把禁衛軍交給宦官統領，兩軍司令官也由宦官充任。這是一個劃時代的措施，從此禁衛軍掌握在宦官手中，形勢為之一變。第二次宦官時代與第一次宦官時代也因此有了本質的區別。第一次宦官時代宦官的權力來自皇帝。第二次宦官時代宦官的權力前期來自皇帝，後期來自他們統率的禁衛軍。

從皇帝手中竊取權力的前提條件是皇帝昏庸無能，如果皇帝英明果敢，宦官專政的局面就會成為舊話。權力來自統領的軍隊情形就不同了，即便皇帝不信任宦官，企圖限制他們的權力，但軍隊若不答應，皇帝也無可奈何。宦官長期統領禁衛軍，這支軍隊事實上成了他的親軍，親軍對統率的支持力又遠遠大於皇帝和國家，因此皇帝是不可能取得禁衛軍的合作的。

宦官因有軍隊的支援，皇帝不但動不了他，他反而可以隨時牽制皇帝。因此第二次宦官時代宦官的權力更為廣泛且鞏固。到了唐王朝的後期，執掌禁衛軍的宦官幾乎成了實際上的皇帝，真正的皇帝則成了他手中的一個傀儡。

宦官掌握軍權之初，對皇帝還存有敬畏，但時間累積下來，宦官在禁衛軍中佈置成熟，培植下不可動搖的勢力之後，力量的天平就會發生有利於宦官的傾斜。憲宗李純死後，為了繼位人選，宦官內部發生火拼。右禁衛軍司令官梁守謙，把左禁衛軍司令官和他打算擁立的親王李惲一起殺掉，改立太子李恒。

這是一個更為不祥的開端，繼任皇帝不由前任皇帝決定，而由宦官決定。前任皇帝即使生前決定，他死了之後也要經過宦官集團重新審查。皇帝被殺被立，都身不由主，連自己都不能保護自己，這種現象愈演愈烈。

下面把唐王朝後期的幾個皇帝的遭遇逐一列舉出來，使我們對第二次宦官時代宦官的巨大權力有一個深刻的印象──

十四任帝李純：805～820年在位，為宦官陳弘志所殺。

十五任帝李恒：820～824年在位，為宦官梁守謙所立。

十六任帝李湛：824～836年在位，為宦官劉克明所殺。

十七任帝李昂：836～840年在位，為宦官王守澄所立，在位期間發生「甘露事變」，包括宰相在內的高級官員數千人，被宦官屠殺一空。

十八任帝李炎：840～846年在位，為宦官仇士良所立。

十九任帝李忱：846～859年在位，為宦官馬元贄所立。

二十任帝李漼：859～873年在位，為宦官王宗實所立。

二十一任帝李儇：873～888年在位，為宦官劉竹深所立。

二十二任帝李曄：888～900年和901～904年在位，為宦官楊復恭所立。即位後和宰相韋昭度力謀振作，企圖限止宦官權力，結果被宦官聯合親信節度使打得東躲西藏，後被宦官劉季述囚禁，迫他傳位給太子李裕，一年後雖被仍然忠於皇帝的宦官救出復位，但已完全被宦官所控制了。

看了上述這些皇帝的遭遇後，也許有人要問，禁衛軍歷來都有統領，他們為何沒有構成對皇帝的威脅，而宦官掌握禁衛軍後卻可以隨意廢立皇帝，難道非宦官統領的能力不如宦官嗎？回答當然是否定的，非宦官統領的能力應該高於宦官，但他們多少有點原則和節操，為人處世比較注意社會輿論的反映，也會顧及行為的後果，不會輕易去犯叛逆大罪，一旦失敗不但身敗名裂，還會株連九族。

宦官則連最起碼的節操都沒有，行動起來也會不顧後果，因為他們本來就沒有名聲可敗壞、且沒有親屬可株連，因此他們掌

握軍權的危險性比正常人要大得多。可見皇帝當初為了防止武人干政而把軍權授予宦官，等於是用毒蛇來替代老虎，後者的危害比前者要大得多。

第二次宦官專政使一度強盛並給世界帶來巨大震撼的唐王朝朝綱紊亂，像一個奄奄待斃的病人苟延殘喘，最終釀成黃巾民變後最大的一次農民暴動。農民領袖黃巢在對富庶的江南和中原做徹底的破壞之後，揮師西向，攻陷了唐帝國的首都長安，僖宗李儇沿著扒灰皇帝李隆基當年逃亡的老路，再度逃往四川。

這場驚天動地的農民抗暴雖然最後被平定下去，但國家已支離破碎，農村遭到徹底的破壞，所有軍區無一例外脫離中央自行割據，互相攻戰更烈。皇帝命令不出首都長安，宰相和宦官分別跟軍區司令官勾結，各人尋找各人的利害關係。唐王朝已名存實亡，剩下的日子進入了倒數計時。

當宦官把唐王朝往墳墓裏推進時，自己也在亦步亦趨地向墳墓跟進。二十二任帝李曄復位後，宰相崔胤建議皇帝乘機使禁衛軍擺脫宦官的掌握，任命正規軍出身的將領擔任司令官。

李曄不肯接受，表面上是顧及驟然間改變百餘年的傳統會招致強烈反應，實際上他仍然覺得宦官比任何人都可靠，家奴總是家奴，只要任用馴服的家奴就行了。於是他任命最親信的宦官韓全誨、張彥弘接任左右軍司令官。

宦官對幾乎剝奪了他們軍權的崔胤恨之入骨，他們勾結鳳翔軍區節度使李茂貞作為外援，準備向崔胤下手。崔胤也知道自己的危機，就向宣武軍區節度使朱溫靠近。於是第一次宦官時代發生的故事再度重演（那時大將軍何進為了剷除宦官，密令涼州軍團司令董卓進京救駕。董卓進京後大權獨攬，皇帝成為傀儡）。崔胤給朱溫寫信說奉有皇帝密旨，命朱溫發兵救駕。朱溫，這個

地痞流氓出身的惡棍一把抓住這個上天掉下的餡餅，立即統軍西上。韓全誨得到消息，強迫李曄投奔鳳翔。朱溫圍攻鳳翔，鳳翔堅守兩年，可怕的饑餓使他不能支持。

903年，李茂貞只好把韓全誨、張彥弘殺掉，跟朱溫和解，送李曄回長安。朱溫迅雷不及掩耳地派軍進入皇宮，對宦官做徹底的屠殺，包括新任命的兩位禁衛軍司令官和大多數無權無勢也屬於被迫害的小宦官在內，共五千餘人，全部死在亂刀之下。派往各軍區擔任監軍的宦官，朱溫也命李曄下令，一律就地處決。第二次宦官時代就到此結束，跟第一次宦官時代斬盡殺絕的結局完全相同。

四、第三次宦官專政

第三次宦官時代發生在最為專制也最為黑暗的明王朝，始於1435年王振當權，終於1661年明王朝覆亡，歷時二百二十七年。

這是一個更為漫長的時代，佔據了明王朝將近五分之四的時間，相當於當時一個人平均壽命的四點五倍。

請注意：宦官時代一次比一次的時間更為漫長，這說明了中國的封建王朝正在一步一步地走下坡路。

第三次宦官專政，是極權體制和皇帝懶惰無能的產物。

明王朝的開國皇帝朱元璋為了朱姓皇族的江山永固，創立了一整套便於集中權力的極權專制體制。這種體制的核心是全國主要的政務都是皇帝一人說了算，各級官吏只能秉承皇帝的意旨辦事，沒有任何決策權和變通措施。極權體制有效地防止了權臣亂政，但同時又出現了新的更大的問題，即皇帝一人的能力和精力能否應付得了一個龐大帝國千變萬化的政治。

如果皇帝英明勤奮且統治的又是小國寡民，皇帝也許能夠勝

任他的職責。問題是明王朝是一個幅員廣大且內部經濟文化發展極不平衡的國家，帝國的政治千頭萬緒變化莫測，沒有分身術的皇帝往往顧得了這頭顧不了那頭，即使勉強應付得了也一定是完成任務式的低品質政治。

朱元璋在位時，平均每天要親自批閱一百五十件奏章，裁決四百種案件，這樣大的工作量不是提高工作效率所能解決的，事實上只能草草了事。這時皇帝若缺少理政的能力和熱情，帝國的政務就會積壓，以前還有大臣來彌補皇帝的不作為，現在則沒有大臣來分擔政務，皇帝也不允許別人分擔，結果帝國陷於實際上的癱瘓狀態。

具有諷刺意義的是，明王朝是中國歷史上出現懶皇帝最多的王朝，除了一任帝朱元璋、三任帝朱棣和七任帝朱祁鈺外，其餘的十多個皇帝都非昏即懶，既無智力也無心力處理國家政務，別說一個國家的政務，連他自己家裏的事務都處理不了。

為了防止國家的政務癱瘓，皇帝在取消宰相後，又設立了一個協助自己理政但品級不高的祕書機構——「內閣」，將工作人員稱為「大學士」。大學士的職責和現在的祕書完全相同，即幫助皇帝處理信件、奏章，分析案情，代寫文稿，把自己的意見上呈皇帝，但不能像宰相一樣對下行使意志。

這樣皇帝就不用親自閱讀和書寫奏章，既可減少工作量又無大權旁落的危險。大學士因不能直接向下發布政令，就不用承擔任何責任，也就沒有宰相那樣的責任心。那些懶皇帝在位時，理政只有依靠內閣，命那些大學士在每一個奏章上或案件上簽注意見，寫出對該事的分析和應對的建議，甚至皇帝頒發的草稿都一併擬好呈上。當時術語稱為「票擬」和「條旨」。皇帝即根據這些簽注加以批示。這樣政權漸漸滑入大學士之手，大學士成了沒

有名義的宰相。

大學士簽注的意見皇帝會不會採納，大學士並不知道，他們和皇帝之間還有一段距離。他們很少有向皇帝當面陳述意見的機會，他們的意見要靠宦官來轉達，這樣宦官就有干政之權。

自九任帝朱見深起，明王朝出現了自人類有政治組織以來，從未聽說過的政治現象，即皇帝長年幽居深宮，不上朝理政，越往後這種現象越是突出。

十二任帝朱厚熜自1540年到1566年逝世，二十七年間總共跟群臣只見過四次面，平均七年出席早朝一次。

到了十四任帝朱翊鈞在位時，最後的三十年只在金鑾殿亮過一次相，朝中的大臣百分之九十以上不認識他。

皇帝長年不上朝，大學士數年甚至數十年見不到皇帝，不能向皇帝面呈「票擬」，皇宮他們又進不去，那裏除了皇帝外任何正常男人都進不去。這樣所有的「票擬」都要仰仗宦官轉達，並仰仗宦官在皇帝面前做補充說明。皇帝所頒發的命令，也由宦官傳遞，有時用批示，有時用口頭，宦官的權力遂日形膨脹。且皇帝和大學士之間，往往互不認識。皇帝對大學士的印象，全來自宦官的報告。

物以類聚，宦官口中的好官通常情況下都是贓官。於是政府大權從大學士手中滑出，落到宦官之手，明朝進入空前黑暗的年代，第三次宦官時代來臨。

明王朝幾乎每一個皇帝，都有他特別親信並掌握權柄的宦官。明王朝宦官的數量之多，說出來定會讓你倒抽一口冷氣。十七任帝朱由檢在位時，國土只剩下三百五十萬平方公里，但宦官卻有十萬人。繼明王朝之後建立的清王朝，疆土擴張到一千三百多萬平方公里，相當於明王朝的四倍，但宦官只有五百人。

明王朝的宦官幾乎無孔不入，不但在中央政府左右國家的大政方針和官吏任免升降，還深入到地方各級政府機構直接魚肉人民。十四任帝朱翊鈞在位時，散佈在全國各地的礦監、稅監、採辦太監和織造太監橫行鄉里、欺行霸市、無惡不作，成為地方的一大公害，最終釀成沸騰的市民抗暴。

雲南稅監楊榮橫徵暴斂，群眾在忍無可忍之際憤起抗暴，攻殺他的隨從。楊榮一口氣逮捕了數千人，全部用酷刑拷死，又逮捕被認為拒絕合作的一位中級軍官樊高明，嚴刑拷打後戴枷示眾，結果釀成更大的民變和兵變，楊榮被亂刀砍死。宦官本來是在宮廷伺候皇帝的，現在卻走向社會插手大小政務，可見宦官的權力膨脹到何種地步。

明王朝的宦官雖然沒有像唐王朝的宦官那樣掌握軍權，但他們的權力相當廣泛。皇家特務組織「錦衣衛」、「東廠」、「西廠」和「內廠」完全在他們的直接控制之下。這個組織讓人談虎色變，可以不經司法部門批准就隨意逮捕、審訊和處死除皇帝之外包括親王宰相和平民百姓在內的所有臣民。此外，宦官還管理開礦和負責徵收賦稅，主宰國家的經濟命脈。

第一、二次宦官時代宦官雖然大權在握，但政府官員和士大夫階層仍打從心底蔑視他們，不願與他們同流合污，哪怕因此會付出巨大代價。如漢末的范滂寧可進監獄被殺頭，也不向宦官低頭。第三次宦官時代則不同，政府高級官員和公卿士大夫，公然無恥地爭向宦官賣身投靠，瘋狂地向宦官諂媚。

王振當權時，工部侍郎王佑沒有鬍鬚，王振問他什麼原因，王佑說：「老爺沒有，兒子輩安敢有。」汪直當權時，監察部委員王億上奏章給皇帝，頌揚汪直主持的西廠（一個亂用酷刑、冤殺無辜的特務組織）對治安有極大的貢獻，他說：「汪直所作所

112

為不僅可以為今日法，並且可以為萬世法。」魏忠賢專權時，包括宰相和多數的政府官員在內的士大夫階層，爭著拍他的馬屁。

第三次宦官時代權傾朝野給國家和社會釀成巨大災難的宦官很多，逐一列舉他們的罪行恐怕有厚厚的一大本書。這沒有必要，下面只把其中有代表性的幾個權力宦官亮亮相。

明王朝第六任皇帝朱祁鎮即位時年方九歲，還是一個只知道玩樂的頑童，由司禮太監王振帶著他遊玩。他對這個鬼點子層出不窮的大玩伴十分敬佩，尊稱為「王先生」。王振遂利用朱祁鎮的信任假傳聖旨，專擅朝政，沒有人能控制他，不但成為太上宰相，而且成為太上皇帝。第三次宦官時代，遂由王振揭幕。

朱祁鎮成年後，皇家教師劉球上奏章勸朱祁鎮親政，王振認為是譏諷自己，把劉球逮入錦衣衛詔獄，亂刀砍死，屍體肢解，拋擲荒郊。有一天王振前往李時勉處視察，李時勉對他沒有表示特別的恭敬，王振就指控李時勉盜用國家樹木，把他在門前帶枷示眾三天。部屬數千人哭號奔走，都不能解救，最後還是輾轉求到朱祁鎮的母親何太后，何太后向朱祁鎮問起，朱祁鎮驚愕地說：「一定是王振幹的事。」才下令釋放。

由此可見，皇帝並非不知道王振在胡作非為，相反他比任何人都清楚，但他不但不因此處罰王振，還一如既往地堅決重用他，這其中的隱情實在叫人弄不懂。

朱祁鎮即位的第十五年，蒙古瓦剌部落向東推進，對中原北部邊疆發動攻擊，沿邊城堡相繼陷落。朱祁鎮召集大臣商量對策，王振力排眾議，極力主張皇帝親征瓦剌。他把戰爭看成兒戲，認為有權就有戰鬥力。詔書頒下後的第二天，朱祁鎮即行出發，因倉促間沒有準備，半途上已有軍士餓死，這樣的軍隊戰鬥

力可想而知。大軍到了大同後，王振還要北進，可是派出去的幾個兵團先後潰敗，軍心大亂。鎮守大同的宦官也提出警告，不但不可北進，連大同都危在旦夕。

王振不得已，始下令回京。走到距居庸關三十公里的土木堡時，瓦剌追兵已至。兵部尚書鄺野請急速入關，但運送王振所搜括的金銀財寶的車隊還沒有趕到，他堅持等候。鄺野堅持迅速撤退，王振罵道：「軍國大事，你懂什麼？」把鄺野逐出營帳。既而瓦剌騎兵合圍，中央軍成了口袋裏的困獸，王振這才發現權力也有不管用的時候。禁衛軍官樊忠，悲憤交加，用鐵錘把王振擊斃。中央軍全軍覆沒，樊忠戰死，朱祁鎮成了階下囚。

明王朝第十一任皇帝朱厚照十五歲即位，是一個只對女人和遊蕩有興趣的花花公子，荒唐而且任性。從小就跟他在一起的玩伴宦官劉瑾，猶如朱祁鎮的玩伴王振一樣，利用皇帝的昏庸和信任掌握了政府大權。他當權時的所作所為，使老前輩王振的惡行看起來像兒戲。

劉瑾有一個核心集團，被稱為「八虎」，這是一個令人望而生畏的名字。劉瑾不知採用什麼法術，使剛上臺不久的朱厚照相信以托孤大臣謝遷、劉健為首的忠心耿耿的朝臣，是陰謀使皇帝陷於孤立的「奸黨」，把他們統統地趕出朝廷，連儒家陽明學派的創立人王守仁也於廷杖後貶竄蠻荒。

從此朝中文武大臣要麼對劉瑾側目而視，要麼爭先恐後拍他的馬屁，劉瑾牢牢地控制了朝政大權。有一天早朝時，朱厚照發現了一份揭發劉瑾種種罪行的匿名信，但朱厚照卻拒絕相信，並把這封信轉交給劉瑾。劉瑾大發雷霆，命部長以下高級官員三百餘人跪到奉先門外的烈日之下追究事主。那些高級官員們從早晨跪到天黑，國防部科長和北京地方法院法官焦渴過度，當眾倒下

來死掉。天黑之後，未死的人再被囚進錦衣衛詔獄。後來還是劉瑾發現匿名信來自宦官內部，跟朝臣無關，才把他們釋放。

劉瑾權勢熏天，整個政府都圍繞著他轉圈。宰相焦芳、吏部尚書張彩、兵部尚書曹元，幾乎跟他的家奴沒有分別。政府大小措施都在劉瑾的私宅決定，即使最荒唐最惡毒的大政方針也沒有人敢提出半點異議。

劉瑾當權只有五年，1510年八虎之一的宦官張永密告劉瑾謀反，恰好朱厚照對劉瑾已開始日久生厭，一怒之下把劉瑾殺了。劉瑾最終多行不義必自斃，但整個明政府的結構，幾乎被他拆得七零八落。

第三次宦官時代後期，中國歷史上最大也最有權勢的宦官魏忠賢登場了。

魏忠賢是明王朝第十六任皇帝朱由校孩童時的玩伴，在朱由校即位後自然受到重用。朱由校是一個熱情似火的木匠，整天在皇宮赤膊短褲揮汗如雨地營造各式各樣的木器，對政治則既無熱情也無智慧，朝政大權自然而然地滑到離他最近、又最受信任的魏忠賢手中。

魏忠賢對朱由校的特性瞭若指掌，他總是乘朱由校興趣盎然做木工活時請他批閱奏章。朱由校的反應是極為不耐煩，說：「你不會代我批嗎？我要你幹什麼！」

魏忠賢要的正是皇帝這句話，這樣他就可以名正言順地對滿朝文武發號施令了。他成了名副其實的太上皇帝。

魏忠賢大權在握後，便急如風火地在朝中結黨營私，排斥異己。他的勢力集團比劉瑾的要龐大百倍，最後幾乎包括大多數宰相和大多數政府官員，核心組織有「五虎」「五彪」「十狗」「十孩兒」「四十孫」，一看這些名號，就可窺知他們是些什麼

東西！

　　魏忠賢早期的政敵是被朝野稱為「東林黨」的士大夫階層，是一些理性尚未完全泯滅且多少有點責任心的各級政府官員和賦閑在家的縉紳隱士。他們比魏忠賢集團（又稱閹黨）的素質要高，靈魂也較為高貴。他們看魏忠賢不順眼，魏忠賢看他們也不順眼，必欲除之而後快，條件一成熟，魏忠賢便對東林黨亮起了血淋淋的屠刀，使用的仍是傳統的冤獄手段，即合法的屠殺。

　　最先被開刀的是籍隸東林黨的名將熊廷弼。熊廷弼是中國歷史上最偉大的軍事天才之一，1621年被明政府任命為遼東軍區司令官，抗擊生龍活虎般崛起、給明政府以巨大威脅的後金汗國。他深知明政府邊防軍腐敗至極，戰鬥力和八旗兵不可同日而語，因此堅決主張採取守勢，不可輕率挑戰，可他的副將王化貞卻有另外的看法。

　　王化貞當時統率著十萬重兵駐在山海關之北260公里的廣寧，這位只看重數量而不注重品質的將軍，對自己擁有的優勢兵力抱有很大的信心，堅決主張主動出擊，一舉踏平後金汗國的老巢，為自己升官製造「政績」。王化貞雖然是副將，但有兵部尚書作為靠山，熊廷弼指揮不了他，熊廷弼只有四千人的部隊駐防山海關。因為有這層關係，王化貞的主張自然占了上風，朝廷批准了他的作戰方案，熊廷弼則成為眾矢之的。王化貞和努爾哈赤在廣寧展開決戰，結果王化貞以絕對優勢的兵力而大敗，十萬邊防軍全軍覆沒，王化貞隻身逃走，成了名副其實的光桿司令。

　　這次潰敗本來跟熊廷弼無關，但魏忠賢認為跟他有關，就跟他有關了。熊廷弼被逮捕下獄，罪名並不是「謀反」而是「貪污」，這恰恰是魏忠賢的毒辣之處。在一個行將就木的腐朽王朝裏，謀反並不能喚起人們的憤慨，貪污才是人們最痛恨的，一個

官員被冠以貪污的罪名，國人總是容易相信的，且不論這個官員是多麼英明和無辜。

魏忠賢為何選中熊廷弼作為打擊的靶子，有三方面的原因：一是熊廷弼為人剛直不阿，沒有像其他官員那樣競相拍魏忠賢的馬屁，使魏忠賢感到沒有面子；二是熊廷弼是東林黨的名將，打擊他東林黨自然不會善罷甘休，必然會想方設法營救，從而把東林黨的實力暴露出來，到時好一網打盡，這是一個陰險的「引蛇出洞」的詭計；三是熊廷弼是沒落王朝中極少數頭腦清醒的將官之一，他對領悟力較弱的庸碌政客感到不能忍受，對他們沒有表示應有的尊敬，因此他的人緣不好，高高在上的那些濫汙官僚尤其厭惡他，因此打擊他會贏得很多同盟者。

不出魏忠賢的預料，東林黨果然出來為熊廷弼呼冤，站在最前面的是監察部長楊漣和評議部主任委員魏大中。魏忠賢一一把他們逮入詔獄，用慘無人道的酷刑逼迫他們承認「貪污」與「受賄」的罪名。楊漣的屍體被家屬領出時，全身已經潰爛，胸前還有一個壓死他時用的土囊（砂包），耳朵裏有一根橫穿腦部的巨大鐵釘。魏大中的屍體則一直到生蛆之後才被拖出來。

當魏忠賢認為「蛇」已都被引出洞時，就把熊廷弼押赴刑場斬首示眾。

魏忠賢執政的末年，各地官員競相為魏忠賢建立「生祠」。最先發明這種新型拍馬屁招數的是浙江軍區司令官潘汝楨，他於1626年出奇制勝，第一個建立魏忠賢的生祠。魏忠賢對這個無恥之徒大為欣賞，各地遂紛紛效尤，儼然成為一種時尚、一窩蜂的效忠運動。

魏忠賢當權僅僅七年，但已把明王朝的根基全部挖空。

……

　　中國最後的一個封建王朝清王朝是由來自塞外荒涼苦寒地帶的滿人建立的，但這個王朝的宦官卻最沒有勢力，不但沒有干政的機會而且數量很少（五百多名）。到了王朝的末期，雖有一兩個宦官如安得海、李蓮英之輩很有權勢，但影響只是個別的，沒有形成勢力，對王朝構不成實質性的威脅。隨著清王朝被推翻，封建專制成為歷史陳跡，宦官也隨之消失。

　　肉體上的宦官消滅了，精神上的宦官仍在一定的範圍內長期存在，仍然威脅著中華民族的文明和進步。你如果留心觀察，就會發現宦官的思想和行為模式隨處可見，這是需要高度警惕的。中國要想文明富強，就必須在肉體上和精神上徹底和宦官時代作告別。

第 五 篇
對中華文明有
深遠影響的王朝

　　在中國歷史的21個正統封建王朝中，對中華文明影響較深的有秦、唐、明、清四個王朝。秦王朝奠定了封建專制體制和中央集權政治的總體框架，統一了文字、度量衡，使大一統的思想深深植根於國人心中。唐王朝創立了科舉制度，使政權大門向民間開放，擴大了政府的統治基礎。明王朝發明了八股文和文字獄，使知識份子思想僵化，絕對極權專制則窒息了社會生機，使社會發展停滯。清王朝奠定了的遼闊疆土，使大清王朝成為超級大國。

　　自西元前221年秦始皇統一中原，到西元1911年最後的一個封建王朝被推翻，中原境內一共出現了二十一個正統的封建王朝。如果不把分裂時期那些小朝廷計算在內，大一統的封建王朝只有十個。其中對中華文明有深遠影響的王朝有秦、唐、明、清四個。

　　這裏所說的有影響的王朝和強盛的王朝，並不是同義詞或近義詞，影響多半是制度性的，有影響的王朝是指這個王朝的典章制度和社會體制，不僅對當世而且對後世的中華文明有深遠的影響。有影響的王朝不一定是強盛的王朝，如明王朝積弱不振，但對中華文明的影響直到今天我們仍能感受到。同理，強盛的王朝也不一定是有影響的王朝，如漢王朝光芒萬丈、氣吞山河，但對後世的影響並不大，除了富庶的物質文明和多姿多采的藝術成就外，並沒有留下多少制度性的遺產。

　　對文明的影響是多方面的，有正面的影響也有負面的影響。秦王朝和唐王朝對中華文明的影響總體上是正面的；明王朝的影響主要是負面的；清王朝的影響則正負參半。

　　這四個封建王朝對中華文明的影響各有側重。秦王朝奠定了中國封建專制體制和集權政治的總體框架，後世王朝的政治建構都沒有離開這個框架。尤其是統一了文字，大一統的思想在國民心中深深札下了根，使中華文明在最艱難的時刻也沒有解體。唐王朝創立了「科舉制度」，通過競爭性考試選拔官吏，使政權的大門向民間開放。明王朝發明了八股文和文字獄，使知識份子的思想僵化，由社會的進步力量變為阻礙社會前進的力量。

　　絕對極權專制則窒息了社會的生機，使社會的發展停滯不

前。清王朝則開拓了遼闊疆土，使清帝國成為超級大國。

一、秦王朝高屋建瓴

秦王朝是中國歷史上第一個封建王朝，也是一個強大無比的王朝。它的開創者始皇帝嬴政具有充沛的精力、高度的智慧和強烈的責任心，一手締造了中國集權專制政治的總體框架。他在政治上的每一項措施，都影響中國歷史至少兩千年之久。

嬴政是在消滅六個諸侯國的基礎上建立起秦帝國的。為了防止帝國重蹈西元前8世紀周王國的老路——地方政府比中央政府強大，陷入尾大不掉、諸侯混戰的局面，嬴政決定對傳統的政治體制做大幅度的改革。其中對後世歷史有重大影響的改革有下列兩項。

1. 對全國的行政區域重新劃分，廢除分封制，實行郡縣制

秦以前的周王朝實行分封制，除了首都周圍的一塊地方劃歸中央直接管轄外，其餘的國土分為若干封國，封國的等級依據面積的大小和人口的多寡分為公、侯、伯、子、男五等，在歷史上統稱為諸侯國。

國的統治者稱為國君，他對中央的義務是每年去首都朝見國王並繳納象徵性的貢賦，在國家陷於戰爭時向中央提供一定數量的軍隊和裝備。對於封國的內政，包括行政、財政和軍政，國君則有絕對的主宰權力，絕不受中央控制。國君的位置實行世襲制，老子死了兒子繼位，沒有兒子則由國君指定其他的親屬繼位。沒有特別的背叛行為，中央不能隨意剝奪國君的世襲權力。

這種政體的優勢是能夠充分調動地方的主動性和責任感，劣勢是地方的權力過大，封國容易積累對抗中央政府的資本。如果封國出現了一個強有力的國君，恰好這時位於中央的國王又昏暴

無能時，封國的實力就有可能超過中央。一旦出現這種情況，這個封國就有可能不受中央節制，就會脫離出去另立山頭，並進而對中央或其他的諸侯國發出戰爭威脅。其他諸侯國得不到中央的保護，也會擴張實力奮起自衛，並不再效忠中央，於是諸侯混戰，國家陷入分裂。

嬴政針對這些弊端，在全國範圍內廢除分封制，推行郡縣制，把全國劃分為四十一郡，每郡又劃分為若干縣。郡縣的最高行政長官稱郡守和縣令。郡守和縣令由中央直接任命，職位不能世襲，並可由中央隨時調任或撤換。郡守、縣令調離、撤職或死於任所，中央再直接指派新的郡守縣令，地方不得干預。郡守直接對中央負責，縣令既對郡守也對中央負責，但主要是對中央負責，因為他的任免升降權操控在中央手裏。這樣行政大權都集中到中央一級，地方政府只能按中央的指令施政。

這種體制的長處是限制了地方的權力，中央保持絕對的力量優勢，防止了國家的分裂。秦帝國始終能夠保持一流大國的地位全得益於這種體制。短處是地方的權力受到限制，主動性和創造性也受到限制，社會發展速度減慢。

中國在長達兩千多年的封建社會裏沒有多少實質性的進步，後期甚至出現退步就是一個最好的說明。取消世襲制則減弱了地方行政長官的責任心，因為他的家族不能享受他努力的成果。只對上面負責的單向負責制促使地方政務官漠視下屬或臣民的意願和感情，甚至會去奴役搜括他們，榨取他們的財富來討好上司和中央，容易出現暴政，所以古代中國官逼民反的事情特別多，結局也特別慘烈，世界上任何一個國家的統治者與被統治者之間的仇恨，都沒有中華民族這樣深，這樣不可調和。

西方的民族國家一般都亡於外族之手，中國的封建王朝除了

宋王朝外全亡於民族的內戰。這種中央集權體制雖防止了國家的分裂，但容易激發全民族的內戰，加速朝代的更換。當中央政府首腦瀆職或濫用職權時，先前地方政府還可以有效地抵制國王的暴政，災難只限於中央一級，不至於向全國範圍內蔓延。現在地方沒有權力和實力來遏止昏暴國王施加的負面影響，災難遂很快擴展到全國。暴行得不到強有力的制止，就會變本加厲，最終超過了被統治者忍耐的極限，全民抗暴內戰將不可避免。

這種民族全面內戰的破壞性和殘酷性較之諸侯國之間的政治戰爭要慘烈百倍。諸侯國之間的戰爭死人不過幾萬或十幾萬，最野蠻的秦趙長平之戰也只死了四十萬人；破壞也是局部性的，只限於戰區內。改朝換代的內戰則不同，死人都在千萬以上，有時占全國生靈的三分之二（隋末民族內戰）或五分之四（東漢末民族內戰）。戰爭中心地帶則十室九空，白骨露於野，千里無雞鳴。破壞力也是全國性的，因為全國都成了戰場。

至於加快了改朝換代，下面的數字是最好的說明：實行分封制的周王朝壽命八百七十九年；秦以後的封建王朝壽命都沒超過三百年，創立中央集權體制的秦王朝只維持了短短的十五年。

嬴政創立的中央集權體制被以後的各王朝忠實地仿傚。繼任的西漢王朝鑒於秦迅速覆亡的教訓，實行分封和郡縣雙軌制，結果五十年之後爆發了七個封國聯合對抗中央政府的戰爭。這場戰爭以中央的勝利而告終，分封制也隨之走向了末路。

2. 統一文字和度量衡制度

周王朝後期，各封國經過長期的政治獨立，像西羅馬帝國崩裂後的歐洲一樣，每一個封國都發展成為一個互不相同的文化和經濟的社會單元。各國文字不同，升斗有大有小，里程長短不一，車輛各有寬度，也就是說，車輛只能在本國行駛，一出國

境，因為不能合轍的緣故，寸步難行。

　　嬴政要求把這些全部統一。首先他下令採用一種新文字，也就是一種簡體字，把周王國及六個王國所使用的那些繁雜而又互相差異的文字簡化為一種「小篆」，以後更進一步地簡化為一種「隸書」。這是中國歷史上由政府所發動，對文字所做的第一次劇烈的改革，是古代中國文化最大的一次躍進。其次嬴政規定標準長度、標準容量和標準重量。從此中國境內，文字、尺寸、升斗、斤兩，以及車輛的輪距完全一致。

　　這件事奠定了國人萬世大一統思想的基礎。中華文明在以後的兩千年能夠一脈相承，沒有像希臘文明和羅馬文明那樣解體，全得益於秦王朝的這項制度。

　　這裏有必要強調一下「方塊字」的功能。方塊字是嬴政制定的統一文字的形態，由點、橫、豎、撇、捺等線條像搭積木一樣組合成具有一定空間結構，能夠表達各種意思的小方塊字。這種文字外型固定不容易變化，學起來也相當困難，不像文字那樣易變易學。一個聰明人兩年時間可以掌握一門外語，但起碼得六年時間才能學會漢字。

　　正因為方塊字缺少變化，人們就不容易以方塊字為基礎去製造其他文字，就像歐洲人用字母製造各種不同的文字一樣。秦以後的中原統一是主流，分裂也是經常的，有時甚至是長期的分裂（如南北朝、五代、南宋時期），但分裂後各地的國民都以大一統的國人自居，都有一種心理狀態，認為分裂是暫時的，終必統一。所以國與國合併之後，人際之間馬上水乳交融。這就要歸功於方塊字的魔力。

　　西羅馬帝國滅亡後，四分五裂的現象並不比古代中國南北朝時更嚴重。但中國能夠重新統一，歐洲卻永遠地分裂。羅馬帝國

拉丁文是一種拼音文字，一旦土地隔絕，語言相異的人能夠用拉丁字母拼出各自的文字。使用的文字不同，各地人民不可避免地差距日增。

　　古代中國沒有字母這個工具，不能用拼音的方法製造各自的文字。即使國家陷於分裂，甚至像南北朝時期幾百年的長期分裂，在廣大遼闊的中國領域之內的人民仍在使用統一的方塊字。方塊字像一條看不見的魔線，把語言不同、風俗不同、血統不同的人民的心靈縫在一起，成為一種自覺的國人。秦國能夠保持超級大國的地位，方塊字有很大的功勞，這是秦王朝對中華文明所做的最大貢獻。

二、唐帝國開科取士

　　科舉考試起源於隋王朝，但到唐王朝時才成為政府的國策和不可更改的制度，並為以後的歷代王朝所沿襲（元帝國除外），實行了一千三百年，直到20世紀初葉才被廢止。

　　科舉制度就是通過公開的競爭性考試選拔政府官員，考試對象為全國公民，包括貴族子弟和平民子弟。凡考試及格的知識份子，不問門第出身，一律委派官職。這是一個巨大的變革，變革的矛頭針對唐王朝以前門第世家獨霸政府的不合理現象，變革的果實是擴大了政府的統治基礎。

　　在此之前，政權的大門一直是關閉的，只限於貴族和門第世家。科舉制度使政權的大門向廣大民間開放，雖然只是窄窄的一條狹縫，但與完全關閉多少有點區別。科舉制度的功效有兩點：一是提高了政府官員的整體素質，這點不用贅述；二是使天下豪傑陷於追章逐句之中，以柔其獷悍橫逸不順之氣，聰明才智之士為了從這一條窄窄的狹縫擠進政府，不得不把全部生命消磨在九

經的九本儒書之中，再也沒有精力謀反鬧革命了，從而減少了社會上的不穩定因素。

李世民大帝登基後，朝廷舉行第一次會試，當他從宮殿高處望著進士們魚貫而入的肅穆行列時，興奮地說：「天下英雄都被我裝到口袋裏了。」科舉考試網羅人才和維持社會穩定的功效是顯而易見的。

科舉制度到了宋王朝開始走向成熟，考試紀律日趨嚴肅，唐王朝那種浪漫戲劇化的場外交易成了不可思議的古老故事。唐王朝的科舉制度在執行過程中有很大的隨意性，政府並沒有為科舉考試制定必須遵循的劃一標準，只是在宏觀上確立了不可逾越的界限，在考試紀律等細節上沒有做強制性的具體規定。

在確定錄取人名單和進士名次時，不但取決於主考官和皇帝的意志和好惡，天皇貴冑和親王公主也能施加很大的影響，這些人的態度往往能決定主考官的態度。尤其是公主，不但對主考官有很強的左右力，皇帝的判斷力也在相當程度上受其影響。那些應試的士人為了引起公主的注意，常常在應考的文章之前加上一篇離奇曲折的趣聞軼事，以激發公主的興趣。

最早的小說就是這樣產生的。如果這篇題外文章情節引人入勝並足以打動公主的芳心，就算應試的那篇文章寫得不怎麼樣，也照樣能夠得到公主的青睞並金榜題名。

為了矯正這一弊端，宋王朝為科舉考試制定了一整套應試士人必須嚴格遵守的強制性紀律，使科舉制度真正走向正規化。考試及格人士所受的重視使人神魂俱醉。當進士及第的高級知識份子結隊朝見皇帝通過街市時，首都開封就好像瘋狂了一樣，萬人空巷。當時有人感慨說：「縱使一位大將，於萬里之外立功滅國凱旋歸來，所受的歡迎也不過如此。」

科舉制度的副產品是製造了一個特殊的社會階層——知識份子階層。如果認為這個階層是古代中國的先進階級，那就有失偏頗了。古代中國的知識份子與西方的知識份子有很大的區別。西方的知識份子是自然科學和社會科學的知情者，是認識世界和改造世界的主導力量；中國的知識份子對這兩方面的知識則知之甚少，他們的知識面相當狹窄，所受的教育僅限於九經的儒書，考試的目的又僅僅限於做官。他們自認為是天之驕子，但思想保守、墨守成規，對任何形式的社會變革都有強烈的抵觸心理。

即使有王安石、康有為等極少數知識份子站在時代的前列，喊出了振聾發聵的強音，也不能改變整個知識份子階層保守落後的大趨勢。事實上王安石、康有為之流已經超越了自己的階級，是知識份子的精英。

唐王朝以前，中華民族一直在向前走，一直以強大的姿態出現在世界民族之林，生龍活虎一樣使山河動搖。唐以後的王朝則日趨衰落，一天天走下坡路，甚至整個國家兩度被外族征服。尤其到了明王朝以後，知識份子日益成為阻礙社會變革的力量，使國家在近現代大踏步地後退，遠遠地落在西方文明國家後面。這也許是科舉制度惹的禍。

19世紀中後期，日本和清王朝都由政府發動組織了一次變法運動，即「明治維新」和「戊戌變法」，但日本成功、清王朝失敗，結果日本成為一流強國，原因就是日本沒有知識份子階層，變革遇到的阻力也就小得多。

在這一章將要結束之際，要提醒大家記住這樣的一個光輝事實，唐帝國是當時已知的世界上首屈一指的強國，首都長安是一個國際性的大都會，就像今天的美國紐約一樣，世界各國的人才都拼命往唐帝國跑，並在長安定居下來。

唐帝國的締造者李世民大帝當政時期，中國出現了歷史上惟一的一個沒有貪污的時代——「貞觀盛世」。

　　這說明貪污並非是不治之症，是能夠消滅的，關鍵是要建立一個科學理性的政治體制。

三、明王朝作繭自縛

　　明王朝是中國歷史上罪惡深重的王朝，它對中華文明的傷害在於它的締造者朱元璋創立了一整套野蠻邪惡的制度，窒息中華民族的生機，踐踏國人的尊嚴，毒害知識份子的靈魂，造成古代中國幾百年的落後。明王朝滅亡之後，這些制度的負面影響仍然存在，貽害幾百年之久，到了今天國人仍能強烈地感受到它的遺毒。

1. 摧殘人權和祕密員警制度的建立

　　這方面的典型例子是廷杖和錦衣衛。

　　「廷杖」就是在大庭廣眾之下用木棍打罪犯的屁股。這是一種極端痛苦的刑罰，受刑人痛苦難忍，禁不住大聲哀號，醜態百出。一個人如果被處罰廷杖一百以上，他所受的就與死刑無異。這種刑罰所造成的肉體上的傷害也許是次要的，精神上的傷害才是主要的。因為廷杖的對象主要是社會上流人士，他們平時比普通人更看重面子和尊嚴，現在讓他們在眾人面前出盡洋相，那是比砍頭還要嚴重的丟臉事件。受過廷杖的人如果能夠屈辱地活下來，人性的尊嚴也就不復存在。

　　廷杖是對人權最大的摧殘。在廷杖制度下，上自宰相，下至平民，沒有人能維持人性的尊嚴。國人的自尊就是在廷杖的淫威下一步步地毀掉的。

　　「錦衣衛」就是皇家特務組織，職能是逮捕審訊謀反和大奸

大惡之人。明朝國人的特徵是出奇的忍辱負重，謀反的案件畢竟少之又少，於是錦衣衛的職能轉變為專門迫害人的機構，後來進一步轉變為迫害正直人的機構。錦衣衛的審訊一律是刑訊逼供，用難以忍受的酷刑索取口供，不是要審問你犯了什麼罪，而是要你承認早就擬定好的罪狀。明王朝中後期，除了錦衣衛外，還增設了相同性質的「東廠」「西廠」和「內廠」，本已遍佈全國的祕密員警，遂相互交錯、密如蛛網，街頭巷尾的一舉一動，夫妻爭吵和市井打鬥，早上發生，晚上就傳到皇帝耳朵，公民的隱私權和人身安全權自此不復存在。人權進一步地受到踐踏。

2. 絕對專制制度的建立

秦王朝開創的中央集權專制體制在中國延續了一千五百年之久，嚴重壓抑了中華民族的生機和活力。明王朝又進一步把這種體制推向極端，建立了一整套絕對極權專制制度，使殘存的一點生機被最後扼殺了。

朱元璋得天下後，為了防止大權旁落，撤銷了中書省編制和宰相職位，擢升六部（吏、戶、禮、兵、刑、工）為一級中樞機構，各部首長直接向皇帝負責，皇帝不再設立助手，而直接向各部發號施令。也就是說皇帝把所有的行政權力都抓在自己手中，各級政府官員只需要機械地秉承皇帝的意旨辦事就行了，不允許有任何變通和創見，進入了更絕對的專制。

先前皇帝只管大事和大的案件，次要的事則交給宰相辦理，宰相只須定期向皇帝報告政務就行了。各地呈上的奏章先由宰相批閱，宰相把認為重要的奏章上呈皇帝，其餘的則自行處理，然後把處理結果給皇帝彙報。

現在皇帝沒有助手，事無巨細都要皇帝親自過目，這種措施雖有效地防止了大臣攬權，但只適用於行政區域不大的小國寡

民，像明朝這樣幅員遼闊、地方相差懸殊、政治複雜多變的龐大帝國，靠皇帝一人的智力和精力是肯定應付不了的，即使勉強應付也難免失之草率。朱元璋在位的後期，平均每天要親自批閱一百五十件奏章，裁決四百種案件。假定他一天工作十個小時（這對於一個老人來說已經是超負荷的工時了），那麼他平均一分鐘就要批閱一件奏章或裁決一個案件，這樣驚人的工作量是不可能講究品質的，何況天天如此，神經不能鬆弛，間隔一天次日就得把功效提高一倍。

從前有宰相可以幫助皇帝，如今沒有人能為他分擔，他也不准別人分擔。如果皇帝懶惰昏庸，政務就會大量積壓，政府將陷於一種「不作為」的狀態，政治出現全面或局部癱瘓。

義務和責任往往是和擁有的權力相對應的。政府官員手中無權，責任心也就會大打折扣，積極性和主動性無法調動出來。每個官員在政治上不求有功，但求無過，智力和精力不是用於治理國家大事，而是用於貪污、內鬥、跑官和結黨營私。結果民族的生機窒息了，官吏的品質墮落了。

3. 對知識份子的毒害

文字獄摧毀了知識份子的個性；

八股文毒害了知識份子的靈魂。

文字獄就是因文章招來的刑責，但和今天的文章侵權不同，它的特徵是當權人物對文字的歪曲解釋而起，是當權人物神經過敏做賊心虛的一種反應。一個單字或一個句子，一旦被認為誹謗元首或諷刺政府，就可能惹下殺身之禍。

於是知識份子除了被「誣以謀反」外，又多出一種純屬於文字的災難。知識份子為了不致因文惹禍，只有封閉自己的思想和靈性，違心地寫一些歌功頌德、粉飾太平之類的馬屁文章，或一

頭埋在故紙堆裏從事毫無意義的「考據」和「校訂」古籍。

　　良知未泯滅的人則乾脆封筆，聽任自己的藝術才華湮沒無聞。中華民族悠久而光輝的文化發展至此出現了斷層，文學藝術從此遠遠地落在西方文明國家後面。這個罪惡的制度被以後的歷代統治者繼承發揚，成為中華文明最大的污點。

　　繼明王朝之後的清王朝把「文字獄」推向一個新的高峰，先前還一人做事一人當，只殺作者不殃及無辜，「雍正」「乾隆」朝則把因文獲罪的知識份子株連九族。如戴名世案全族處斬；呂留良案子孫處斬，妻女發配黑龍江；盧魯生案除了主犯父子處斬外，受牽連定罪下獄的達一千餘人。

　　即使到了以「三民主義」為立國綱領的民國，也不斷有作者因文章與政府不合拍而被關進監獄或綁赴刑場。魯迅的雜文《為了忘卻的紀念》就是為悼念被政府殺害的五個青年作家而寫的。

　　科舉制度到了明王朝已步入了死胡同，不但考試範圍限定在「四書」「五經」；還特別頒布了一種試卷格式，規定應考的知識份子必須使用「八股文」。

　　「八股文」是一種文章體裁，一篇文章中，不多不少恰恰包括八股——一股即兩個或四個完整的句子。但八股文主要的特徵不在形式而在精神方面，即內容方面。做「八股文」不能發揮自己的見解，而是代聖人說話，看起來四平八穩、面面俱到，實際上什麼也沒觸及，寫出來的全是沒任何實質意義的「假話、空話和套話」。這樣知識份子用不著獨立思考，事實上是嚴厲禁止獨立思考，只要把假話空話套話代入八股文格式中，便是一篇最好的文章。

　　在八股文的釣鉤下，知識份子的全部工作就是圍繞八股文轉圈，沒有自己的思想，也沒有自己的情感，不知道人類還有別的

知識和別的情操，只知道如何做八股文和如何做官。在這種考試制度下金榜題名的知識份子肯定不是社會的精英，有真才實學的沒有幾個。

那些匡時濟世治國安邦的棟樑之才則永遠與進士無緣，被絕對地排斥在政府大門之外。如洪秀全參加了四次科舉考試，可連士大夫最低級的「秀才」頭銜都沒有取得，後來卻幹出了驚天動地的大事。和洪秀全同時代的兩廣總督葉名琛倒是榜上有名，可在英法聯軍圍攻廣州時只知扶乩拜神睡大覺，成為俘虜後被英軍當做一種奇異動物裝在木籠裏運到各國展覽。

八股文嚴重地毒害了知識份子的靈魂，從此知識份子成了一個帶有諷刺意味的名詞，由社會的進步力量變成阻礙社會前進的力量。

明王朝就是靠廷杖、錦衣衛和八股文三樣東西，把偉大的中華民族導入黑暗的蠻荒。後代的國人不得不在黑暗中摸索，尋求指引國家走出黑暗的途徑，一代又一代。

四、清帝國開疆拓土

提起清王朝，人們馬上會給它貼上「腐敗無能」的標籤。這也難怪，19世紀中後期強加在國人頭上的一個又一個不平等條約都是清王朝簽訂的，在國人心中，沒有比簽訂喪權辱國的條約更丟臉的事了。其實這是不公平的，如果西洋人進入中原時面對的是明政府，那就不僅僅是簽訂屈辱條約了，說不定就會亡國。

需要強調的是：清王朝不僅不腐敗無能，而且也曾強悍無比，滿洲人以入關初期那種強勁活潑的新鮮生命力，不斷地開疆拓土，一鼓作氣地為帝國擴張出廣大的空間，使清帝國成為當時世界上首屈一指的超級大國。

清王朝所做的貢獻，比歷史上的任何一個王朝都要巨大和重要。滿洲人入關時，疆土只有三百五十三萬平方公里，清王朝鼎盛時期的疆土達到一千三百多萬平方公里，比明王朝末期的疆土要大四倍。即使後來簽訂的不平等條約丟掉了一百六十多萬平方公里，上世紀初期清王朝滅亡時仍留給後世一千一百多萬平方公里的遼闊疆土，在當時的世界上仍居第二位，僅次於北極熊俄國；有效領土則居世界第一位（俄國領土的大部分為荒涼苦寒的冰原地帶）。下面我們來回顧一下清王朝上升時期是怎樣生龍活虎般地開疆拓土的。

17世紀初期，蒙古分為六個部落，察哈爾部落首領林丹汗企圖重新統一蒙古，向鄰近部落挑起戰爭。遺憾的是：林丹汗沒有為實現他的雄心所必須配備的傑出才幹，他對內完全採取高壓政策，引起各部落的反感。毗鄰後金汗國的兩個部落不堪壓迫，先後投降後金。

1632年，後金第二任可汗皇太極跟投降過去的蒙古部落聯合西征，林丹汗大敗，察哈爾部、土默特部和鄂爾多斯部先後投降，林丹汗殘部逃到青海支撐了三年，到1635年也向後金屈服，面積達一百萬平方公里的內蒙古自此併入後金的版圖。

1644年，滿洲人入關，內蒙古和二百四十八萬平方公里的東北作為「嫁妝」帶入中原。

1683年，收復三萬六千平方公里的臺灣。

1688年，準噶爾汗國雄才大略的可汗噶爾丹入侵外蒙古，喀爾喀的三個汗部戰敗，請求歸附清廷。康熙大帝率軍迎擊噶爾丹，於1690年、1696年、1697年先後三次大敗噶爾丹，外蒙古一百八十萬平方公里的疆土自此納入清朝版圖。

1717年，準噶爾汗國遠征軍在名將大策零的率領下突襲拉

薩，佔領西藏。清政府出兵干涉，於1720年擊敗準噶爾遠征軍，面積一百六十萬方公里的西藏自此併入清帝國。

1723年，青海統治者羅卜藏丹津反叛清廷，清政府的反應迅速而強烈，任命年羹堯、岳鐘琪率軍進入青海。1724年二月，岳鐘琪率五千騎兵發動突襲，擊敗羅卜藏丹津的主力，只用了十五天時間，就把六十六萬平方公里的青海土地全部征服，併入清朝版圖。

1755年，準噶爾汗國發生內亂，輝特部酋長阿睦爾撒納逃到清帝國，請求清廷出兵幫助他回國奪取汗位。清政府以阿睦爾撒納為嚮導侵入準噶爾，佔領首都伊犁，把準噶爾分為四個小國。第二年，阿睦爾撒納對清政府反咬一口，宣布獨立，重新統一準噶爾汗國。

1757年清軍再度西征，重新征服準噶爾，並翻越天山南下，擊敗和卓木兄弟乘準噶爾滅亡之機建立的巴圖爾汗國，佔領南疆。面積一百九十萬平方公里的準噶爾汗國自此成為清朝領土。清政府把這塊領土改稱「新疆」，意為新開闢的疆土。

在一個多世紀的時間內，清王朝擴張了九百四十七萬六千平方公里的疆土！

清王朝對中國的貢獻是無與倫比的！

今天的中國人對清王朝開疆拓土的武功所知甚少，他們當中的大多數人都誤認為唐朝和元朝的疆域最大。唐帝國上升時期對外戰爭取得了巨大的勝利，征服了塞北和西域，西部邊界曾到達中亞的石國（中亞細亞塔什干城），和清帝國的西部邊界相當，東部還一度征服了大半個朝鮮。但遼闊的青藏高原（二百五十萬平方公里）和雲貴高原（三十二萬平方公里）屬於吐蕃和南詔王國的版圖，吐蕃還一度成為唐帝國的勁敵，多次打敗唐帝國的軍

隊，安史兵變後則把唐帝國的西部疆土（河西走廊和西域共一百七十萬平方公里）全部奪去。塞北雖然征服，但唐帝國無力消化，無意在那裏設立統治機構，留下了權力真空，不久就被新興的回紇汗國佔據，因此塞北不能算做唐帝國的領土。

以此推算，唐帝國盛時疆土還不到清帝國的三分之二。蒙古帝國雖然龐大，但統治中原的元帝國只是它的一個子國，西域和青藏高原不屬它的領土，面積只有清帝國的一半。

清王朝除了為中華民族開闢出遼闊的疆土外，還對傳統的宮廷制度進行大幅度的改革，大量裁減宦官和宮女人數，大力壓縮宮廷開支。宮女由明王朝的九千人消減到一百三十四人；宦官由明王朝的十萬人削減到五百人；宮廷每日開支由明王朝的一萬兩壓縮到三十五兩，減少率百分之九十九點七。這是一個多麼巨大而又驚人的進步！

可是，清帝國統治的疆土卻大於明帝國的四倍！

第 六 篇
封建王朝中的權力女人

　　中國歷史上的女人地位低下，沒有任何政治權利，只有極少數女人利用色相從男人手中竊取權力；但掌握無限權力的女人的所作所為，對女權運動實在是一個尖銳的諷刺。她們不是利用手中的權力為廣大受迫害的婦女謀取尊嚴和權利，而是去傷害她的國家和家族，製造一個又一個的人間悲劇。呂雉把丈夫的愛妃戚夫人的手足砍斷，剜去雙眼，丟在廁所裡，稱為「人彘」；武則天毒死親生兒子，親手把孫兒鞭打至死；慈禧太后差一點就把擁有五千年歷史的文明古國斷送。

當19世紀中期英國用堅船利炮打開中國封建社會的封閉大門時，國人驚訝地發現這個世界上還有比清帝國更強大的國家，同時更讓國人驚愕不已的是這個國家的王位竟然可以由女兒繼承，女王逝世後，再由女王的子女繼承。這種改姓亂統的現象，使一向提倡忠於一姓，提倡宗法正統的儒家系統知識份子堅定地認為，英國是民智未開、無父無君、不知禮義廉恥仁義道德為何物的蠻夷之邦。

在古代中國，女人當皇帝是不可思議的，在五千年的文明史中只出過武則天一個女皇帝，且她的皇位是從男人手中竊取的，是不合法的，武則天也因此被後世的中國人描述成淫亂朝綱人倫喪盡的女魔王，比喪家滅國的秦二世嬴胡亥和隋煬帝楊廣還要邪惡。

20世紀以前，在世界上所有的文明國家中，中國古代的女人也許是最沒有地位的，她們「在家從父，出嫁從夫，夫死從子；嫁雞隨雞，嫁狗隨狗」，除了生兒育女相夫教子外，幾乎沒有其他的明文權力，政治權、教育權、財產權與她們無緣，甚至連人身安全也沒有任何保障。尤其是政治權，女人更是可望不可即。在歷代封建王朝的政治殿堂裏，從中央到地方的各級政府機構沒有一個女人，當然女扮男裝被當權人物誤認為是男人的女人除外。

在中國的歷史上並非沒有女人掌握政權的，有幾個女人還掌了大權。但女人掌權沒有法理上的依據，她們的權力是男人因為迫不得已的原因暫時租借給她的，行使權力時也是偷偷摸摸的，即使掌握了最高權力也只能「垂簾聽政」。

古代中國女人掌權的前提有三個，三者缺一不可：

（一）是碰上了天生的政治機緣，即皇帝死了，她突然間成了高高在上的皇太后。僅擁有皇太后的身分還不夠，還得有下列條件：或者繼任皇帝年齡幼小，無力親自理政，把身為母親的皇太后推上了「攝政」的位置，成為權力中心人物（如胡太后、慈禧太后）；或者繼任皇帝性情溫和，對政治缺乏熱情（如呂太后）；或者丈夫在位時對她極為寵愛，讓她參與政治，成了皇太后後她比兒子有更為堅實的政治基礎（如武則天）。

（二）是她本人具有政治才幹和政治野心，沒有這個前提皇太后也不可能成為權力女人。如東漢王朝除了開國皇帝劉秀和他的兒子劉莊外，其他皇帝即位時都未到親政年齡，最大的不過十八歲，最小的還抱在懷中餵奶。按理皇太后能夠成為權力女人，但這些皇太后都缺少政治熱情，都把政權委託給自己的父親或兄弟，結果形成外戚專政的局面。

（三）是沒有人情味，尤其是不能有女人味。皇太后要想成為權力女人，惟一的辦法就是從男人手中竊取權力。這個男人不是別人，恰恰是她的兒子，也就是說她傷害得最深的人就是她的兒子。俗話說「虎毒不食子」，女人的心腸總是柔軟的，只有極少數的女人能夠為了一己私欲蓄意傷害自己的兒子，權力女人就是這極少數的女人之一。她們的特點是沒有人情味，更沒有女人味，為了獲取權力不擇手段。

在正統儒家思想主宰的中國古代封建社會裏，男尊女卑有著悠久的歷史淵源，且成為社會公共價值的標準尺度，因此權力女人不可能得到社會的認同，她們掌權後必然生活在一個充滿敵意的空間裏，將面對整個權力階層的普遍反抗（因為這個階層都是男人）。

權力女人為了維護自己辛辛苦苦取得的權力，必然用殘酷無情的非法手段，來對付並清除正在反對或有可能反對她的人（因為她沒有合法理性的手段來贏得公眾的認同），同時扶持提拔新人來重建自己的權力基礎。權力女人在掌權期間，只有充分展露自己非人性的一面，用恐怖統治來鞏固自己的權力，她的全部精力都用來打擊政敵和排斥異己，同時傷害她的家族和她的國家。

一、第一位權力女人──呂雉

呂雉是西漢王朝開國皇帝劉邦的妻子，在劉邦打天下時出過不少力，西漢王朝建立後被立為皇后。呂雉是一個性格剛強智謀過人的女人，對西漢王朝的鞏固有不可磨滅的貢獻。劉邦當皇帝後天下並不太平，七個異姓王擁有廣大的兵力和地盤，有能力和劉邦爭奪帝位，隨時準備興兵作亂；北邊新起的匈奴汗國兵強馬壯，南下竊掠中原成了家常便飯。為了討伐叛亂和抵禦匈奴，劉邦經常出征在外，這時呂雉奉命留守後方，安定內部，在中央代行皇帝的職能。

劉邦得天下後不久，有人密告梁王彭越謀反，劉邦用計把他俘虜，把他的封國取消，命他去家鄉四川當一輩子蒼頭百姓。彭越慘兮兮地上路，在中途碰巧遇上呂雉。彭越認為女人的心腸軟，就向她傾訴委屈，聲稱自己對劉邦夫婦忠心耿耿，連一絲謀反的念頭也不曾有，一定是有人因為嫉妒他的功勞陷害他，並請皇后在皇帝面前為他求情。呂雉爽快地答應了彭越的要求，把他帶回首都，然後去皇宮會見丈夫，責備他為何把一代梟雄放走了，那不是放虎歸山嗎？

劉邦如夢初醒，即刻把回朝申冤的彭越砍頭，把屍體剁成肉醬，做成糕餅分賜諸侯王，用以恐嚇那些企圖造反的不軌之輩。

彭越企圖利用婦人之仁，結果招來殺身之禍。

　　當劉邦征討陳豨集團時，韓信陰謀在首都發兵回應，這個百戰百勝的一代軍神在戰場上是沒有對手的，情勢的危急可想而知。呂雉用蕭何之計，將韓信誑至長樂宮擒獲，但在如何處置他時內部有很大的意見分歧。韓信在建立西漢王朝時立過大功，若把他斬首可能使功臣寒心；但呂雉並不這麼認為，她說韓信的功勞越大，對西漢王朝的威脅也越大，只有殺掉他才可一勞永逸永絕後患，最後呂雉的意見占了上風，韓信身首異處。

　　從這兩件事，我們可以看出呂雉作風的威猛和心腸的堅硬。

　　劉邦晚年寵愛一個平民出身的女子戚夫人，對她的枕頭風很有興趣。在戚夫人的攛掇下，劉邦欲廢掉現任太子，另立戚夫人的兒子趙王如意為太子。在封建王朝裏，廢立太子是一件大事，劉邦之所以如此，除了偏信枕頭風外，另一個原因就是現任太子劉盈（呂雉的兒子）仁弱，仁弱的男人往往沒有主見和決斷，不是統御天下的理想人選；劉如意則性情豪爽、行為果敢，在所有的兒子中最像劉邦，有鎮邪御下的氣量和智慧。當呂雉得知這個不幸的消息時，就去劉邦面前哭鬧撒潑，但這一套遠遠抵不上戚夫人珠淚無聲的可憐模樣，對一個老女人則更增反感，更增加了劉邦廢立太子的決心。

　　呂雉無奈之餘去求智囊張良，張良勸她去請隱居商山的四個老名士，若能得四老出山輔佐太子，劉邦必然打消廢立太子的念頭，因為這四個老人劉邦請了幾次都沒請到，引為一大憾事。呂雉聽從張良的建議，用最高禮節把四個老隱士請到太子宮殿，然後請劉邦去太子宮走走。

　　劉邦來到太子宮，吃驚地發現他仰慕已久的「商山四皓」正和太子同桌吃飯，對太子的印象一下轉了一百八十度的彎，認為

太子已深得天下人心，是帝王之才。劉邦回去後向戚夫人說明此事，說太子羽翼已成，根深不可動搖，廢立太子之事只好作罷，任戚夫人怎麼流淚也不管用。這件事正好說明呂雉具有高度的政治智慧。

劉邦死後，劉盈繼任皇帝，呂雉成為高高在上的皇太后。劉盈性情溫厚對政治缺少熱情，呂雉見縫插針干預朝政，漸漸掌握了政府大權。呂雉得勢後的第一件事就是把被封為趙王的劉如意毒死，再把他的母親戚夫人罰為不分晝夜舂米的奴僕，在對方生不如死時還不肯甘休，再把她砍斷四肢、剜去雙眼，丟在廁所裏，稱為「人彘」，然後請兒子劉盈去廁所看「人彘」。

稍微有一點歷史知識的人都知道韓信曾受過「胯下之辱」，等到韓信大功告成衣錦還鄉成了故鄉的最高權力人物（楚王）時，第一件事就是找到那個曾經強迫他鑽褲襠的惡少。所有的人都認為韓信會把他處以極刑，萬萬沒想到韓信對他的處罰竟然是任命他「做官」。韓信並非頭腦不清楚，而是認為他的成功與該惡少有一定的關係，因為該惡少的羞辱對他的刺激太大了，使他有足夠的決心意志走上成功之路。

由此可見男人的「報復」確然比女人要智高一籌。劉盈奉母命來到廁所，看見那個鮮血淋漓沾滿糞便的肉球後心膽俱裂，派人對母親說：「這不是人幹的事，兒子懦弱，沒能力阻止妳，妳以後想怎麼幹就怎麼幹吧！」自此沉浸在酒色之中，不理朝政。呂雉完全控制了政府，掌握了不加限制的最高權力。劉盈在溫柔鄉中很快淘空了身子，沒幾年就一命嗚呼。

劉盈沒有兒子，呂雉就把一位宮女生的嬰兒抱進宮，對外謊稱這個兒子是惠帝和她的外孫女（呂雉的大女兒魯元公主的女兒，被呂雉強人所難地立為皇后）生的龍種。呂雉立這個嬰兒繼

承大統，稱為少帝，但內政外交大權都由自己作主。因為害怕少帝的生母把真相洩露出去，同時也為了防止少帝長大後母因子貴，呂雉竟把少帝的生母毒死。少帝年幼，不能理政，朝政大權全取決於呂雉一人的意志。就這樣過了三、四年，少帝略知人事，看不慣「祖母」的專橫行為，說了幾句小兒口中吐出的不顧後果的狠話，呂雉不能容忍，立即使用慣常害人的手段投毒把少帝毒死，另立年幼的恒山王劉弘為帝，自己依舊掌權如故。

呂雉剛當上皇太后時，漢王朝的「天敵」，號稱「控弦三十萬」的匈奴汗國冒頓單于給她送來了一封信，說她剛死了丈夫，而他則死了妻子，兩人正好可以結為夫妻同床共枕。兩國間的文書竟然用如此帶有強烈人身攻擊性的言辭，應該會引起對方的強烈反應，而匈奴的目的正是如此，他好順理成章地出兵中原，乘中原主少國疑時給以致命一擊。面對這樣的奇恥大辱，呂雉在「激動」和「忍耐」之間選擇了後者，因為當時漢軍隊的戰鬥力遠不如匈奴。她的反應是用禮貌的言辭回了一封信，聲稱自己已經年老色衰了，沒資格伺候大王，只好另選年輕的公主代替。

這件事情說明了呂雉在無能為力的情況下有超強的忍耐力，而忍耐力是一個政治人物必備的素質。呂雉的忍耐使漢王朝沒有過早地「玉碎」，保住了向對手復仇的資本，為她的後代最終滅亡匈奴埋下了伏筆。

呂雉大權獨攬後，開始大量提拔呂姓親族進入政府，封呂台、呂產、呂祿、呂通四人為王，打破了劉邦「非劉姓不能封王」的誓言；又命呂產、呂祿為南北二軍司令官，掌握了朝廷禁衛軍。一時間呂姓戚族權傾朝野，西漢王朝大有改朝換代之勢。

呂雉在任用呂姓親族的同時，著手剷除劉姓的勢力，對劉邦的兒子大開殺戒，幾個王子相繼死在她的手裏。如果不是她適時

死去，劉邦的兒子有可能被她殺光。當呂雉要害齊王劉肥（劉邦的庶長子）時，劉肥為了免禍，竟想出一個令正常人倒盡胃口的拍馬屁點子。他向那位心如蛇蠍的繼母建議：請母后准許他作為呂雉的大女兒魯元公主，也就是劉肥的親姊姊的兒子，他好陪侍左右恪盡孝道。

這樣的鬼建議應該令呂雉渾身起雞皮疙瘩才對，可呂雉的反應卻是大大的高興，對劉肥的恭順有很深的印象，居然和魯元公主一道去劉肥府中舉行了盛大的「認兒」儀式。由此可見即便再聰明的女人，也有女人無法克服的弱點，愛聽無原則的好話，這也是女人從政的最大局限性。

呂雉就這樣當了八年太上女皇，在她的晚年遇上了所有權力女人都無法逃避的繼承人問題。她最擔心的是在她死後呂姓親族和劉姓王族為了王位爆發流血火拼，因為衰老的原因，她沒有足夠的時間和精力把劉姓王族從朝野清除出去。

為了預防注定會流血的慘劇，呂雉命呂姓親族和劉姓王族結為婚姻，劉肥的幾個兒子娶了呂姓親族的女兒為妻。但呂家的女兒都沾染了呂雉兇橫霸道不顧大局的毛病，在家不守婦道，在公婆面前頤指氣使，把丈夫不當人看，結果使劉姓王族的怨恨進一步加深。趙王劉友在家中和姓呂的妻子發生口角，他的妻子在一怒之下居然進宮向呂雉告了丈夫一個惡狀，說劉友根本不把呂雉放在眼裏，並隨時準備向呂姓戚族反攻倒算。

如果呂雉是明白人，就應該告誡友妻莫要胡言亂語，在家要恪守婦道，把劉呂兩族的矛盾化解於無形。可呂雉霸道慣了，不能容忍別人說她半個不字，竟然把劉友關進死牢裏活活餓死。在這場夫妻爭鬥中，妻子一方取得了完全的勝利，但勝利的果實卻不怎麼令人振奮，那就是妻子注定要守一輩子活寡。她得為她的

魯莽和囂張付出代價，只是這個代價未免大了點。

　　呂雉死後，劉姓皇族在周勃、陳平的幫助下取得了對呂鬥爭的最後勝利。呂姓戚族在過了幾天權力癮後紛紛被推上斷頭臺，不論老幼一律梟首示眾。

二、最薄情寡義的權力女人 —— 胡太后

　　西漢王朝第七任皇帝劉徹鑒於呂雉專權，劉姓皇族險些滅亡的歷史教訓，在立他的兒子劉弗陵當太子時，先把劉弗陵的美麗母親鉤弋夫人殺掉，預防她將來以皇太后的身分干預朝政。

　　這個歷史上的偶然事件，被五百年後興起的北魏帝國明定為一種政治制度。每當選立太子時，年輕母親即被迫服毒，母因子貴的慣例自此成為不可思議的往事。

　　一直到6世紀初第八任皇帝元恪立他的兒子元詡當太子時，元詡的母親胡充華本應處死，但元恪是一個癡情的男兒，愛胡充華勝過愛自己，不忍心把他摯愛的女人送上絕路，於是冒群情激奮的危險力保胡充華的性命，讓她繼續在人間享受榮華富貴，並再一次破例冊封她為貴嬪，延續了一百餘年的野蠻習俗遂告廢止。元恪於515年逝世，元詡即位，年才六歲，胡貴嬪順理成章地當上了皇太后，掌握政府大權。

　　青春美麗的胡充華執掌中央政權後的行為，對她丈夫元恪的真情實愛實是一種尖刻的嘲弄，有力地印證了「男人無毒不丈夫」這句古老的諺語。這位魏帝國百年以來第一個出現的貨真價實的皇太后，卻用事實證明那野蠻習俗確實有其必要。

　　胡太后當權後做的第一件事就是在四肢發達頭腦簡單的男人中挑選情夫，然後和他們不分晝夜地做愛。這都是男人癡情惹的禍，地下的元恪如果有知的話，一定會砍下自己的腦袋，把裏面

的情感細胞全部切除。男兒無情才豪傑，元恪應該為他那糊塗的真愛付出代價。

胡太后除了和情夫睡覺外，第二件事就是花費鉅資大肆營建佛寺和佛像，把帝國的財力耗竭，僅永寧、石窟二寺就耗資千萬，內外裝飾得金碧輝煌，根本不像出家人修道的地方，倒像是達官貴人尋歡作樂的場所。

女人都有容易「迷信」的毛病，所以女人算命和進寺廟燒香的概率比男人高得多。胡充華因為擁有為所欲為的權力，可以把老百姓的稅錢大把大把地拿來「賄賂」神靈，絲毫也想不到神靈是不受賄賂的，向神靈行賄結果是弄巧成拙，會招來更大的「報應」。後世的為富不仁者最捨得在燒香拜佛上花大本錢，但結局往往比不燒香還慘。

至於國家大事，胡太后連想一下都不願意，因為她沒有能力應付這些傷腦筋的事情，能夠迴避就盡力迴避，實在迴避不了就和稀泥。女人都有愛聽好話的毛病，胡太后對好話的偏愛則到了如癡如狂的地步。百分之九十以上的好話都是別有用心的，這也是女人的悲劇所在，胡太后的悲劇無疑更深一層。她當權不到一年，對有責任心有理性不願意說好話誤國的朝臣殺的殺貶的貶，沒有任何原則天良喪盡的阿諛奉迎之徒紛紛佔據了政府要位。這些人除了一窩蜂地貪污弄權，搜括民脂民膏外，對關係國計民生的正事幾乎狗屁不通，結果強大的北魏帝國在他們手中加速度地衰落，從內部分崩離析。

一連串的民變兵變風起雲湧，把帝國淹沒在屍山血海之中，防守北部邊疆的邊防軍率先發難，把瞄準外族的刀劍轉過來砍殺內部的貪官污吏，沒有作惡的少數清正官僚也玉石俱焚。各地的武裝團夥群起回應，向自己的國家發動報復性的攻擊，地方軍閥

乘機擴充自己的實力，成為實際上的獨立王國，北魏帝國處於風雨飄搖之中。胡太后的反應是繼續在深宮和情夫瘋狂地做愛。

胡充華雖然對國事一竅不通，但在權力鬥爭中卻是一等一的高手。她坐上權力寶座不久，就和實權宰相元爻發生權力衝突，最終到了勢不兩立的地步。520年，元爻發動先發制人的政變，把胡太后囚禁，奪取了政權。當全國人民終於可以鬆一口氣時，元爻的行為卻讓他們大失所望，人民不久就感覺到他連胡太后都不如，幾年之後反而忘記了胡太后當年的惡行，把拯救國家的希望寄託在她的身上。

胡太后充分利用自己政敵的弱點和國民的健忘心理（中國人的健忘，使同樣的歷史悲劇一再地在中國重演），在暗中積極準備，利用自己年輕貌美的優勢，在朝野爭取自己的支持力量。

五年後陰謀佈置成熟，胡太后揮戈反擊，把元爻殺掉，重新入主中央政府。她掌權後惟一的反省就是再不能信靠外人，只能信靠她的兩位情夫孫嚴和徐紇，聽任他倆把已經千瘡百孔的帝國一步步地向萬丈深淵推進。對各地抗暴民變，胡太后採取七百年前把強大的秦王朝「玩垮」的二世皇帝嬴胡亥一樣的對策，即用雙手掩住自己的眼睛和耳朵，拒絕正視嚴酷的事實。凡入朝的官員被詢問變亂消息時，大家知道她想聽什麼，所以異口同聲回答：「小股盜賊，不過一些社會敗類，地方政府自會肅清，用不著聖慮。」

胡太后在印證了她的觀察正確後，更加肆無忌憚。528年，元詡的妃子生了一個女兒，胡太后宣稱生了一個男孩，大赦天下以示慶祝。至於她這樣做的心理動機，正常人就是想破腦殼也不會找到答案，因為兒子生女兒既不會威脅她的權力，也不會影響皇家體面，元詡青春年少還有很多生兒子的機會。答案也許只有

胡太后知道，她自然有非這樣做不可的原因，女人總是在大事上聰明反被聰明誤。

世界上正因為有這麼多的漿糊腦袋，人類歷史才顯得豐富多彩。元詡這一年已十九歲，早已過了親政的年齡，覺得老娘不清不楚的恣意妄為，勢將把帝國帶上毀滅之路，計劃把她那兩位炙手可熱也讓他蒙受巨大羞辱的情夫逐走。

但胡太后當權太久，年輕的皇帝身邊全是她的親信，元詡在朝中找不到支持力量，無奈之餘把賭注壓在鎮守太原靠鎮壓變民起家的地方軍閥爾朱榮身上，儘管他聽說爾朱榮是一條殘暴兇惡的豺狼，連親人都敢吞食，但他已沒有別的路可走。老娘邪惡殘忍，對他是噬腹之痛，必須以毒攻毒，即使自己最後也被豺狼吞食也顧不了許多。元詡密令爾朱榮向首都洛陽進兵，用以脅迫他母親胡太后。爾朱榮像中了大樂透一樣興沖沖地率軍南下，到了山西上黨，不知道什麼緣故，元詡又命他停止，但消息仍然洩露，胡太后在兩位情夫的協助下把自己的親生兒子毒死。

胡太后殺死親生之子，而且是獨生之子，不僅沒一點人性，而且愚蠢至及，她挖掉了自己生命的根。北魏不像歐洲，在魏國，妻子和女兒在法理上不能繼承帝位。元詡死後，既然已經宣布過生了兒子，當然要繼任為下屆皇帝，可胡太后知道無法隱瞞，只好馬上再宣布所謂皇子本是皇女，而另立元詡的族侄，剛生下來才三個月的元釗當皇帝，這樣她又可以至少再專權十八年之久。

胡太后的如意算盤這次打在了火藥桶上，她把政治看得太簡單了。如此重大的事件竟如此兒戲，要想不引起強烈反應是不可能的。爾朱榮首先發難，一面宣言要追查皇帝元詡的死因，一面不承認胡太后政府，另行擁立元詡的族叔元子悠當皇帝，並向洛

陽進軍。胡太后派出去迎擊的軍隊陣前倒戈，投降爾朱榮，於是洛陽陷落。兩位曾發誓愛胡太后，海枯石爛不變心的情夫看到大勢已去，丟下自己的玩偶逃命去了。胡太后和嬰兒皇帝，被爾朱榮裝在竹籠裏，投到黃河溺死。距她毒死親生兒子只兩個月。

爾朱榮進入洛陽後，請政府全體官員到郊外迎接皇帝元子悠，把文武百官誘到河陰淘渚之後，用騎兵團團圍住，宣布罪狀說：「國家所以衰亂，你們應負責任。」然後下達屠殺令。在騎兵踐踏下，北魏兩千餘高門第世家的高級貴族和高級官員全被殺死或踩死，政府為之一空。爾朱榮正好用自己的部屬來填補這些權力真空。

胡太后的死亡為她的暴政劃上了句號，但北魏帝國的根基已被她掏空了，繼任的帝王要想有所作為已無力回天，沒幾年就陷入了分裂，並被強大的軍閥取而代之。元姓皇族被屠殺罄盡。

三、最成功的權力女人 —— 武則天

武則天是中國歷史上最成功的女政治家，也是皇帝永遠是男人的專賣店中，惟一的女皇帝。

武則天是并州文水縣人，出身於仕宦之家，父親累遷至工部尚書，封應國公。十三歲被選入皇宮，因為天生麗質，一入宮就蒙李世民皇帝另眼相看，侍寢後就被封為「才人」。唐王朝初期的皇宮姬妾有十九級，「才人」是十六級，且「才人」有九人之多，她不過是九人中的一人，那是一個沒有希望的位置。

武則天二十六歲的那一年，李世民大帝逝世，因民間曾傳祕記云：「唐三世後，女主武王，代有天下。」李世民在臨終前命武則天出家削髮為尼，在青燈古佛之下寂寞度餘生。武則天被送往長安的感業寺，這是一個等於絕望的位子。如果不是命運之神

對她格外垂青，她注定要在空門做一生一世的化外之人，史書上也就不會有武則天這個名字。

武則天當尼姑後的第五年，繼任皇帝李治跟他的妻子王皇后到感業寺進香。李治當太子時曾對武則天的美色垂涎三尺，並乘父皇李世民病重入宮侍寢的機會勾搭上手，一番雲雨後立下山盟海誓。現在他在尼姑行列中看到則天，則天也看到他，但情形已今非昔比。李治已擁有為所欲為的權力，則天則脫離凡塵，情勢在勢在必得和無可奈何之間搖擺，於是兩人同時流下了眼淚。

這一切被醋意正濃的王皇后看在眼中，她當時正跟李治的另一位姬妾蕭淑妃爭寵，為了打擊自己的情敵，她居然別出心裁地把則天接進皇宮，讓則天蓄上長髮，企圖利用這條曾從李治手中跑掉的美人魚，把丈夫的心從蕭淑妃身邊拉過來。至於丈夫的心離開蕭淑妃後會偏向誰，那就是她考慮不到或因為沒有辦法而拒絕考慮的問題。她心中也許有上千個理由認為丈夫的心會重新偏向她，即使沒有上千個理由她也會自欺欺人地編上一千個。

武則天充分利用這個上天賜給她出人頭地的機會，她的嘴可以流出蜜來，使王皇后待她如同親姊妹，頭髮還未長長就被皇后迫不及待地推薦給李治，被封為第五級的「昭儀」。

王皇后的目的達到了，李治懷中有了則天這條美人魚後，不再去蕭淑妃房中，但也沒有回到王皇后身邊，而是不分晝夜地和則天待在一起。先前丈夫雖然去蕭淑妃房中的日子多，但也時不時來安慰一下結髮妻子，現在連做做樣子的手續也免了。王皇后彷彿間覺得自己當初走的那步棋利小弊大，武則天比蕭淑妃要可惡一千倍，但明白過來已經遲了。她開始為那步傻棋付出了代價，但是更為慘痛的代價還在後頭呢！

武則天得寵時已三十一歲，比李治整整大四歲。一個沒有人

生經驗的年輕男人，一旦落到一個備嘗風霜、充滿心機又成熟美麗的女人之手，他的命運就和落到蜘蛛網上的蜻蜓一樣，一生一世都離不開那張網。才幾個月的光景，李治就離不開武則天了，他心甘情願地成了則天的掌中玩物，明知則天不善卻也無法擺脫對方精心佈置的「網」。把皇帝老公的心牢牢抓住後，則天開始一步步地追逐她的權力目標。

1. 追逐皇后寶座

武則天追逐的第一個目標是皇后寶座。入宮後的第二年，則天順利地生下了一個女兒，但這個女兒一來到這個世界就成了母親的政治犧牲品。女兒生下來不久，王皇后前來探望孩子，武則天把宮人遣開，自己去花園賞花。皇后在熟睡的嬰兒床前坐了一會就自個兒離開了，武則天乘機親手把自己的女兒扼死，然後誣陷是王皇后下的毒手。王皇后極力為自己辯護，並向眾人陳述事情的真相，但沒有人相信她，因為沒有人相信母親會親手殺死還在襁褓中的愛女，就是老虎和毒蛇也不會這麼幹，更何況一個千嬌百媚的美麗少婦。而王皇后嫉妒武則天專寵後宮，且沒有生育一男半女，作案動機倒是充分得很。

一個女人親手扼死十月懷胎歷盡痛苦分娩的第一個孩子，並且是一個美麗可愛的孩子，不是親眼看到的人是不會相信的。這樣的女人一旦掌握了生殺大權，就不會在乎別人的痛苦和死活了。

殺女案在武則天的引導下不久發展成為王皇后與她的家人，以及蕭淑妃也參加的圖謀對李治不利的謀反大案，興起宮廷大獄。王皇后、蕭淑妃各被打一百棍，砍斷手足投入酒缸。王皇后在酒缸裏哀號了一天一夜，在極度痛苦的折磨中死去。李治正式冊封則天當皇后，距她離開感業寺只一年零九個月。

把一個曾經對自己有恩且必死無疑的政治障礙百般凌辱折

磨，只能證明武則天身上有虐待狂的血質。而一個皇帝聽任一個女人把曾經同床共枕的結髮妻子施以慘無人道的酷刑，說明他要麼昏庸至極，要麼身不由己。

2. 從「二聖臨朝」到南周王朝

武則天實現第一目標後，接著追逐第二個目標——權力，尤其是無限權力。李治在位時得了一種怪病，頭部經常劇痛，雙目不能睜開，不能及時有效地處理政務。聰明熱情的皇后因此成為李治的政治助手，她的果敢風格和獨到見解令李治心悅誠服，他慢慢把更多的政務交給她辦理，自己樂得快活輕鬆。

當李治對她的政治才幹有充足的信心時，就讓她接見大臣直接參政。夫婦二人同時出現在金鑾殿上聽取大臣報告，並由則天裁決，政府官員稱他們夫婦為「二聖」，政府的控制權遂無聲無息地滑到武則天手中。武則天需要的就是李治這樣不生不死痛苦地活下去，使她有充分的時間利用李治的威權來剷除反對她的人，同時埋伏下自己的力量。褚遂良、長孫無忌等元老舊臣死的死貶的貶，許敬宗等支持武則天的新秀則被破格提拔重用。等到李治發現這個皇后的政治野心有可能傷害李唐王朝的根基，而企圖對她加以限止時，已力不從心。

武則天生了四個兒子，長子李弘和次子李賢較有能力，李弘被立為太子。武則天要想取得無限權力，就必須首先排除有能力的兒子，身為皇太子的李弘首當其衝。如果不是李弘在二十四歲時適時地「病死」，他的下場絕對不會比李賢更好。儘管李弘對外宣傳是病死的，但民間確信他是被母親毒死的，因為李弘的死期正是母子之間的矛盾不可調和之時，且李弘是在吃了母親賜給的飲食後病情轉重的。

李弘死後，次子李賢繼任太子，即歷史上著名的「章懷太

子」。因為他比李弘在政治上更有能力和熱情，所以他的下場也更為悲慘，一個巨大的陰謀在母親的導演下已悄悄地在他的四周展開。當武則天佈置成熟時，謀反的罪名飛到了李賢的頭上，他失去了太子職位，被流放山高林密荒僻窮困的巴州。

明眼人一看就知道李賢謀反純是莫須有的罪名，因為那時李治死期將至，李賢又是太子，皇帝寶座指日可待，他實在沒有謀反的必要。問題是在權力人物蓄意佈置的陰謀下，不在乎你是不是真的謀反，只要當權者堅持你謀反就行了，剩下的就是要你承認強加在你頭上的罪名。

李治做了三十五年的皇帝，在武則天對他的忍耐達到極限時才離開人世。在最後的幾年中則天對僵臥在病床上，不生不死的丈夫厭惡入骨，但她能夠控制自己，沒有謀殺他，這是她超越其他權力女人的地方。李治死後，三子李顯繼承大統，居喪期間由母后攝政。李顯那時年輕氣盛，有限的閱歷和膨脹的激情使他無視哥哥的教訓，輕率地任命岳父韋玄貞當宰相，企圖利用妻族的力量來幫助他從母親手中奪回本應屬於他的權力。他在政治上不是母親的對手，則天緊緊地抓住韋玄貞這件事大做文章，說李顯已無成為人主之望，企圖把天下交給韋姓戚族。這個罪名足以贏得大臣的共鳴，因為他們不能容忍自己的成果被一個靠裙帶關係一朝得寵的暴發戶分享或獨吞，結果李顯只過了三個月的皇帝癮就被廢黜，被流放到比巴州更為邊遠蠻荒的房州，在地方官的監督下閉門思過。

這時嘗夠了人情冷暖和世態炎涼的李賢，在流放地作了一首詩：「種瓜蘭台下，瓜熟子離離，一摘使瓜少，再摘使瓜稀，三摘還猶可，四摘抱蔓歸」，詩中的諷意明眼人一看即明。武則天看到這首詩後，不但沒有半點感性，反而怒不可遏，即刻派朝廷

敕使趕赴巴州威逼兒子服下了足以藥殺九頭牛的毒酒。李顯不能承受這個打擊，一直在恐懼中苦度年華，一見到朝廷敕使就魂飛天外，有幾次恐懼得想自殺，那滋味比死還要難受。

兩位哥哥的遭遇把四子李旦身上本來就不多的那點政治熱情嚇到爪哇國去了，當了皇帝也形同木偶，一切聽憑母后處置，他在位最經常的動作是點頭，說得最多的兩個字就是「好」和「行」。武則天還不滿足，因為她雖然手操人主之權，但只有黑市地位，她的最終目標是名正言順的皇帝。七年後武則天認為時機已經成熟，就把傀儡皇帝李旦一腳踢開，自己坐上皇帝寶座，建立自己的「南周王朝」。

3. 任用特務和酷吏打擊異己

武則天是一個絕頂聰明的女人，擁有比男人還要傑出的才幹和智慧。她苦心孤詣二十八年才當上皇太后（這是權力女人的前提），再苦心孤詣七年才當上皇帝。

在那個時代，可以想像得到，幾乎所有的人都反對她，李姓皇族和政府官員以及儒家學派禮教社會，無一不拒絕一個女人擔任皇帝。所以武則天無法用理性的手段來保護她的王朝，無奈之餘只好採用冤獄手段，任用酷吏和酷刑，做大規模表面合法的屠殺。凡是反對或被認為有可能反對她的人，以及酷吏因為一己私利所網羅的人，一律用法律判決他們謀反，連同家族一併處斬。武則天前後共屠殺了李姓皇親貴戚幾百人，文武大臣數百家，被株連的臣民則成千上萬，南周王朝一時間成了恐怖世界。

為了擴大打擊面，武則天鼓勵臣民告密。她在首都設立了一個銅匭，專門收受四方告密的信件。首都以外的百姓有去京城檢舉某某人和某某事的，地方官必須按五品官的待遇把他送到京城，武則天有時還親自接見這些告密者。一時間告密陷害成風，

臣民人人自危，靈魂卑污的人在全國各地對正派人大打出手。喜歡告密打小報告的大多是一些心靈陰暗的小人，這幫人檢舉告密的目的絕對不是為了國家利益，而是為了滿足自己靈魂深處那些見不得人的欲望，聽信他們的話一定利少弊多。但武則天並不這麼認為，她認為臣民一旦養成告密的嗜好，全國就在她的密切監視之下，各地一有風吹草動就會馬上報告到她那裏，所有不利於她的思想和行動要麼胎死腹中，要麼被及時鎮壓，絲毫也意識不到此舉會毒害臣民的靈魂，會對她的王朝造成長久深遠的負面影響。

　　為了審理那些告密的案件，武則天大量任用酷吏，前後一共任用了二十三人，其中最有名的是來俊臣、索元禮、侯思止、周興四人，這四人每人都殺了幾千人。酷吏都是些自私冷血沒有任何人情味的人類渣滓，以折磨迫害他人為最大的快樂。犯人到了他們手裏不可能得到半點同情，更不用指望他們會為你申冤。他們發明使用的酷刑花樣百出滅絕人性，每個都有一個美麗香豔的名稱，充分表示對人性尊嚴的摧殘和戲弄。像「鳳凰展翅」「仙人獻果」「玉女登梯」等刑罰名字雖好聽，但身受者除了死亡和招認外沒有其他出路。當酷吏的濫殺無辜引起社會的動盪時，武則天就殺掉個把酷吏來平息社會的憤怒，同時任命一個新的酷吏來繼續她的冤獄政策，過一段時間又把這個酷吏當作替罪羔羊殺掉。當來俊臣被正法時，長安市民爭食其肉，沒多久就只剩一架骨頭，可見臣民對他的仇恨之深。

4. 識人之聰和納諫之量

　　武則天的邪惡統治之所以能維持那麼長的間，主要的原因在於她擁有兩樣普通女人所不具備的長處，那就是「用人之明」和「納言之量」。

　　她很善於發現人才，一旦發現之後馬上破格予以重用，結果南周王朝的人才比英明神武的李世民大帝建立的「貞觀王朝」毫不遜色。像她任用的宰相杜景儉、狄人傑、魏元忠、張柬之和姚崇都是一代名臣；邊將郭元振、婁師德也是一代人傑。

　　武則天正是利用這些人攘外安內，建立一定的文治武功，有效地平衡了她的殘暴所造成的負面影響，使社會在她統治時期內沒有造成大的震盪，社會經濟繼續向前發展。武則天的納諫也是人所共知的，後世的歷史學家認為她有李世民的遺風。臣民對她的勸告和建議，無論措辭多麼逆耳，只要她覺得有道理就虛心接納；實在不能採納（如對武則天情夫的指控）也不對提建議的人加以打擊。這對於天性喜歡聽好話的女人來說更為難能可貴。

　　武則天的私生活據說可以與俄國的女沙皇凱撒琳媲美。她在六十多歲時因寵愛薛懷義，教他入寺為僧，以出家人的名義入幸禁中。她到七十多歲的時候又以美少年張易之、張昌宗兄弟「傅粉施朱衣錦繡服」到她及女兒太平公主燕居作樂。司刑少卿桓彥範上書彈劾她們，指出：「陛下以履恩久，不忍先刑；昌宗以逆亂罪多，自招其咎。」自謂履恩即繫鬖髮與趾澤間的情愛。武則天置而不問也不追究進諫人。還有一位右補闕朱敬則的上書則更是唐突，引用外間傳聞對武后的批評更為猥褻，她則批答：「非卿直言，朕不知此。」賞上書人彩緞百匹。

　　武則天的成功一半由於在高宗時做天后所集下的威勢，另一半歸功於她實際了解到官僚機構的真正性格。皇帝是文官集團的主席，他（或她）以理想上的至美至善造成神話的傳說，用為操縱大權的根據。既為神話則沒有人能對之十分認真追究。只是封官都以假為真，或在半假半真之間奉承這出發點，即給絕對皇權以神道的支持，則已使之無可疵求，不能侵犯。她以「河圖洛

書」的神祕安排，「萬歲通天」等響亮的年號，再加以「齒落復生」等不會老的奇蹟，去培養前述神話。另一方面她也坦白承認歸根到柢傳統政治的真面目，則不外實力。她對吉頊說出制馬有三物：一鐵鞭、二鐵鎇（即鐮也）、三匕首。鞭之不服則鎇其首，鎇之不服則斷其喉。就此她也承認這是自己對付不易掌握的臣下所採取的野蠻手段。

武則天當政的後期遇到了和呂雉同樣的困惑，那就是她沒有能力解決她的繼承人問題。如果把帝位傳給兒子，帝位本就是奪自兒子的，不過物歸原主，南周王朝一定消亡。如果傳給姪兒，當然可以保存南周王朝，但在感情上兒子總是血親。在政治上，再能幹的女人也不及男人果敢，武則天一直下不了最後的決心，惟一的辦法就是命李姓子弟和武姓子弟在神廟中盟誓互相友愛，就像命令為了一個美麗女人走上決鬥場的情敵，放下武器握手言和一樣。

就在武姓戚族暗中慶幸對方已被自己的旦旦誓言所打動時，忠於李姓的宰相張柬之發動宮廷政變，殺了武則天的兩個性奴隸張易之張昌宗二兄弟，把她逐回到皇太后應該居住的上陽宮，迎接中宗李顯復位。武則天當時已八十二歲，受不了一生中的最後一擊，回到上陽宮後即一命嗚呼。中宗李顯在經受一連串的打擊之後已銳氣盡失，沒有勇氣和能力對自己的政敵進行報復，直到十年後他的姪兒年輕剛強的李隆基繼位，才對武姓戚族做最後的清算。武姓戚族因為武則天這個女人付出了血流成河的代價。

四、最臭名昭著的權力女人 —— 那拉蘭兒

那拉蘭兒即慈禧太后，是中國歷史上最後的一個權力女人，執政的時間長達半個世紀，有著五千年歷史的文明古國差一點在

她手中萬劫不復。

那拉蘭兒是清王朝咸豐皇帝的婢女，因生了兒子載淳才在名義上擢升為嬪妃。1861年，英法聯軍攻陷北京，咸豐皇帝逃往熱河，在行宮中被外國使節進駐北京並要他接見的停戰條款活活氣死。年僅六歲的載淳即任帝位，那拉蘭兒名正言順地當了皇太后，諡號「慈禧」。

但那拉蘭兒並沒有多大的權力，因為咸豐皇帝在病床上托孤，遺命兩位親王載垣、端華和協辦大學士戶部尚書肅順等八位顧命大臣輔佐年幼的皇帝，共同掌握朝政。

那拉蘭兒有強烈的權利慾和瘋狂的政治野心，不能容忍自己被排斥於權力核心之外。她性格剛強精於權術，又有美麗少婦特有的優勢，很快在八大臣之外結成以自己為核心的陰謀集團，集團的急先鋒是留守北京和英法聯軍談判的全權代表咸豐皇帝的弟弟恭親王奕訢。陰謀佈置成熟後，那拉蘭兒在北京故宮發動宮廷政變，忠於她的軍隊逮捕了八位顧命大臣。載垣、端華、肅順被綁赴刑場砍頭，剩下的五位大臣被貶為庶民流放蠻荒。

政府進行了大規模的改組，忠於那拉蘭兒的臣僚進入了權力中心，少年親王奕訢升為攝政王，那拉蘭兒則垂簾聽政，實權掌握在她的手裏。這一切距她丈夫的死亡只有兩個多月，攻勢之凌厲威猛令人震驚。

慈禧太后當權後的所作所為，對當時正在西方文明國家蓬勃興起的女權運動無疑是一個尖銳的諷刺。她除了拼命荒唐享樂外，幾乎全部精力都用在傷害她的帝國上，好像她與自己的帝國有血海深仇，不把它推入萬丈深淵就是和自己的良心過不去。她的倒行逆施罄竹難書，下面只把對中華民族有深遠危害的惡行簡要概述一下。

（一）是自強運動和甲午中日戰爭期間，那拉蘭兒挪用海軍經費一千萬兩，用於修建豪華蓋世的頤和園和慶祝她的六十大壽。中日兩國海軍在大東溝進行第一次決戰，北洋艦隊的旗艦「定遠」號發射第一炮時，那個年久失修、早就鏽爛了的艦橋被震斷，艦隊司令丁汝昌和英國顧問泰樂爾被雙雙拋到半空而跌到甲板上，失去了指揮能力。

結果號稱世界第七大海軍強國的清帝國，竟被屈居第十二位的蕞爾小國日本擊敗，曾經顯赫一時，作為自強運動結晶的北洋艦隊灰飛煙滅。日軍佔領了朝鮮和遼東半島，在遼東半島的旅順，日軍對國人進行滅種式的大屠殺，除了留下三十六個人掩埋屍體外，老人、婦女和兒童無一倖免。戰後簽訂了屈辱的「馬關條約」，清政府割讓臺灣和澎湖列島，賠款二億三千萬兩（其中三千萬兩贖遼費）。

這一次出人意料的全勝大大地刺激了日本人的胃口，一直被日本人視為龐然大物的清帝國竟比他們想像的要虛弱得多，於是清帝國被作為主要的侵略目標而列入日本的狩獵名單，隨後的半個世紀，受盡了荼毒。1937年十二月，日軍佔領了中華民國首都南京，屠殺了三十七萬手無寸鐵的平民，旅順的歷史慘劇又一次重演。

那拉蘭兒的用人原則是賄賂和阿諛奉承，才能和德行則被拋到一邊，這從北洋艦隊的指揮官在戰爭中的醜陋表現可見一斑。豐島海戰時，「操江」號護航艦攜帶二十萬兩軍餉投降。大東溝海戰時，總司令丁汝昌下令艦隊做一字形迎戰。副司令兼旗艦艦長劉步蟾發現若按此隊形應戰，旗艦「定遠」號恰恰位於最危險的前端，將第一個受到炮擊，於是他在傳達命令時，竟改為人字形雁陣，使「定遠」號位於他認為比較安全的最後方中央位置。

威海衛戰役期間，在日軍攻陷要塞炮臺，北洋艦隊暴露在自己岸炮威脅之下，已處於生死存亡的緊急關頭，「來遠」號和「威遠」號兩艦艦長晚上仍照常上岸嫖妓，結果兩艦當晚被日軍偷襲擊沉。到了最後關頭，司令部所在地的劉公島發生兵變，要求司令丁汝昌「放他們一條生路」，英國顧問瑞乃爾建議丁汝昌鑿沉剩餘軍艦，士兵徒手投降。丁汝昌採納，下令沉船，可那些艦長們惟恐沉船後會觸怒日本人，拒絕執行命令。丁汝昌又打算率領各艦突圍，更沒有人理他，丁汝昌只好服毒自殺。拒絕沉艦又拒突圍的艦長之一程璧光率先乘著懸掛白旗的炮艇出港，向日本艦隊投降。日本海軍在俘獲北洋海軍的艦隻後實力大增，對清政府構成更大的威脅。讓這些沒有任何原則的酒囊飯袋來指揮現代化艦隊，別說第七大海軍強國，就是第一大海軍強國也只有失敗的命運。

（二）是閹割了戊戌變法，使清帝國失去了一次巨大的機會。1898年，年輕有為天良未滅的光緒皇帝任用維新派志士康有為，下令在國內實行日本明治維新式的政治變革，將國家推向勵精圖治、富國強兵、文明開化的自強軌道，在短期內超越日本成為名副其實的東亞巨人。

只知道玩樂毫無責任心的那拉蘭兒無法理解光緒皇帝的良苦用心，就像小學生不能理解大學生的課程一樣，她在那些只知道貪污弄權無聊的官僚政客的鼓動下回宮發動政變，把光緒皇帝囚禁，下令逮捕維新黨。維新派志士「戊戌六君子」被押上斷頭臺砍頭示眾，康有為、梁啟超亡命國外。足以使中國成為世界巨人的變法運動就這樣淹沒在血泊之中。

戊戌變法的失敗對中國是致命性的，執政府自此失去了自我解救的能力，為了推翻那些垂死待斃的執政府，中國人重新陷入

了血流成河的革命和內戰，對生產力造成巨大的破壞，使社會的發展停滯，造成一百年的落後，這一百年恰恰又是人類文明史上最至關重要的一百年，就像百米賽跑時最後的衝刺一樣，結局是關鍵性的。一百年的落後，才是那拉蘭兒無與倫比的罪惡。

（三）是利用義和團向世界宣戰，招來八國聯軍對清帝國報復性的軍事打擊，使國家差一點被瓜分。

戊戌變法使那拉蘭兒認為光緒皇帝罪在不赦，決心把他推下寶座。她知道清政府已不能一意孤行，這件大事必須試探外國的態度。試探的結果是各國對光緒皇帝有很好的印象，強烈反對她另立新君。那拉蘭兒於是想到謀殺，每天命御醫進宮給沒病的皇帝看病，一面傳出消息說皇帝病情沉重。各國公使一致表示關切，各省重要官員也紛紛要求保護皇帝，謀殺陰謀只好取消。

這時那拉蘭兒又看到轉變為保皇黨的康有為、梁啟超在日本發表把她罵得狗血淋頭的言論，她因此把外國人視為眼中釘，但她束手無策，因為她的軍隊沒能力為她挽回尊嚴。就在那拉蘭兒咬牙切齒之時，守舊派官僚向她報告了一個鼓舞人心的消息：說山東直隸民間有一個專門對付外國傳教士的武裝團體「義和團」，發明了專門對付洋槍洋炮的「金鐘罩」「鐵布衫」，一旦念動咒語，身上就像裹上了一層鋼甲，刀槍不入。用簡單的咒語代替艱苦的科學發展，用不傷害既得利益的法術代替革新變法，就可以轉弱為強，發生奇蹟，正是腐爛透頂的守舊派人士最盼望的，那拉蘭兒興高采烈地聽進去了。

1900年，那拉蘭兒命義和團開進北京，親自接見他們的領袖曹福田。曹福田向老太婆保證，他的法術可以把天下的洋人殺光。真不明白當時老太婆為何不把他的法術驗證一下，老太婆可能是怕驚醒自己的白日夢，一旦證明法術不管用，她最後的希望

161

也就破滅了，那是一件很難受的事，所以不如蒙上眼睛塞住耳朵說服自己相信。

義和團在老太婆的支持下，開始對外國人大開殺戒，外國人很少能逃得性命，婦女兒童也不能倖免。不僅外國人，凡是信基督教的國人，以及跟西洋事務有關的國人，如戴西洋眼鏡的人和沒有辮子的人同樣噩運當頭。跟西洋有關的東西如洋樓、鐵路、電線也都被焚毀。最為痛心的是戊戌變法時殘留下來的維新派人士也做了刀下之鬼。外國人只殺了幾千人，可國人卻殺了五十多萬人，且有不少是清帝國的精英人物。

5月24日，那拉蘭兒認為時機成熟，下令正規軍和義和團聯合進攻集中在東交民巷的各國使館，屠殺所有的外國人。第二天，那拉蘭兒下詔向世界所有跟清政府有邦交的國家宣戰。

這真是人類有史以來最荒唐的政治行動，世界各國最初都不敢相信自己的耳朵，等到證實真有其事時，其震駭驚愕可想而知，這時要想不做出反應已經不行了。德皇威廉二世宣稱他要用對付野蠻人的手段對付清帝國。

於是，英、法、美、德、意、奧、日、俄等國組成著名的八國聯軍進犯北京，去拯救被圍困的使館。其實各國使館並沒有陷落的危險，他們雖然只有四百人守衛，且沒有重武器，但清政府正規軍和刀槍不入的義和團數萬人都無法攻破。這樣的武裝力量是阻擋不住八國聯軍的，北京很快陷落，義和團逃散，無辜的平民則成了殺紅了眼的外國軍人報復的對象，至少三千萬以上的無辜國民家破人亡，痛苦無告，清帝國北部成了屍山血海。

更大的災難出現在東北，當八國聯軍向北京挺進時，俄國突然出動大軍向東北三省發動大規模的入侵，只七十天便佔領了面積達一百一十餘萬方公里的清帝國領土。

北京陷落後，那拉蘭兒成了喪家之犬，卑躬屈膝地向八個國家搖尾乞憐，各國反應冷淡，他們再度密議乘這個機會把清帝國瓜分，好在他們沒有在這個問題上取得一致意見，否則有著五千年歷史的文明古國將就此分崩離析，並且永遠失去了再次統一的機會。

那拉蘭兒在1908年結束了罪惡的一生，死前把長期囚禁的光緒皇帝毒死了。她當政四十七年，把她的帝國推到了懸崖邊上，三年後跌下了萬丈深淵。

縱觀上面四個權力女人，我們很容易得出下面的結論：中國古代女人不適合政治；古代中國永遠也不可能出現伊莉莎白和柴契爾夫人那樣傑出的女政治家。單單從中國歷史上的權力女人來看，這個結論是有根有據的，她們干政的後果是把國家推向苦難的深淵；但如果回過頭來看一下這四個權力女人掌權的憑藉，就會發現上面的結論未免有失偏頗。

這四個女人都是靠色相取得權力的。因此這四個權力女人並不是女人中的優秀人物，她們掌權後自然做不出什麼出色的政績。如果古中國的政治大門不對女人關閉，使優秀女人能夠通過理性的途徑進入權力中心，相信她們能夠取得和男人一樣的成就，也一樣能夠出現柴契爾夫人那樣傑出的女政治家。

第 七 篇
美麗女人對歷史的衝擊力

　　已經死了兩個丈夫的風流寡婦夏姬在四十八歲那一年，楚王國的一號智囊巫臣不惜冒著被滿門抄斬的危險，遠逃敵國和她結為夫婦，結果為自己的家族招來滅門大禍，夏姬的魅力可想而知。西施和楊玉環使曾經英雄一世的國王丈夫在溫柔鄉中玩物喪志，最後把國家玩垮了。江淮名妓陳圓圓則使吳三桂打開了山海關，讓滿清統治中原達290年之久。這些美人本身並沒有太大的過錯，都是她們的美麗惹的禍。

一、夏姬的魅力和影響

西元前7世紀後期，周王國的封國陳國舉行了一椿盛大的婚禮，未婚夫是陳國政府高級官員夏御叔，未婚妻則是鄭國的公主，國君姬蘭的女兒。歷史學家不知道她的乳名，只知道她嫁給夏御叔後按當時的習俗從了丈夫的姓，改名夏姬。

她是一個美豔絕倫的女人，和同時期的西臘美女海倫有著同樣的魅力，使智力正常的男人陷入全體的瘋狂。二人在當時已知世界的東西兩端各自引發了一場影響世界命運的國際戰爭。海倫引發了偉大的特洛伊戰爭，以此為題材的宏篇史詩〈伊利亞德（Iliad）〉是世界文學寶庫中最膾炙人口的故事之一，戰爭的起因是特洛伊王子拐走了希臘王妃海倫，戰爭的結局是特洛伊王國的毀滅；夏姬不但毀滅了她的家庭和她的國家，還使當時的超級強國楚王國陷入不可挽回的衰落。她的滄桑經歷，和因她引起的戰爭以及對歷史的衝擊力與海倫相比毫不遜色。

夏姬的驚人美麗不是蒼白的語言能夠形容出來的，反正無論怎樣精明強悍的男人，在她面前都會喪失力量和理智。她的丈夫夏御叔就是一個孔武有力的男人，娶了一個如此美麗的妻子，可以想像他的心靈是不可能得到片刻安寧的，結果他以比別的男人快五十倍的速度衰老下去，兩年不到就橫死在牡丹花下，留下一個還在襁褓之中的兒子夏徵舒。

夏姬正值芳齡就成了寡婦，當然是世界上最年輕美麗的寡婦。寡婦門前是非多，尤其是像夏姬這樣美麗的寡婦要想不惹是非是不可能的，幾乎所有心理不健康的男人都在她身上打主意，條件許可的則積極行動起來，就像蒼蠅聞到血腥味一樣一窩蜂地聚集到夏姬的門前。大凡美麗的女人都有崇尚虛華的毛病，有如

此多的男人獻殷勤一定心裏很受用，夏姬樂滋滋地欣賞那些臭男人為了她大打出手，並把勝利者拉到自己的床上作為對他的獎賞。

最後的勝利者屬於陳國的兩位高級文官孔寧和儀行父，他們成了夏姬的長期情夫。這兩位本來要進行生死決鬥的，多虧一位高人及時提醒他們，說夏姬不是一個男人滿足得了的，於是兩隻鬥雞握手言和，共同享受夏姬的肉體，有時兩男一女還同睡在一張床上。

孔寧和儀行父的空前好運令那些失敗的男人嫉妒得發狂，他們適時地把二人的桃花運和夏姬的美貌，送到二人的頂頭上司陳國國君媯平國的耳中，使媯平國也加入了嫉妒者的行列。為了平息心中的嫉妒，媯平國不斷找二人的岔子，並威脅說要殺掉他們。當二人得知自己的危險和國君發怒的原因後，無可奈何之餘只好忍痛割愛，積極在國君和夏姬之間牽線搭橋，讓媯平國也參入進來分一杯羹。

夏姬是一個虛榮淺薄的女人，自然不能拒絕國君的情意，於是她的床上睡了三個男人。當媯平國企圖利用職權除掉孔寧、儀行父獨佔夏姬時，也遇到了二人當初同樣的困惑，於是心平氣和地和自己的部下分享一個女人，並且多數時候還是同時分享，即三男一女同睡在一張床上。

夏姬能夠和三個男人同時調情做愛，說明她容貌的美麗和心靈的醜陋是同等的。這樣的女人要想不給她的親人和她的國家帶來巨大的傷害是不可能的。首先受害的是她的兒子夏征舒，這個淫蕩女人在和情夫調情做愛時居然不迴避自己的兒子，使夏征舒蒙受了極大的羞辱。隨著夏征舒一天天長大，他心中的痛苦也在一天天加深，更糟糕的是，三個姦夫當面戲謔夏征舒像他們的共

同兒子，把一個男人的忍耐推至極限。

西元前599年，夏征舒把正在尋歡作樂的國君嬀平國殺死在母親的床上，孔寧、儀行父從狗洞裏鑽出來逃得性命。二人在陳國不能立足，就跑到當時最強大的楚王國向五霸之一楚莊王告惡狀。楚莊王本來是一個英明的君王，否則他在競爭激烈的社會也當不了霸主，但一面之辭有很大的煽惑性，即使是最脫離常識的謊言，也能一度蒙蔽聰明人的耳朵，所以才有「兼聽則明，偏信則暗」一說。楚莊王也聽信了二人的一面之辭，而且逢上他正要展示他的霸權，而聲討「亂臣賊子」恰是一個理想的發動戰爭的堂皇理由。

於是他調動大軍去陳國討回「公道」，弒君的少年夏征舒被逮捕，在他母親面前被酷刑處死，情形慘不忍睹。夏征舒死後，跟著遭殃的是陳國，楚莊王並沒有在陳國另立新君，而是把陳國取消，將土地和臣民併入楚國的版圖，可見討伐叛逆不過是一個漂亮的藉口。

夏姬的美貌使莊王心猿意馬，任何一個正常男人見了美豔性感的女人，是不可能不動心的。儘管她那時已三十多歲，可看上去仍像一個情竇初開含苞待放，千嬌百媚皮膚白裏透紅的妙齡女郎，男人一見就恨不能一口把她吞下肚去。

楚莊王也顧不得什麼帝王的尊嚴了，準備把她帶回皇宮。他的智囊巫臣斗膽向他提出警告：「大王仗義興兵，全世界誰不尊敬。如今卻把禍首收做妃子，人們就會抨擊你貪色好淫，恐怕對霸權有不利的影響。」

若是別的君王聽了這樣的逆耳忠言，一定會大大地不以為然，心想一個女人怎會有如此大的利害關係，就算是有，也先把這個絕色麗人享受一下再說，只要能風流快活，楚國當不當霸主

關我何事。但莊王畢竟是莊王，一個靠自身努力當上霸主的莊王，一定比普通君王有一些過人之處，他認為巫臣的話有很深的道理，十分感服地接受了。

王子熊側也被夏姬的美貌弄得神魂顛倒，請求父王把夏姬送給他做偏房，巫臣又阻止說：「這女子是不祥之物，為了她已死了一個國君，滅了一個國家。如果娶她，一定會給王家帶來禍患。」愛子深切的楚莊王深以為然，也就斷然拒絕了王子的涕泣請求。

如果不是發生了下面的故事，誰也不會懷疑巫臣是一位直言敢諫一心為國的大忠臣，只有熊側看出了他的私心。也許是戀愛中的男人比常人更為敏感的緣故吧，他發現巫臣看夏姬的眼睛燃燒著火焰。他當著父王的面回擊巫臣：「我不要她可以，但巫臣也不能要。」巫臣用一種委屈萬狀的聲調說：「這是什麼話，我怎麼會有這種邪惡的念頭，我只是一心為我們的國家。」可見那些別有用心的念頭，都是用冠冕堂皇的詞藻表現出來的。

這時莊王的另一位武將連伊襄老碰巧死了妻子，莊王就把夏姬送給他作續弦。連伊襄老的前妻留下一個兒子，剛好到了思慕異性的年齡，突然看見繼母那性感的身段和挑逗的眼神，半邊身子已經酥了。

連伊襄老在夏姬的懷中只瘋狂了兩年，就和夏姬的第一個丈夫一樣一命嗚呼，不過他這次不是死在病床上，而是死在戰場上，屍體朝天躺著，眼睛睜得大大的，像是呼喚上天為他解答一個不能公諸於世的難題。

據說那天連伊襄老從喝多了酒的戰友口中得知家裏的醜事，眼睛瞪得像銅鈴一樣，拿起長矛孤身一人衝向敵陣，被敵方的亂箭射死。

連伊襄老陣亡後，夏姬跟嫡子私通的醜聞在楚國電閃一樣地傳開了，她成了過街的老鼠，眾人的唾沫都快在她的門前匯成一條小溪，在首都郢都實在住不下去了，只好蒙上面紗返回她的娘家鄭國。但鄭國宮廷不願接納這個臭名遠揚的親人，下令城門守衛不許她進城。

被愛情折騰得喪失理智的巫臣發現機會來了，派人通知鄭國國君姬堅迎接他的姊姊，姬堅自然聽從霸主國的命令。命運像母親照顧嬰兒一樣照顧著巫臣，西元前589年，晉國與齊國在鞍邑（山東歷城）會戰，齊國大敗，向楚王國尋求同盟。莊王派人去齊國締約，巫臣自告奮勇前往。西元前584年，巫臣出發，卻在經過鄭國的時候，宣稱奉了楚王的命令前來跟夏姬結婚。

那時沒有現在的通信設備，信使假傳聖旨在短期內是無法核實的。國君姬堅正想把這個招惹是非的禍水推得越遠越好，欣然為他倆舉行婚禮。巫臣得到夏姬後，連齊國也不去了，締約的事更拋到腦後，他知道不能再回到楚王國，就帶著夏姬雙雙投奔楚國的敵國晉國。巫臣是楚王國有名的智囊人物，以富於謀略聞名。晉國大喜過望，把他當作上賓招待。巫臣為了夏姬，想千方設百計，輾轉曲折，終於達到目的。

我們假設夏姬第一次結婚時十六歲，兒子夏徵舒十六歲時殺死媯平國。那麼西元前599年她已三十二歲，到前584年跟巫臣結婚時，至少有四十八歲。一般的女人到了這個年齡已是半老徐娘，可夏姬仍能使楚王國的第一流謀士癡心不改，為了她出生入死背井離鄉家破人亡，可見她不僅僅是駐顏有術而已！

巫臣跟媯平國一樣，也付出了可怕的代價，王子熊側和巫臣的另一位政敵王子熊嬰齊，在巫臣娶了夏姬後妒火中燒，把巫臣留在楚王國的家族不分男女老幼全體處斬。噩耗傳到晉國，巫臣

痛苦得發狂，他撕裂身上的衣服，倒在夏姬懷中失聲慟哭，夏姬則像哄小孩一樣拍著他的身子安慰他。

巫臣痛心地寫了一封信給二人說：「我固然有罪，但我的家族是無辜的，他們並沒有背叛國家，你們如此屠殺，我要使你們馬不停蹄地死在道路之上。」

不過，熊側與熊嬰齊兩位王子對巫臣的警告嗤之以鼻，他們低估了巫臣的智慧、能力和復仇的決心。

西元前4世紀初期，楚王國的東南角發生了一椿不起眼的事，太湖之北的吳部落酋長吳壽夢把他的部落提升為吳王國，自封為第一任國王，定都梅里（江蘇無錫）。

這件事當時沒有引起中原那些古老王國的注意，因為這個新王國十分落後，作戰時軍隊仍停留在赤身露體的階段，近親通婚和三代同房睡覺的現象則十分普遍。這樣落後的王國在百年之內應該不會對楚國有任何影響。

只有巫臣看出這個新興的王國在地緣政治上的無比價值，因為這個王國位於楚國的後方，如果強大起來將對楚王國構成致命的威脅。而楚王國的後方一直是高枕無憂的，這也是他優越於其他任何一個王國的所在，所以，楚王國能夠集中力量問鼎中原，而其他王國在對付楚王國的挑戰時，還要保留相當大的兵力來防備來自後方的威脅。

楚王國的疆土很大，一旦吳王國和楚王國處於戰爭狀態，陷於兩線作戰的楚王國將在國土的東南和西北兩端調動軍隊，兩地相距一千五百公里。別說遠水救不了近火，軍隊經過這麼長距離的急行軍也會失去戰鬥力。巫臣向晉國政府獻出「聯吳制楚」的戰略，晉政府立即接受，派遣巫臣的兒子<u>巫狐庸</u>率領一個軍事顧問團，前往吳王國教授他們加強政府的組織和訓練他們的軍隊現

代化——如何使用馬匹、戰車、弓箭和各種戰略戰術。

吳王國在晉國的資助教導下很快強大起來，不但阻止了楚王國的東進，更成為楚王國背後的致命敵人，楚王國第一次面臨本土有被攻擊的威脅。

十年之後，用新式裝備和戰術武裝起來的吳王國開始向楚王國用兵，而且保持連續不斷的攻勢，使楚王國每年都要出兵七、八次之多。吳王國剛脫離原始部落階段，國民思想單純，花花腸子少，作戰時只知勇往直前，不像楚王國已暮氣深沉，軍隊一邊對外作戰一邊在心中打自己的如意算盤，結果貌似強大的楚軍團反而敗多勝少。

吳王國的疆界一步步地向西推進，楚王國邊界的三個軍事重鎮相繼陷落，東南邊境全部殘破。這時晉王國乘機向楚王國發起軍事攻勢，兩國大軍在河南鄢陵決戰，被吳軍團拖得筋疲力盡的楚軍團一戰即潰，兵團司令熊側慚懼自殺。另一位王子熊嬰齊運氣也好不到哪裡去，他死於跟吳王國一次戰役後的路上，楚王國的力量被消耗殆盡。

楚王國並沒有因兩位王子的死於非命而從噩夢中復蘇，更大的災難在等待著他。西元前4世紀後期，楚國更大的一位英雄人物伍子胥被楚王逼反，他逃到吳王國，被吳政府任命為軍事總參謀長。這時吳國在巫狐庸的教導下已經強大起來，他手中有了回國復仇的資本，西元前506年，伍子胥率領巫狐庸一手訓練成的吳軍團向楚王國發動歷史上空前的大規模軍事進攻。楚軍團潰敗，首都陷落，楚王逃往外國，來不及逃走的王后和所有高級官員的妻女全部淪為吳軍的性奴隸。

這都是夏姬的美麗惹的禍。

二、西施的迷人和吳國覆亡

下面再介紹另兩位影響中國古代歷史進程的美麗女人——西施和楊玉環。她們是家喻戶曉的人物，是文學作品的永恆主題，圍繞她們的詩詞歌賦和電影戲劇不勝枚舉。

西施的故事緊接著夏姬的故事，但對歷史的衝擊力比夏姬要強大百倍。吳王國征服了當時的超級強國楚王國，在中原那些古老王國中引起的震盪是可想而知的。他們開始認真對待這個穿著奇異服裝，說著奇異語言沒有任何文化根基的蠻族國家，用最高級的禮節迎接他們的使節，派出一個又一個的考察團去吳王國尋求他們一夜間暴發的祕訣。吳王國一夜間成為當時最強大和最受尊敬的國家。

就在吳王國的國運如日中天之際，就像當年楚王國的東南角發生了一椿不起眼的事件一樣，他們的東南角也發生了一椿不起眼的事件。居住在錢塘江流域的越族在他們傑出的酋長勾踐的領導下建立國家，勾踐自封為第一任國王，宣稱自己是夏王朝開國君主——姒文命的後裔。實際上他們比吳民族距中原文化更遠，血統也更不相干，使用一種比吳王國更難懂的語言，過著一種更奇異更野蠻的生活，是一個完全沒有被文明衝擊過的卓昧部落，因為他們和文明的中原隔著另一個野蠻的吳民族，來自中華文明的影響被吳民族從中隔斷。

姒勾踐對北方那個暴發戶發迹的過程有很深的印象，決心用吳王國強大的經驗來振興自己的國家。他發出招賢榜文，企圖從智慧的中原尤其是楚王國挖掘人才。這一招果然奏效，沒多久就有兩位楚王國的民間志士應召前來，他們是後來被證明最傑出的英雄人物范蠡和文種。姒勾踐在二人的指導下對政府和軍隊進行

173

了劃時代的改革。

與楚王國對吳王國的崛起視而不見不同，吳王國在警惕地注視著越王國的動向，當他們得知那個名不見經傳的小國打算走吳王國的老路時，就決定對越王國發動先發制人的打擊，因為他們深知這條道路的厲害性。就在姒勾踐稱王的第二年，吳軍團在他們的英雄國王姬光的統領下進入越王國，在浙江嘉興和越王國的主力軍團相遇，兩軍展開決戰。吳王國這次的運氣太壞，越兵團在范蠡的策劃下利用老弱軍士和監獄裏的死囚，對吳軍團進行自殺性的衝鋒，使優越感很強的吳軍團動了惻隱之心，結果在尾隨於死囚後面的越軍團生力軍的衝擊下潰敗。姬光的腳趾中了越軍的毒箭，回國沒幾天就死了。

嘉興會戰的勝利對越王國的影響是雙重性的，一方面越王國避免了覆滅的命運；另一方面使姒勾踐掉以輕心，把富國強兵看得太簡單了，錯誤地認為越王國的軍政改革已大功告成，越王國已足夠的強大，不用再繼續做艱苦細緻的努力了，一再把范蠡、文種的警告置之不理。

結果越王國改革的步子放慢了，寶貴的時間浪費了。吳王國則不同，繼任的國王吳夫差發誓為父王報仇，他每頓飯都命衛士大聲問：「夫差，你忘記殺父之仇了嗎？」他則肅然回答：「誓死不忘！」兩年後，做好了充分準備的吳王國對仇敵發動第二次大規模的進攻，取得了決定性的勝利，自以為很強大的姒勾踐成了俘虜，被送往吳國做夫差的家奴。

姒勾踐本來要在吳國做一輩子奴隸的，但范蠡的智慧挽救了他，這位忠心耿耿的智囊在姒勾踐為奴期間一直陪著他受苦。有一次吳夫差生了重病，他勸說姒勾踐嘗夫差的糞便來診斷病情，把夫差大大地感動了，下決心把姒勾踐釋放。

　　姒勾踐只當了三年奴隸就回到了越國，在范蠡、文種的輔佐下祕密重整軍備，積極準備報仇雪恥。但兩國國力相差太懸殊了，吳王國是一等強國，越王國充其量只是一個剛剛脫離草昧狀態的落後小國，要想在短期跨越那巨大的差距是不可能的。更何況越王國在前進時吳王國也在前進，吳王國向前跨一步相當於越王國向前跨十步。

　　要想在短期內超越強大的對手，惟一的辦法就是在自己加速前進的同時，設法使對手前進的步子停下來，如果能倒退那就更好。要想做到這點談何容易，夫差不是白癡，更何況還有伍子胥那樣的超級智囊輔佐他。就在姒勾踐一籌莫展時，文種給了他戰勝敵人的祕密武器，他勸說越王在國內挑選絕色美女，經過專門訓練後送給吳夫差享用。吳夫差是英雄人物，但英雄都過不了美人關，一旦碰上自己所愛的女人，就會沉溺在溫柔鄉中不能自拔，就沒有精力和熱情過問國家大事了，就會和那些忠心能幹的棟樑之臣日漸疏遠。

　　姒勾踐採納了文種的建議，在全國範圍內搜羅美女，結果在越溪邊上發現了一個名叫西施的浣紗女，她的美貌使初次看見她的男人疑是仙女下凡。文種的計謀奏效了，當夫差第一眼看到西施時，就像中了邪似的酥了，恨不能把她融化進自己的身體。不用說，西施很快把夫差的魂勾去了，夫差一時一刻也不能離開她，整天圍著她的身子打轉，時時刻刻都在擔心哪一天她會突然飛走。他的全部工作就是如何討西施的歡心，把國家大事遠遠地拋在腦後，除了和西施逗趣取樂外不知道還有別的事情要幹。

　　西施有一種「心痛」的病，大概就是現代人所稱的胃痛。每逢西施病發，就會用手「捧心」，這時她的美麗會增加十倍，連水裏的魚兒也會忘記游動而沉入水底，夫差更是魂魄消散，忘記

175

了自己是個國王。那些為吳王國立過大功的文臣武將看到國王把全部精力放在一個無尺寸之功的文弱女子身上，對他們一天比一天疏遠，未免心懷埋怨，久而久之則由怨生恨，紛紛離開吳王國自謀出路，只有忠心耿耿的伍子胥不識時務，不斷在夫差耳邊說些不順耳的話，把夫差一步步推向瘋狂。吳王國前進的步伐停滯了，越王國則在大踏步地前進。

為了遠離那些多嘴討厭的大臣，和心上人不受干擾地享受「愛情」，夫差特地在姑蘇城外建築一座最豪華的宮殿——姑蘇台，供西施居住。吳夫差不分晝夜地待在那裏，一連幾天不回朝處理政事，吳王國朝野上下成了一團亂麻，國力急遽地衰落下去。越王國軍民則在姑蘇台的歌舞聲中熱火朝天地練兵習武，國力蒸蒸日上。

伍子胥看到吳王夫差這樣胡鬧下去會招致吳王國的毀滅，不惜老命前往姑蘇台重提那些逆耳忠言。夫差的忍耐終於達到了極限，像一隻被激怒的瘋狗一樣狂怒起來，下令這位老舊臣揮劍自裁，然後把他的屍體投入大河餵魚。

伍子胥自殺的消息傳到越國後，經過充分準備的越政府認為條件成熟了，便對吳王國發動了大規模的進攻。吳軍一戰即潰，首都姑蘇陷落，吳王夫差自殺，臨死時用布蒙住臉，因為他既無顏在地下看見忠臣伍子胥，又不忍心看到自己摯愛的女人躺在仇人的床上。

吳夫差自殺後，西施失蹤了，沒有人知道她的下落。

三、楊玉環的美麗和唐朝的衰落

和西施相比，楊玉環的悲劇要更深一層。

楊玉環是唐王朝第九任皇帝李隆基的愛妃。唐王朝是中國歷

史上貢獻最大、國力最強，可以說是空前絕後的偉大王朝，唐帝國也是當時世界首屈一指的超級強國，其地位和今天的美國在世界上的地位差不多。唐帝國的首都長安是世界性的大都會，世界各地的志士仁人不惜冒著被本國政府殺頭的危險也要往那裏跑。

在長安的一百多萬居民中，外國僑民就有三十多萬，比今天的美國首都華盛頓的外國人還要多。另一個商業城市廣州也有西洋僑民二十多萬。唐帝國在李隆基統治時期繁榮到了頂點，經濟高速發展，國民生活富裕，一斗米只值三、四個錢，社會秩序安定，臣民夜不閉戶，道不拾遺，一片太平盛世景象。對外戰爭也取得了輝煌的勝利，帝國的疆土擴張到了極限，國際形象達到了神話般的地步……

李隆基是中國歷史上少有的英明帝王，他的高度智慧和堅強性格可以和唐王朝的開國皇帝李世民大帝媲美。李隆基在青年時期就顯示了他的超人智慧和幹練果敢的政治才能，那時唐帝國的政府大權掌握在女人手中，一連串的宮廷政變使唐王朝隨時面臨覆滅的危險。先是韋后專權，和她的女兒安樂公主公開招權納賄，殘害忠良，把朝政搞得一塌糊塗，最後居然瘋狂到把皇帝李顯，也是她們的丈夫（父親）毒死，另立李顯跟姬妾生的一位十三歲的兒子李重茂繼任皇帝。當時還是親王的李隆基和姑母太平公主結盟，發動宮廷政變，率領禁衛軍衝進皇宮，殺了韋皇后和安樂公主，擁立李隆基的父親李旦當皇帝。

李旦是一個澹泊名位的人，對政治沒有興趣，只當了兩年皇帝就把帝位讓給李隆基。但李隆基只是名義上的皇帝，政府實權控制在和他同樣精明剛強，而且對政治充滿野心的太平公主手中，當時七個宰相，就有五個是太平公主的黨羽，沒有她的首肯李隆基的聖旨就沒有效力。李隆基自然不能容忍這種局面長期存

在下去，開始有步驟地收回本應屬於自己的權力。

太平公主發覺這位年輕的侄兒不太順服，計劃廢掉他，另立別的侄兒。李隆基及時察覺到這個陰謀，便對姑母發動先發制人的打擊，在首都長安戒嚴，展開大規模的逮捕整肅，把太平公主的黨羽抓了起來。太平公主自殺，李隆基牢牢地控制了政府。

李隆基掌握朝政大權後，即著手對政府進行大刀闊斧的改組。這時唐政府已經朽亂到了極限，尤其是冗官塞道，人浮於事，責權不清。

當年武則天為了培植忠於自己的勢力，大力提拔貌似恭順的新貴，造成「補闕連車載，拾遺用斗量」的冗官集團；加之韋后和安樂公主公開賣官納賄，冗官有增無減，使開元初年的冗官達數千人之多。不斷給國家財政造成沉重的負擔，還因「群雞啄食」助長了官吏間的爭鬥，毒害了官吏的品格。

針對這種現象，李隆基任用姚崇、宋璟為相，整頓吏治，裁汰冗官，現有官吏十去其九，使行政效率大為提高。李隆基又提倡節儉，嚴禁官吏浪費揮霍國家資財，又重拳打擊貪污瀆職行為，政府面貌為之一新。

經過李隆基的勵精圖治，開元末年唐帝國繁榮到了頂點。經濟和社會秩序有杜甫的一首詩「憶昔開元全盛日，小邑尤藏萬家室，稻米流脂粟米白，公私倉廩俱豐實，九州四道無豺虎，遠行不勞求吉日，齊紈魯縞車班班，男耕女桑不相失」可為佐證。

對外戰爭也取得了輝煌的戰果，東部從契丹手中奪取了遼西二十一州，西部打敗了強悍的吐蕃，打通了和西域的交通線，又征服了碎葉，疆土擴張到了極限。

文學藝術方面也碩果累累，詩人李白、杜甫、王維、孟浩然等是空前絕後的文學奇才；書法家顏真卿、畫家吳道子、音樂家

李龜年的藝術成果也是前無古人、後無來者。一個朝代出現了這麼多的傑才俊士，是李隆基統治前期文治武功的最好寫照。

李隆基的英雄生涯，因為碰上了美麗的楊玉環而告一段落。

楊玉環是歷史上有名的美女，以體態豐滿、皮膚細膩、性情溫和著稱於世。她是李隆基的兒子壽王李瑁的妻子，二十六歲那年使六十一歲的公爹一見鍾情，這時她已是兩個孩子的母親。李隆基那時剛死了專寵後宮的武惠妃，六宮佳麗沒一個能引起他的興趣，正值感情上的荒年，驀然看見豐盈嬌憨的兒媳婦，他蒼老的心瞬間年輕了許多，且失去了理智和尊嚴，竟然不顧人倫天理，甘冒亂倫的惡名，把楊玉環從兒子懷中奪了過來。

楊玉環並不是一個壞女人，她性情忠厚、心地善良，對政治沒有興趣，也沒有任何供人指責的劣跡。但李隆基愛她愛得太深了，一時一刻也離不開她，墮入「春宵苦短日高起，從此君王不早朝」的溫柔陷阱，忘記了自己對家族和國家的責任，對政務日漸荒疏，到後來乾脆不上朝，把朝政全權委託給奸相李林甫。李林甫乘機結黨弄權，把人性較為充分的朝臣排擠出中央，朝政因此從光明走向昏暗。

李隆基太愛楊玉環了，在佔有楊玉環肉體的同時還渴望得到她的芳心。也許是年齡相差太大的緣故，李隆基心底有點自卑，自古嫦娥愛少年，他在楊玉環心中的分量是否超過自己的兒子？他的結論常常是消極的。為了遮掩自己的劣勢，他盡力在物質方面「賄賂」楊玉環的心，使她在眼花撩亂燈紅酒綠之餘感覺到丈夫的偉大。

儘管玉環不愛慕虛榮，他仍煞費苦心為她營造一種紙醉金迷的生活氛圍。上千名織錦刺繡的工匠和幾百名雕刻熔造的首飾工，日夜不停地為她製作華衣美服和珍寶玩好，不惜巨金從國外

購進珍貴的脂粉和香水。楊玉環生長在四川的一個盛產荔枝的地方，她從小就愛吃這種水果，但首都長安因氣候寒冷，不出產荔枝這種只有熱帶才能生長的水果。現代人都知道這種水果只有吃新鮮的才具美味，過了幾天就味同嚼蠟沒意思了，而熱帶出產的荔枝運往長安一般也得十多天。

有一次楊玉環和皇上談起兒時趣事，不經意地提起吃不到新鮮荔枝的遺憾。說者無心，聽者有意，千方百計想討楊玉環歡心的李隆基發現機會來了，他像對待國家大事一樣，命令驛站用運送加急公文的方式從盛產上等荔枝的地方，運送荔枝到長安供貴妃享用。運送荔枝的動作本身就是一場驚心動魄的電影鏡頭：驛馬以四足離地的速度狂奔，鈴聲傳到一公里外，下一驛站聽到鈴聲後，日夜都在待命的驛卒，立即上馬飛馳。當後馬追及前馬，兩馬相並時，馬足不停，即在馬上將荔枝傳遞，驛馬往往因狂奔過度而倒斃路旁。

這本是運送緊急軍事公文的行動，李隆基卻用來運送荔枝供一個女人享用，真是一個莫大的諷刺。杜牧的一首詩「長安城外繡成堆，山頂千門次第開，一騎紅塵妃子笑，無人知是荔枝來。」就是描述這個帶有辛酸味道的事的。聯想起李隆基前期的英雄行為，真是前後判若兩人，一代英豪竟墮落成這個樣子，都是美麗的女人惹的禍。

李隆基如果僅僅是在楊玉環身上堆金子還不致釀成大的災難，他最不該犯的錯誤就是給楊玉環的親族加官封爵，不但施恩於楊玉環的幾個美麗姊妹，讓她們擁有巨大權力，還重用她的堂兄楊國忠。

這個流氓無賴出身的惡棍，除了吃喝嫖賭搬弄是非打小報告外什麼都不會。李隆基是在賭桌上發現他的傑出「才能」的，李

隆基成天在女人堆裏廝混，並沒有什麼正經娛樂來打發時光，賭博是玩得最多的遊戲，因錢來得太容易賭注也很大，於是算賭賬成了一件需要動腦筋的差事。

楊國忠從小在妓院賭場廝混慣了，對此道頗為精通，經常站在旁邊為玩得正在興頭的皇帝和堂妹算賭賬。李隆基發現他的賭賬算得又快又準，認為他擁有很大的智慧，若不把他的智慧用於治理國家一定是對人才的浪費，於是提拔他做了大官，絲毫也意識不到會算賭賬的人一定經常出入賭場。

嗜賭的人是沒有責任心的，把國家交給這樣的人治理等於是把嬰兒交給老虎撫養，不是把嬰兒吃掉就是把嬰兒玩丟了。李隆基把權力賜給楊玉環親族的舉動純屬多餘，玉環不懂政治，也沒有政治熱情，讓她的親人當官在她的心目中不見得是很大的恩典。可見李隆基並不了解他深愛的女人，此舉並不能贏得她的芳心，相反給國家帶來了巨大的危害，國家受難，他心愛的女人也跟著遭殃。

西元751年，奸相李林甫死亡，李隆基讓楊國忠繼任宰相，親手打開了「潘朵拉魔盒」，把國家一步步地推向災難的深淵。楊國忠的能力和德行都不能夠勝任宰相，但他有著廣泛的裙帶關係。他這個宰相僅兼職就達四十多個。除了貪污索賄賭博玩女人外不知道對國家的責任是什麼，對亂倫也有異乎尋常的熱情，最驚世駭俗的創舉就是和他的堂妹公開通姦。

一個廣大的貪污網在他的手下迅速建立，李林甫手中漏網的幾個有良心有責任心的朝臣被進一步排擠出政府，政府成了酷吏和賭徒的世界。楊國忠任用大酷吏鮮于仲通擔任劍南軍區司令官，鮮于仲通任用小酷吏和大色鬼張虔陀當雲南郡守。

雲南郡距南詔王國的首都大和城直線距離百餘公里，是南詔

王國到唐王朝朝貢的必經要道。使節入境之後，依南詔的禮節，夫婦要共同拜會地方首長，想不到禽獸不如的張虔陀竟強暴了使節的妻子。這是一個正常男人所不能忍受的羞辱，南詔王國的反應迅速而激烈，第二任國王閣羅鳳在忍無可忍之餘發兵奇襲雲南郡，張虔陀的快樂日子總算到頭了，他被憤怒的士兵亂刀砍死，屍體剁成肉醬後餵狗。鮮于仲通動員八萬大軍為他心愛的部下兼同類復仇，閣羅鳳表示謝罪，並表示願意退出所佔領的土地。他警告說：「如果逼我太甚，我就投降吐蕃王國，那時整個雲南地區恐怕非唐帝國所有。」

吐蕃是位於西南的一個強國，是唐帝國在戰場上的真正勁敵，如和南詔結盟將取得對唐帝國的戰略優勢。鮮于仲通這樣的昏暴人物是不會為國家著想的，他繼續進兵，心想八萬大軍可以像踩死一隻螞蟻一樣踩死蕞爾小國南詔，殊不知再強大的軍隊在他手中也只是一群沒有戰鬥力的烏合之眾，是一盤送上門的加了調味品的菜。他的軍隊如意料中的全軍覆沒，雲南全境失陷。

楊國忠和鮮于仲通一樣，動員傾國兵力對南詔王國發動了一連串報復性的攻擊，統帥全是鮮于仲通一類的人物，因為楊國忠不可能任用優秀的統帥。這樣的軍隊是沒有取勝的可能的，他們每次都在萬山叢中被擊敗，前後共死二十萬人。

唐帝國所能徵調的精銳部隊死亡殆盡，為隨後的「安史兵變」創造了條件。

西南的硝煙還未散盡，楊國忠又在北方點燃了更大的戰火。范陽軍區司令官安祿山是一個粗獷幹練且對皇帝忠心耿耿的將領，打心眼裏瞧不起能力不如他的酒肉宰相楊國忠，對他也不維持應有的尊敬，就更不用說像其他軍區司令官一樣進貢巨額財物了。楊國忠不能忍受這種輕蔑，決心打擊他，於是誣以謀反的法

寶出籠，向李隆基一再告密，李隆基一再不相信。但在那種形勢下，沒有人保證李隆基下一次仍不相信。

西元755年，楊國忠採取「逼他造反」的手段，派遣警備部隊包圍安祿山在長安的住宅，逮捕他的賓客並全部處死。這時安祿山要想不採取激烈反應也不可能了，他知道向皇帝申訴沒有用，所有的奏章都不能越過宰相這一關，他惟一的路就是叛變，用武力為自己討回公道。他決心叛變，率領蕃漢混合兵團十七萬人南下，宣稱討伐楊國忠。楊國忠大為興奮，因為事情終於證明他料事如神，可以順理成章地把安祿山緝拿歸案。不過安祿山兵團戰鬥力很強，朝廷能夠用於作戰的軍隊全死在雲南，地方部隊根本不能抵抗安祿山的鐵騎兵。

結果安祿山兵團一路勢如破竹，深入七百公里，渡過黃河，攻陷東都洛陽。第二年再向西出擊，進攻潼關。中央軍統帥封常清、高仙芝本來有能力使潼關堅不可摧的，可楊國忠因為沒有收到二人的賄賂竟然誣陷二人「通敵」，把二人送上腰斬的刑場。繼任統帥哥舒翰也因不善行賄，在楊國忠的威逼下作自殺性的出擊，結果全軍覆沒，潼關失陷，通往長安的門戶打開了。

李隆基帶著楊氏姊妹從長安倉皇出逃，一直逃到距長安六十公里的馬嵬驛。當楊國忠正在暗中慶幸自己的英明時，他惡貫滿盈的日子來到了，憤怒的禁衛軍包圍行宮，他被亂箭射死，他的全家也遭屠滅，包括他的兒女和楊玉環兩位擁有極大權力的美麗姊妹。楊國忠至死還瞪大雙眼看著插在前胸密密麻麻的箭桿，不明白他英明的「果實」何以是這等貨色。為了防備復仇，禁衛軍要求皇帝處死楊玉環，李隆基在無奈之餘只好把她絞死。

白居易《長恨歌》中的四句詩——「花鈿委地無人收，翠翹金雀玉騷頭，君王掩面救不得，回看血淚相和流。」真實再現了

當時的悲劇場景。

設想一下，如果李隆基對楊玉環的愛情淺一點，或者愛得明智一點，不讓她的堂兄楊國忠做宰相，所有的災難都不會發生，李隆基會和楊玉環恩愛白頭，楊玉環會風光一生壽終正寢，也不至於在風華正茂之年「零落為泥碾作塵」，她的家族也不會滅亡。李隆基那糊塗過分的愛不僅害了自己的國家，也害了自己傾心摯愛的女人。不過話說回來，如果楊玉環不是那樣溫婉美麗，李隆基也不會在溫柔鄉中陷得那樣深。這究竟是誰的過錯？

安史兵變的後果是慘重的，戰區的生靈減少了十分之九，黃河兩岸的臣民挖樹皮掘草根充饑，用紙糊的衣服禦寒，繁華蓋世的洛陽成了一片焦土。經過這場大巨變，唐王朝的強盛時期結束了，自此進入了不可挽回的衰落，成為世界帝國的希望也化為了泡影。

四、陳圓圓的姿色和清兵入關

不但夏姬、西施、楊玉環等出身良家的婦女能夠改變歷史的進程，就連出身最為低賤的妓女也有這樣的巨大魔力。這方面最有代表性的人物是明末清初的江淮名妓陳圓圓。

陳圓圓是江蘇人，父親是一個搖著貨郎鼓走村串戶兜售針頭線腦的小商販，除了一間破茅屋和一身不能換洗的破舊衣服外沒有其他的家當。陳圓圓七歲那年，父母無法養活她，就像其他的貧苦人家那樣把女兒賣掉，換幾兩銀子養家糊口。

因為她有點姿色，被金陵的一家妓院看中了，鴇母就多出了幾兩銀子把她買下來，準備調教幾年後再把她當搖錢樹。窮人家的父母多半重男輕女，只要能多賣幾兩銀子，才不管女兒在哪裡安身。陳圓圓心靈手巧，彈得一手好曲，又有一副好嗓子，唱出

的歌聲悠揚婉囀，一疊三歎，令男人心蕩神搖、神魂出竅。

　　不出幾年，鴇母就把她調教成一位色藝俱佳的紅粉佳麗，破身後門庭若市，被她接待的男人沒有幾個不神魂俱醉，千金散盡還復來的。經常有幾個男人為了爭奪她大打出手，陳圓圓一身不能分成幾塊，不得不費盡心機曲意周旋在男人之間。金陵有幾個惡少對她不能相捨，又沒有山一樣的銀子來填塞妓院的無底洞，幾次用暴力把她從妓院劫出來，之後費了許多周折才脫離他們的魔掌。

　　陳圓圓前半生悲慘離奇的身世，造就了她溫和隨順、善解人意、屈從命運的流水樣性格，要命的是，這種個性反而是令那些強悍有力的男人會抓狂的性格。

　　天生我材必有用，像陳圓圓這樣的奇女子是不可能長久湮沒在底層社會的，上天飛來的好運在她的豆蔻年華適時降光，把她推上了歷史的前臺。

　　十八歲那年，崇禎皇帝朱由檢的大舅子田弘遇到江南遊玩，在妓院裏碰見了陳圓圓，當即被她的美麗容貌和甜美歌聲所吸引，就半帶強迫地把她買了下來。那時專寵後宮的貴妃妹子一病不起，靠裙帶關係坐享榮華的田弘遇擔心人走茶涼，為了博得皇上的歡心，竟別出心裁地把陳圓圓作為進貢的禮物奉獻給朱由檢，沒想到朱由檢這陣子正被山崩地裂的農民大暴動，和巨魔一樣興起的後金汗國折騰得焦頭爛額，沒有興趣在女人身上下工夫，竟把大舅子的「禮品」退了回來，田弘遇這次的馬屁算是拍在馬蹄上。

　　像田弘遇這樣的吃軟飯政客一旦靠山倒塌，在朝中馬上就會嘗到世態炎涼的滋味，昨天還一個勁往他身上貼的人今天就對他不屑一顧，溜鬚拍馬之聲一轉眼就成了冷嘲熱諷。尤其是皇帝拒

絕了他獻上的美女後，他在朝中的地位一落千丈，人們在他面前公開表露自己的輕蔑。習慣了被人巴結奉承的田弘遇不能忍受這樣的冷落，就挖空心思在朝中尋找新的靠山。

當時朝中最為炙手可熱的人物是年輕有為的薊遼兵團司令官吳三桂，他剛被皇上封為平西伯，捧著皇上御賜的尚方寶劍，擁有在前方權宜行事先斬後奏的廣大權力。他統率的五萬關寧鐵騎是明政府內最有戰鬥力的一支武裝力量，手中握有實實在在的強大軍權。

因此吳三桂這個目標一下子就被田弘遇鎖定了，從來英雄愛美人，田弘遇對陳圓圓依舊寄予厚望，這個被皇上揮去的人間尤物必須在吳三桂身上起作用。田弘遇的如意算盤這次打到了點子上，吳三桂在田府一見到陳圓圓就目光發直，好半天才回過神來。吳三桂的窘態被田弘遇看在眼裏，這是他最希望的結果。

第二天，田弘遇就以嫁女兒的禮儀把陳圓圓「嫁」到吳府，吳三桂把令他一見鍾情的女人緊緊地抱在懷中，心靈深處充滿了對田弘遇的感激之情。田弘遇的努力終於有了回報，他用陳圓圓釣到了一隻能夠看守門戶的狼。

前方軍情緊急，吳三桂只做了一夜新郎，就奉君命回到他的駐防地寧遠前線。吳三桂到底是個英雄，沒有把新婚燕爾的愛妾帶往腥風血雨的前線軍營，那會影響他在士兵中的威望，再說他也不忍心為了圖身心之快把自己摯愛的女人置於刀劍無情的危險之地。沒想到吳三桂這一理性善意的舉措釀成了他的終身恨事。

吳三桂回到前線不久，他所效忠的明王朝已到了最後時刻。李自成統率農民兵團從西安出發，穿越山西省，於1644年三月十九日攻陷首都北京，崇禎皇帝朱由檢去煤山上了吊，統治中原二百七十年之久的明王朝，自此壽終正寢。

農民新貴一進入北京，就心急火燎地向明王朝的官員清算舊賬，把他們擁有的財富和美女搶掠一空，然後把他們投入監獄上夾棍，用慘無人道的酷刑追繳他們在明政府時代貪污所得的贓款。吳三桂因是李自成要收降的對象，他的父親吳襄的待遇要好一些，只關在監獄裏而沒有用刑，吳府也沒受到農民兵士的頻繁騷擾。如果不是劉宗敏插上一腳，陳圓圓這個名字也許不會在歷史中出現。

劉宗敏是李自成手下的一號大將，這個鐵匠出身的農民暴發戶，進入北京後搶了成百上千的美女侍奉左右。但他還不滿足，必要求得傾國之色供其泄慾。他從明政府降官口中得知陳圓圓的美貌，就顧不上什麼政治和策略，帶領親兵闖進吳府，硬生生地把吳三桂的愛妾陳圓圓強搶過來。

奪妻之辱不是任何一個正常男人忍受得了的，尤其是像吳三桂這樣能力超群自尊心又極強的男人。吳三桂當時正帶領吳兵團前往北京接受李自成的招降，先頭部隊已到達距北京一百五十公里的豐潤，他父親吳襄派遣的僕人這時也來到豐潤，經過下列一段對話後，吳三桂的態度立刻轉變。

他問他父親的情形，僕人說：「已被逮捕。」吳三桂說：「我到北京後，就會釋放。」又問他的財產，僕人說：「已被沒收。」吳三桂說：「我到北京後，就會發還。」又問他美麗的愛妾陳圓圓，僕人說：「已被宰相劉宗敏搶去了。」吳三桂當即氣沖牛斗，大聲說：「一個大男人不能保全一弱女子，有何面目立於天地之間！」

於是，馬上下令他的軍隊掉轉方向，回師山海關，兵士為死去的皇帝朱由檢穿上白色喪服，誓言為朱由檢報仇。

吳三桂知道自己的力量不敵農民軍，身後又有宿敵滿洲人對

他虎視眈眈，一旦他和農民軍交手對方就會乘隙蹈虛，那時他將陷於兩面作戰的困境。他知道不能兩面作戰，就兩害相權取其輕，向昨天還是敵人的清帝國投降，請求清帝國派遣軍隊入關聯合剿匪。

這時的清帝國正陷入週期性的皇位危機之中不能自拔，第一任皇帝努爾哈赤死時，為了爭奪寶座，曾引起一場風暴，長子代善以下都被排除，而由第八子皇太極繼位。皇太極死時風暴再起，他的長子豪格以下也被排除，而由年僅六歲的福臨繼承皇位。這種反常的繼承說明爭奪的激烈。皇太極的親軍曾包圍皇室會議，提出警告說，如果不立福臨當皇帝，他們就得跟皇太極同死，以至親王紛紛逃席，皇太極的弟弟多爾袞遂順利達到當攝政王的目的。

親王碩托跟另一位親王之子阿達禮，企圖發動政變罷黜多爾袞，被多爾袞先發制人殺掉，但內戰隨時可以爆發，清帝國這時自顧不暇，根本沒有力量主動攻擊明王朝。如果不是陳圓圓引發的歷史悲劇，清帝國極有可能在下一次的內亂中瓦解，更不用說成為華夏大地的主宰了。

吳三桂的求援文書到達時，福臨即位才八個月，清政府才知道明國內發生巨變，寧遠城已空，數十年可望不可即的山海關現在大開關門歡迎他們蒞臨。霎時間滿天雲霧消散，一個新的使人振奮的目標出現在眼前，於是內爭平息，多爾袞親王下令入關。

李自成的農民兵團在吳兵團和滿洲兵團的夾擊下兵敗如山倒，一年不到就灰飛煙滅。李自成兵團在撤到真定時，陳圓圓被軍隊衝散，夾在亂民中漫無目標地逃亡，輾轉流離才回到吳三桂的懷抱。採花大盜劉宗敏在九江被吳兵團擒獲，吳三桂親手砍下了他的腦袋，報了一年前的血海深仇。

吳三桂在這場美人爭奪戰中成了最後的勝利者，但他的民族卻因此付出了慘重的代價。清帝國的滿洲兵團順利進入北京，宣稱自己是華夏大地的新主人。

在本文將要結束之際，有必要強調一下「美麗女人」和「權力女人」的分別。美麗女人和權力女人都對歷史有巨大的影響，但二者的影響方式是不同的。權力女人對歷史的負面影響是主動的，美麗女人對歷史的負面影響是被動的，只能被她們所不能控制的命運擺佈。她們沒有權利，不想掌握政治大權，沒有利用權力去傷害國家民族的意圖，她們引發的歷史悲劇不是她們造成的，而是和她們有特殊關係的權力男人造成的，她們是無辜的，一樣是受害者。

第 八 篇
痛心疾首說變法

　　公孫鞅變法成功，使處於草昧狀態的秦王國躍進為超級強國；王安石變法失敗，中國的半壁江山淪入異族之手；戊戌維新失敗，中國人失去了一次巨大的機會。

　　歷史顯示一個定例：在劇烈變動的國際社會裡，變法徹底的國家強，變法不徹底的國家亂，保守不變的國家亡。

一

西元前361年，一位單薄瘦削的年輕人由東向西跨過了函谷關，向地處西陲的秦王國帝都櫟陽走去。

此時的秦王國和三百年前穆公嬴任好在位時的秦國有很大的區別。如果把那時的秦國比做正午的太陽的話，這時的秦國則是烏雲背後的夕陽，連一線美麗的迴光反照都感受不到。

嬴任好在位期間，任用兩位傑出的外族人百里奚和蹇叔整頓內治，又任用他們的兒子訓練秦國的軍隊，征服了鄰近的二十多個封國，包括驅使強大的周王朝東遷的犬戎部落，向西開拓疆土二百公里，向東打敗了當時已是超級強國的晉王國，把處於草昧時代的秦王國向前推進了幾個世紀。

嬴任好死時，百里奚和蹇叔都已去世，那些愚蠢至極的繼承人竟按照秦王國先前的野蠻習俗把他們的兒子百里孟明等人趕入墓穴，為他們的英雄老爹殉葬，同時遭難的還有出生於本國的三位高級知識份子「車家三良」（車奄息、車仲行、車針虎）。

秦王國的一等一人才，一下子被翦除罄盡，改革的成果全部付諸東流，秦國一夜間又回到了嬴任好之前的草昧時代。

到了兩百年後的戰國時期，秦王國雖勉強躋身於「戰國七雄」之列，但無疑是七國之中最為貧窮落後的國家，沒有人看出這個蠻荒偏僻的小國有什麼前途，能維持現狀，不被新興的魏王國併吞，已算是上等的運氣。本世紀初期，魏國大將吳起統率魏兵團渡黃河西征，奪取了秦國河西（陝西省北部）的大片疆土，像泰山壓頂一樣壓在秦王國的頭上。秦王國的命運更黯淡了，到

了秦孝公嬴渠梁即位時，他面對的已是一個沒有任何生機，正在加速走向墳墓的垂死王國。

嬴渠梁是秦王國歷史上最偉大、最傑出和出類拔萃的君王，對他的王國和他的家族有強大的責任心，不能容忍他的國家一步步地向著絕望的深淵邁進。他主持的雖然是一個暮氣深沉的小國，但他雄心勃勃地想恢復三百年前西元前7世紀時，他祖先嬴任好的霸業。

要實現這個光輝的夢想談何容易，秦王國的基礎太薄弱了，地理位置偏遠不說，能夠匡時濟世富國強兵的人才，在這個遠離文明中心的草昧王國是無法找到的，因為這塊尚未開化的土壤孕育不出優秀的人才。擺在嬴渠梁面前的路只有一條，那就是仿照先祖的做法，從國外引進人才。

他在即位的第二年，就發出徵求賢能人才的文告，歡迎能使秦王國富強的才智超人之士光臨秦國。在那個時代，各國延攬政治人才，猶如二十世紀各國延攬科學人才一樣。嬴渠梁確認，人才是國家強大興旺的決定因素。

招賢文告最先傳到和秦王國毗鄰的當時世界的超級強國魏王國，在該國懷才不遇的知識份子當中引起了不小的震憾。他們紛紛束起行囊離開使之備受冷落的母邦，踏上了西去的漫漫天涯路，去尋求實現自我的人生舞臺。前文那位單薄瘦削的年輕人就是其中最傑出的一位，他是來自魏王國的偉大政治家公孫鞅。

公孫鞅本是衛國人，但衛國太小，不能作為施展平生抱負的舞臺。他很早就到魏國，在魏國宰相公叔痤手下做事。公叔痤很了解他，正要向國君魏惠王推薦，不巧自己卻一病不起。

魏惠王親自前去探望，向他詢問後事。公叔痤說：「舍人公孫鞅的才能十倍於我，我死之後，請把國政交給他。魏國的前途

193

在他身上。」魏惠王不禁大吃一驚，半晌做聲不得。

公叔痤看到惠王那不以為然的表情，又說：「大王如果不能委公孫鞅以重任，那麼請你把他殺掉，不要讓他出境。一旦被別的國家延攬，將成為魏國的第一大患。」

惠王告辭出門後，對隨行的人說：「公叔痤病勢沉重，大腦已經不管事了，竟然教我把國家大權交給一個出身低下又沒有任何行政經驗的年輕人，而且一會兒工夫又勸我殺了他，這不是病糊塗了是什麼。」

大臣魏昂也了解公孫鞅的才能，要求惠王對他破格予以重用。可魏王國的運氣太壞，掌舵人只是一個普通庸才，不是一個有過人見識的領袖，對魏昂的意見一笑置之。

正當公孫鞅在魏國陷入絕望的苦境時，嬴渠梁的招賢文告進入了魏國的通衢大街。他已經沒有別的選擇，懷著極為複雜的心情前往秦王國。

每個人，尤其是傑出人物離開母國都有其不得已的原因。

嬴渠梁跟公孫鞅促膝長談，一連談了三天三夜，公孫鞅那精闢獨到的見解使他沉浸在巨大的興奮當中，連吃飯睡覺都忘到了九霄雲外。嬴渠梁對公孫鞅相見恨晚，決定把政治大權交給這個素不相識的外人，命他依照他的計畫和步驟，對秦國的軍政進行徹底的變革——當時的術語稱為「變法」。

公孫鞅深知他的變法是一項前所未有的浩大工程，在暮氣深沉的秦國會遇到難以想像的阻力，沒有國王始終如一的堅定支持，變法要麼胎死腹中要麼中途夭折。到那時秦王國不但不能強大，還會陷入巨大的混亂之中。當嬴渠梁把變法的提案提交大臣們討論時，他們死抱著儒家學說「利不十不變法」的信條，反對對秦國進行徹底的變法，只主張在原有的基礎上做幾處有限的修

修補補。

公孫鞅告訴嬴渠梁說：「對一項學問有懷疑，絕對不能成功。對一件措施懷疑，也絕對不能成功。一個有真知灼見的人，必定被世人排斥。高度智慧的見解，往往沒有幾個人能夠理解。成大功的人只跟少數人相謀，不去徵求多數人的意見。庸俗的大多數不可共始只可樂成。要國家富強，只有義無反顧進行徹底的變革。」

嬴渠梁回答說：「我聽說成大事者不謀於眾，孤陋寡聞的曰夫子才喜歡無謂的爭論，我把國政交給你，你放心地去幹吧，不要有任何顧慮。」

於是，這塊魏國扔掉的石頭，成了秦王國牆角的磐石。公孫鞅開始對秦王國進行大刀闊斧的改革。

公孫鞅在頒布變法令之前，先把一根十公尺長的木棍立在首都櫟陽南門，下令說：「把它拿到北門的人，賞黃金十兩。」當大家驚疑不定時，他又把賞金提高到五十兩。一個好事的青年姑妄把它拿過去，竟然如數得到賞金。

這是公孫鞅的第一步，他先要人民信任並尊重政府，政府在得到人民的信任尊重之後才能有令必行。

公孫鞅的改革可歸納為下列十三個主要的具體項目——

1.強迫人民學習最低程度的禮儀
父子兄弟姊妹不准睡在一個炕上，必須分室而居。這是人類從野蠻走向文明的重要步驟。

2.統一度量衡制度
強迫全國使用同一標準的尺寸、升斗、斤兩。

3.建立地方政府組織

若干村組成一鄉，若干鄉組成一縣，縣直屬中央政府。

4.建立社會基層組織

十家編為一組，互相勉勵生產和監督行動，一家犯法，其他九家有檢舉的義務。而檢舉本組以外的其他犯罪，跟殺敵立功一樣有重賞。藏匿犯人者與犯人同罪。

5.強迫每一個國民都要有正當職業

遊手好閒的人，包括世襲貴族和富商子弟，如果不能從事正當職業，一律當作奴隸，送到邊疆墾荒。

6.用優厚的條件招請移民

不分國籍，凡到秦國從事墾荒的外族人，九年不收田賦，以求人口迅速增長，而人口就是兵源。

7.鼓勵生產

人民耕田織布特別好的，積存糧食特別多的，免除他的賦稅和勞役。

8.一家有兩個成年男子，強迫分居

這是增加生產和人口的手段。

9.人際間爭執，必須訴諸法庭裁判，不准私人決鬥

私人決鬥的，不論有理無理，一律處罰。

10.對敵作戰是第一等功勳，受第一等賞賜

11.廢除貴族的世襲特權，必須作戰有功才能升遷

貴族的地位雖高，商人的財富雖多，如果沒有戰功，就不能擔任政府官職。

12.廢除土地國有制

承認土地歸私人所有，允許自由買賣土地，最大限度地調動人民的生產積極性和主動性。

13.遷都咸陽

　　與國民有一個全新的精神面貌相適應，行政中心也應該有一個全新的面貌。

　　從這十三個項目，可看出秦王國那時還處在半野蠻狀態，落後、窮困、封閉、愚昧和一片混亂。也可看出變法的意義不僅是單純的改變法令規章，不僅是單純的只改變上層建築，而是徹底的改變——軍事改變，政治改變，政府組織和社會結構改變，風俗習慣改變，甚至道德價值標準和人生觀念都要改變。

　　可以想像，在秦王國這樣封閉停滯的國家進行這項前所未有且對人民生活有著巨大衝擊的劇烈變革，幾乎所有的國民，上自王侯將相，下至平民百姓，都不理解並進而堅決反對。

　　一、改革使貴族喪失了世襲特權，只注重眼前利益而無視千秋大計的官僚政客，自然本能地反對損害他們既得利益的變法。他們只要眼前過得舒服，才不管百年之後子孫後代淪為亡國奴。他們沒有著眼未來的情操和智商。

　　二、普通國民儘管不滿意自己生活的悲慘，但他們安於現狀，不願意眼前的生活有太大的變動，尤其是妨礙他們懶散自由的變動。

　　三、擁有巨大智慧能夠預見百年興衰榮辱的大政治家都是很寂寞的，他們的超凡見識沒有幾個人能夠理解，人們看不到他們匡時濟世的良苦用心。

　　四、政客的狹隘心胸和愚蠢的嫉妒，使他們不能容忍同僚有超越於他們之上的作為。

　　變法令頒布不久，朝野上下到處翻滾著非議朝政的聲浪。當一人之下萬人之上的皇太子嬴駟也公開站出來抵制新法時，變法到了最關鍵的時刻。嬴渠梁不愧是一代天驕，他理解公孫鞅並堅

決地支持他，對反對變法的官僚給予無情打擊，連皇太子也不例外——他的教師公孫賈和公子虔被處以割鼻和臉上刺字的刑罰，這對皇太子是一個巨大的羞辱。

在嬴渠梁的堅定支持和公孫鞅的英明策劃下，秦王國的變法取得了巨大的成功，只用了十九年的時間，秦王國魔術般地崛起為當時世界上最強大的國家，對東方的諸侯國取得了壓倒性的優勢，實力比它們要強大百倍。

西元前340年，公孫鞅率領用新法武裝起來的秦兵團，發動了決定秦王國千年霸業的復仇戰爭，向當時最強大的魏王國進攻。號稱所向無敵不可戰勝的魏兵團，不是渴望殺敵立功的秦兵團的對手，因為秦兵團的每個軍士為了自身的榮譽和利益而戰（他們每殺一個敵人就可進爵一級），不顧生死地努力向前。

魏兵團意想不到地大敗虧輸，連總司令魏昂（曾勸說魏惠王重用公孫鞅）也做了俘虜。魏惠王捶胸說：「我懊悔不聽公叔痤的話。」以惠王的平庸和當時對公孫鞅的痛恨，他不可能懊悔失去這個人才，恐怕是懊悔沒有殺掉他。

魏王國這次受到的打擊十分沉重，把吳起辛苦開闢的河西疆土全部喪失給秦國。首都安邑跟秦國只隔一條黃河，失去安全保障，只好向東遷到四百公里外的陪都大梁（河南開封）。魏王國自此失去了一等強國的地位，陷入不可挽回的衰落。

這一戰役，距公孫鞅西元前359年開始變法，才短短十九年，秦王國已強大到迫使超級強權的魏王國一蹶不振，割地遷都，這是人類智慧所能做到的最偉大的創舉。變法能把一個侏儒變成一個巨人，把一個沒落的民族變成一個蓬勃奮發的民族，把一個弱小的國家變成一個強大的國家。

這是中國歷史上的一次輝煌變法，奠定了中華民族作為世界

強大民族的基礎。這次變法的意義是深遠的，沒有這次變法，秦王國就不可能強大，更不可能完成統一中原這樣的浩大工程。中原將陷於永遠的分裂，將永遠失去作為世界超級強國的機會。

令人痛心的是，這是中國歷史上惟一的一次成功變法，在以後的兩千三百年中，各朝也曾多次做過變法的嘗試，但結局都是失敗的。主要的原因有二：

（一）兩百二十年後漢武帝劉徹採用儒家學者董仲舒的建議——「罷黜百家，獨尊儒術」，儒家思想成為古代中國占統治地位的正統思想。儒家學派的基本思想是尊祖復古——至少也要維持現狀，主張祖宗的法度不可更改，對任何形式的變革都深惡痛絕。儒家學派聲稱「利不十不變法」，也就是說你要變法可以，但必須有百分之百的好處，一點壞處也不能有，否則你就得老老實實地遵守祖制。稍微有點常識的人都清楚，世上沒有百分之百完美的法制。生兒育女是件好事，可生產時難免疼痛，產婦甚至會死亡，如果因此拒絕生產，人類就絕種了。其實只要有百分之五十以上，哪怕是百分之五十一的利益，就是一種值得推行的進步制度。儒家學派的這種主張等於是不要變法。

（二）公孫鞅的改革雖然取得了巨大的成功，但他個人的結局卻令人沮喪。喪失既得利益的人類渣滓，對改革的宣導者公孫鞅等人恨入骨髓。西元前338年，英明偉大的嬴渠梁過早地離開人世，他的兒子嬴駟即位。怨聲載道的時代落伍者，包括嬴駟的皇家教師公孫賈和嬴虔，像掙脫鐵鏈的瘋狗一樣乘機反撲，指控公孫鞅謀反，公孫鞅在出逃時被抓獲，綁赴咸陽五馬分屍，家屬全部處斬。

儒家學派一直用這個悲慘結局，誥誡後世的政治家，萬萬不可變法。因為儒家拒絕變法，失去了自我更新的機會，不可避免

地陷入週而復始的殘酷內戰，給生產力造成巨大的破壞。中華文明不斷在血腥中解體，又在廢墟上重組，永遠得不到提升。

兩千二百年後的19世紀，日本帝國效法公孫鞅，實行變法，即著名的「明治維新」。使一個跟當初與秦國同樣落後的古老日本，也魔術般地崛起，成為世界第二大經濟強國。

歷史顯示一個定律：處在巨變的時代，有能力徹底改變的國家強，改變而不徹底的國家亂，拒絕改變的國家則繼續沒落，直至滅亡。

下面再展示兩個改變不徹底和拒絕改變的事例。

二

歷史的車輪運轉到1069年，立國一百多年的宋王朝醞釀了中國歷史上第二次大規模的變法運動。

這次變法的總設計師是中國歷史上最偉大的政治家王安石。他不但是一位傑出的政治家，還是一位天才的文學家，是中國文學史上著名的「唐宋八大家」之一。

這時的宋帝國和西元前4世紀時的秦王國處境差不多，沉重的內憂外患使他高度疲憊，像一個行將就木的病夫苟延殘喘。首先，宋王朝是靠軍隊統帥發動軍事政變建立起來的，因此特別擔心別的武將也依樣畫葫蘆調轉槍口，不斷做著隨時被兵變推翻的噩夢。這噩夢使宋政府除了努力防止軍隊叛變外，其他什麼事都不能做。為了防止武將發動兵變或擁兵自重，宋政府把武裝部隊的精銳——「禁軍」全部集中在首都開封；而把老弱殘兵——「廂軍」駐防各地維持地方治安。遇到戰爭，即由中央臨時委派一位文職人員（甚至由宦官）擔任統帥，率軍出征。負責實際作戰的將領也臨時委派，他們雖然是職業軍人，但對所統領的部眾

一無所知。戰爭結束後，統帥把兵權交出，將領調往別的單位，士兵返回營區。

這種軍事體制雖有效地防止了「陳橋式兵變」，但極大地傷害了軍隊的戰鬥力。一旦發生外族入侵，等駐在首都的國防軍趕至千里之外的邊界時，敵方已取得了足夠的戰果，我方的軍隊則疲憊不堪。由於統帥與將領互不熟悉，再多的部隊只不過是一群烏合之眾，不但不能擔當攻擊，連承受大的打擊都很困難。尤其致命的是文官擔任統帥，讓這些膽小怕事的書生指揮腥風血雨的戰爭，實在是和他們的「勇力」過不去。

因此宋帝國在對外戰爭中一直處於被動挨打的地位。王朝建立初期，和北方契丹民族建立的遼帝國發生了多次戰爭，每次都是以宋帝國的失敗而告終。1004年，遼帝國大舉南征，一路勢如破竹，深入五百公里，一直打到距宋帝國首都才一百公里的澶州。宋帝國朝野震動，群臣們除了想到遷都躲避外別無他法，多虧宰相寇準力排眾議，勸皇帝御駕親征，在澶州和遼帝國簽訂「澶淵之盟」，每年向遼帝國進貢銀幣十萬兩、綢緞二十萬匹買得暫時苟安，宋帝國才避免了過早淪為亡國奴。

當宋王朝驚魂未定想坐卜來喘口氣時，西北又出現了更大的威脅。1038年，定難軍區司令官李元昊被宋帝國對遼戰爭的醜態所鼓舞，宣布脫離中央，自稱西夏帝國皇帝，並對宋帝國發動一連串不停止的攻擊。

宋帝國對這個小且貧的叛徒的自不量力自然不能容忍，發動大軍討伐。雙方的實力是如此懸殊，宋帝國的軍事經濟實力比對方高出百倍，但戰爭的結果卻是宋帝國以絕對優勢的兵力一敗再敗。在每戰必敗的情勢下，宋王朝只好在1044年正式承認西夏獨立，並每年向這個不起眼的小國進貢綢緞十三萬匹、銀幣五萬

兩、茶葉二萬斤，但為了面子對外宣稱是「賞賜」。

到了王安石開始變法時，宋帝國已四面楚歌，國土一天天萎縮，四周全是虎視眈眈的強敵，他們的胃口隨著宋帝國的衰落而日益加大。其次，宋王朝為了防患行政和軍事將領權力過大，特設置一些職能互相重疊的機構，且一個職位委派幾個人互相牽制，互相監督，造成政府官員數量急遽膨脹，吃「財政飯」的人越來越多，國家的財政負擔日益加重，對人民的盤剝也越來越殘酷，人民的不滿也越來越深，表面平靜的帝國成了一座冰雪覆蓋下的火山，大規模官逼民反的局面已經形成。

再次，宋王朝依靠文人治國，自漢武帝劉徹「罷黜百家，獨尊儒術」後，文人所學的知識僅限於儒家的「四書」「五經」，知識面相當狹窄。

因此中國古代的知識份子不可避免地沾染了心胸狹隘、不辨輕重是非，且勇於內鬥的劣質，沒有能力包攬富國強兵的重任。儒家思想到了宋王朝已開始僵化，本來就少得可憐的合理內核也變得不合時宜，於是這種本來很保守的思想變得更為保守。

用這種思想武裝起來的知識份子也因此作繭自縛、安於現狀、故步自封，沒有進取精神，過一天算一天，不知道對國家和民族的責任是什麼。當宋帝國已大廈將傾時，這些執掌國家政權的文人還意識不到即將來臨的危險，或者故意蒙上眼睛，依舊在那裏為一些雞毛蒜皮的小事爭論不休，依舊在那裏結黨弄權。

情勢發展到這個地步，宋王朝已不可能按先前的辦法統治下去了，擺在他面前的路只有兩條，要麼變法自強，要麼坐以待斃。這時帝國的掌舵人是宋王朝的第七任皇帝神宗趙頊，這個生長在深宮的皇帝，屬於極少數傑出的英明君主之一，他選擇了變法。1069年，神宗趙頊任命王安石當宰相，變法步入實質性的啟

動階段。王安石的變法是全面的，包括政治、經濟、軍事、教育各個領域。因為宋帝國百病叢生，必須動大手術才能解決問題，才能救國家於水火，拯黎民於倒懸。

下面我們把變法的重要措施歸納為十項，做一簡要敘述——

1.確立預算制度，並控制預算

王安石首先設立一個「計劃部」，自兼部長，對行政管理做合理的改進，嚴厲制止私人挪用公款，結果每年為國家節省開支百分之四十左右。

2.建立政府儲備糧制度

過去，各行政區向中央政府每年繳納以一定數額食糧為主的賦稅，豐收之年不多繳，歉收之年不能少繳——全靠向貧苦的農民搜括；而且還要千里輾轉，運輸到首都開封，費用巨大。王安石頒布「均輸法」，用貨幣代替實物納稅，以免去運輸上的困難。由各行政區在首都設立倉庫，豐年時大量購入，歉年時就可不必強迫搜括農民。

3.建立政府貸款制度

農民最困苦的日子，大都發生在「青黃不接」之時，即稻麥剛生出青苗，還未變黃成熟，農家存糧往往用盡，新糧又未收穫，需錢最是孔急。王安石命政府貸款給農民，收取他們向地主貸款時低得多的利息，等到收穫之後再行歸還。因為這項貸款是用田中的青苗作為信用保證的，所以稱「青苗法」。

4.清查漏稅耕地和整理田賦

官僚地主兼併農民耕地時，往往隱沒田籍，不繳納賦稅。王安石對全國耕地加以清查，結果清查出三百六十萬畝之多。又頒布「方田均稅法」，重新評估全國耕地，依照肥沃貧瘠分五等，

203

比照繳納賦稅。

5.建立平抑物價制度，設立平抑物價機構「市易務」

首先在首都開封施行，物價低廉時由政府購入，等到物價上漲時再行售出。「市易務」這個機構還兼營銀行，百姓用金銀綢緞或不動產抵押就給予貸款。這是一個經濟方面的大進步，稱「市易法」。

6.建立公平勞役制度

王安石頒「募役法」，規定全國每個成年男子，都有為國家服勞役的義務。如果申請免除勞役，必須繳納免役錢，由政府僱人頂替。

7.加強國防軍訓練，淘汰老弱殘兵

宋帝國的國防軍，一部分集中首都，一部分集中邊疆，輪流更換，目的是使兵將不相熟悉，防止叛變。這些國防軍平時就有八十萬人，僅軍餉開支就占國家總收入的三分之二，可是出征作戰卻不堪一擊。王安石強迫老弱退役，廢止更戍法，國防軍不再輪調，而把他們永久分屯到重要地區，委派專任司令官，平時負責訓練，戰時帶兵出征，使上下互相了解，如臂使指。王安石選拔出宋帝國開國以來第一位統帥人才王韶擔任洮河軍區司令官，於1073、1074兩年之間，收回陷入吐蕃王國二百餘年、面積達二十萬平方公里的中原故有領土，包括熙州、河州和全部河湟地區，使宋帝國第一次品嘗到了那種久違的勝利滋味。

8.更新武器，國防軍裝備全部現代化

國防部隊的腐敗，在武器方面尤為嚴重，不但數量不夠，而且大都鏽爛。王安石設立中央兵工廠，建造新式武器，淘汰全部落伍裝備。

9.建立並加強國民基層組織

集合「管」「教」「養」「衛」於一個稱為「保」的單位。王安石頒「保甲法」，規定十個家庭組織一個「保」，五十個家庭組織一個「大保」，五百個家庭組織一個「都保」，守望相助，隨時糾察有沒有違法亂紀的人和事。一家有兩個青年時，選出一個充當「保丁」，利用農閒時期集中軍訓。

10.改進考試科目和學校課程

自唐王朝以後，考試課目主要有二：一是詩賦，一是帖經——即對五經的填空白試法。這樣選拔出來的人才跟國家所需要的行政人才毫不相干，但已實行了四百年之久。王安石把它一律取消，改為考試議論文，培養青年獨立思考的能力。學校裏除教授王安石所著的「三經（詩經、書經、周禮）新議」外，還教授地學、史學、法學、醫學和經濟學。

可以看出，王安石的改革是一項傷筋動骨的浩大工程，和西元前4世紀公孫鞅的變法具有同等規模，一旦成功就會使積弱不振的宋帝國從侏儒變成巨人。王安石最引人矚目的戰略是：要在中原傳統小農經濟的基礎上更多地注入商品經濟的成分，為商品經濟的發展開闢道路。這在把重農抑商作為立國根基的古代中國，不但要有過人的見識，還要有巨大的道德勇氣。

宋帝國雖然國防力量積弱不振，但經濟發展速度卻超過先前的任何一個朝代，生產力水準在當時世界上處於領先地位，商品經濟也初具規模，甚至發行了人類歷史上最早的紙幣。這時繼續採取重農抑商、限制商品經濟發展的國策不但不合時宜，還會極大地減緩經濟的發展速度。

王安石是中國歷史上極少數有超凡膽識能夠預見百年興衰的政治家，看到了商品經濟在宋帝國的發展趨勢和對宋帝國的正面

影響，因此制定了一套推動商品經濟的大政方針，開闢了一條更為廣闊的富國強兵之路。

王安石在與司馬光爭論時，提出了「不加賦而國用足」的理論，其方針乃是先用官僚資本刺激商品的生產和流通。如果經濟的額量擴大，則稅率不變，國庫的總收入仍可增加。這正是時下現代國家理財者所共信的原則，王安石獨具慧眼地施行於11世紀的北宋，真不愧是大智大勇的傑出政治家。

王安石早在11世紀就提出由政府採用行政手段在中國發展「資本主義」（這時的歐洲尚停滯在中世紀的黑洞裏），在古代中國推行現代化的改革，比17世紀西方才開始的資本主義化要早六百多年。如果這項改革成功，今天的中國在人類世界歷史上的位置自然不可同日而語。

令人痛心疾首的是：王安石的真知灼見不為當時的無聊政客和平民百姓所理解，他就像一個寂寞的智士仁人一樣，在朝野找不到支持力量。要完成這樣浩大的政治工程，改革者必須具備三個要素：一是擁有推進改革的無限權力；二是堅定的意志；三是很高的個人聲望。

後兩個要素王安石都具備，大詩人的氣質和政治家的胸襟給了他多采多姿的個人魅力，但恰恰缺少第一個也是至關重要的要素。他的政治後臺趙頊雖然大力支持他的改革，但支持力度比秦孝公嬴渠梁對公孫鞅的支持力度要小得多。

嬴渠梁敢於把抵制變法的兒子也是帝國繼承人施以重懲，趙頊則連把破壞變法的普通官員逐出政府都辦不到，只是把他們貶出中央，貶到地方上擔任地方政府行政首長。問題就發生在這上面，因為新法所有的改革，要完全靠地方政府執行。

由一批反對新法的官員負責執行新法，不可避免的，他們將

會用種種方法加以破壞，故意迫使農民痛恨新法，以證實新法的罪惡。如變法開始時，中原地區恰巧發生一連串旱災（這樣的悲劇性巧合在中國的歷史上一再出現），這本是不可避免的天災，與新法的實施無關；但反對新法的舊黨卻認為與新法有關。在他們的精心策劃下，開封安上門管理員鄭俠把饑民流亡的情形繪成圖畫，呈送給趙頊和他的母親高太后，宣稱這就是變法改革的結果，如果不馬上停止變法改革，旱災還要擴大，饑民還要增多。

王安石遇到的阻力比公孫鞅要強大百倍。公孫鞅的對手只是分散的，沒有被腐朽沒落思想毒害的個人，反對變法多半出自本能，一旦從理論和事實上加以說服疏導容易轉換思想，從新法的反對者變為新法的擁護者。王安石則不同，他的對手是一個用儒家思想武裝起來的龐大群體，他們不僅從本能上反對新法，而且有一套系統完備的理論作武器，振振有詞地把新法的擁護者汙為禍國殃民的「小人」，而把自己譽為忠君愛國的「君子」。

宋王朝的官僚政客尤其喜歡拉幫結黨，有著相同利害關係的權力人物，結成一個超越於國家民族利益之外的幫派。他們評判人物的標準不是是非曲直，而是是否屬於本幫本派，幫派之內縱壞也好，幫派之外縱好也壞。反對新法的官僚集團被稱為「舊黨」，少數擁護新法的官員因此被稱為「新黨」，王安石面臨的是整個「舊黨」群體的合力對抗。

207

下面有一則事例，充分說明了宋王朝的士大夫官員只講黨性不講原則。變法開始後，遼帝國曾提議重新劃定太行山以西代州一帶邊界，皇帝趙頊命大臣們發表意見，屬於舊黨的退休宰相韓琦提出著名的「七項奏摺」，聲稱：

「我們有下列七事觸怒敵人——

一、高麗王國早已脫離我大宋，成為遼帝國藩屬；我們卻利用商人跟它恢復舊有關係，遼帝國當然認為對它不利。

二、我們用武力奪取吐蕃王國的河湟地區，遼帝國當然認為下一個目標就是它。

三、我們在代州沿邊大量種植柳樹，目的顯然在阻擋遼帝國騎兵奔馳。

四、我們又在國內實行保甲制度，寓兵於農，教人民戰鬥技術。

五、黃河以北州縣積極修築城廓，掘深護城河渠。

六、我們又建立兵工廠，製造新式武器，更新武裝部隊的裝備。

七、我們又在黃河以北重要的各州設立三十七個將領，加強駐屯的國防軍訓練。

以上七項都是刺激遼帝國的措施，使他們反感。我們只有一個方法才可以使遼帝國相信我們的和平誠意，跟我們繼續友好相處，那就是立即把這些措施全部廢除——（跟高麗王國斷絕通商，把河湟地區交給吐蕃王國，剷除沿邊限制敵人騎兵深入的榆樹柳樹。解散保甲，停止人民軍事訓練。黃河以北州縣城池隨它頹塌，護城河渠也隨它淤塞。撤銷兵工廠，停止製造武器，停止更新裝備，停止軍隊現代化。撤銷黃河以北三十七個將領，停止軍隊訓練。）等到上述七項措施全部廢除之後，遼帝國自然心悅口服。」

稍微有點常識的人都能看出韓琦反對的恰恰是關係帝國千秋命運的善政；但只因為他是屬於舊黨，所以整個舊黨對他的奏摺

報以熱烈的歡呼。

宋帝國的內部危機，人人皆知，人人都認為必須改革。不過有一個先決條件，那就是必須在「不損害自己既得利益之下」的改革。

士大夫反對改革，固然是一種本能反應；但更主要的是，改革傷害到他們本身。

像預算制度，使國家開支減少百分之四十，則這百分之四十所豢養的官員，或被淘汰，或不能再行貪污，他們對新法的不滿和憤怒是可以想見的。

像青苗法，士大夫就是依靠農急時放高利貸，才能合法地兼併土地；現在政府用低利放出貸款，阻塞了他們的兼併之路，自然是怒上加怒。

像募役法，過去實行差役法時，士大夫家根本不服勞役，築城築路以及地方供應任何勞役，徵調民夫時，全部由平民承擔。現在把這種他們一向輕視的勞動加到自己身上，使他們與平民相等，自然更加怒不可遏。

他們當然不會傻到明目張膽為維護既得利益而吶喊，但他們卻可以為維護「祖宗法度」而吶喊。到了最後，舊黨更滲透到皇宮之中，使趙頊的老娘高太后也站在他們一邊，不斷向兒子發出警告：新法禍國殃民，祖宗法度不可更改，使一代明君趙頊的態度發生了悲劇性的動搖。

王安石變法還遇到了來自隊伍內部的困惑：新黨並非鐵板一塊，人員良莠不齊，在推行新法的措施和策略上發生了大的偏差，給了舊黨攻擊的把柄。這是古代中國傳統人事制度的惡果。宋王朝的官僚多數是靠不尊嚴手段達到尊嚴地位的人，官僚集團中只有極少數的政治家，其餘都是政客，只有個人的短期利益。

　　王安石無法跳出宋王朝立國的傳統，不能從民間去發掘未被污染的政治人才，高高在上的皇帝也不允許他這樣做；他只能從政客集團中去挑選自己的同盟軍。因此新黨的整體素質也就高不到哪裡去，裏面不可避免地隱藏著投機鑽營的機會主義份子。

　　像隸屬新黨的開封市長蔡京就是一個卑鄙的變節份子。當新法失敗舊黨掌權時，舊黨領袖司馬光下令以五天時間為限，撤銷「募役法」恢復「差役法」時，大家都擔心時間倉促，不容易辦到，可蔡京卻如期完成，以致司馬光呼籲舊黨人士向蔡京看齊。等到八年後舊黨失勢時，蔡京又以最快的速度投入新黨。後來蔡京官至宰相，把宋帝國推下了萬丈深淵。

　　在一個腐朽沒落的社會裏，具有超人智慧的人總是寂寞的，甚至是悲哀的，王安石的變法終於失敗。

　　1076年，王安石下臺，他只當了六年宰相；而他的前輩公孫鞅卻掌權二十多年，因此他來不及全部實現他的政治主張，變法只開了個頭就草草收場。王安石辭職後，由他的助手呂惠卿繼續主政，可不久就被攻擊去職，只靠皇帝趙頊一人堅持下去。1085年，趙頊去世，冰山倒塌，舊黨得勢，變法停止，一切恢復原狀，甚至比原狀更糟。王安石等三十多位主持變法改革的人物被列為「奸黨」，公告全國皆知。

　　變法不徹底的國家亂，宋帝國自此亂成了一鍋粥，各地民變風起雲湧。1125年，北方新興的金帝國乘機向動亂的宋帝國發動進攻。奉命去抵抗的國防軍好不容易攀上馬鞍，卻兩手緊抱著馬鞍不敢放開，一望見金軍旗幟就一哄而散。舊黨反對王安石訓練國防軍，這正是他們勝利的成果。

　　一年後，金帝國攻陷首都開封，把包括皇帝、太上皇在內的全體趙姓皇族三千餘人，和那些得勝的舊黨官僚用一隊牛車載往

三千公里外朔風怒吼的遙遠東北，在四面透風的破爛草屋裏啼饑號寒。

三

　　在長達兩千一百年的封建專制體制行將結束之際，又上演了一次短命的變法運動，這就是著名的「百日維新」。從字面上可以看出，這次變法只維持了可憐的一百天。

　　百日維新的總導演是清帝國第十一任君主年僅二十九歲的光緒皇帝，一位歷史上少見的悲劇性的英雄帝王；設計師和執行官則是以康有為、梁啟超為首的維新派志士。

　　百日維新的目標是使沉睡不醒的東方睡獅──清帝國現代化，趕超日本成為世界上的頭號經濟、軍事強國，像巨人一樣屹立在世界的東方。

　　百日維新前的清帝國命運比歷史上任何一個時期都要嚴峻，亡國滅種的烏雲在文明古國的上空彌漫翻騰，只剩下一個很小的空隙沒有合攏。三年前爆發的甲午中日戰爭，號稱世界第六大海軍強國的清帝國（當時北洋艦隊僅巡洋艦就有三艘，請注意中國迄今仍沒有巡洋艦），竟被屈居第十二位的小國日本在天朝大國的門口擊敗，曾經顯赫一時、作為自強運動結晶、被譽為東方無敵艦隊的「北洋水師」全軍覆沒。日本海軍陸戰隊佔領了遼東半島，攫取了大清國最優良的旅順軍港，並對旅順的國人做滅種式的大屠殺，老人婦女兒童無一倖免（只留下三十六個人掩埋屍體）。

　　北洋艦隊的覆沒對清政府內部新派官僚集團──「洋務派」是一個尖銳的諷刺。和那些昏瞶愚頑、死抱著祖宗法度不放、自認為大清什麼都好、連大炮也轟不醒的老官僚相比，洋務派官員

還算清醒一些。他們在認定清政府的政治是優秀的前提下，承認西洋人有一點比清廷高明：那就是「艦堅炮利」，西洋人在製造戰爭武器的「奇技淫巧」方面的確優於國人。因此清帝國要想強大起來並戰勝「洋鬼子」，不需要對政治做大的改革，也就是不觸動專制體制的內核，只需要花點銀子向西洋購買軍艦大炮，並進而自己學會製造軍艦大炮就行了。至於由誰去操縱這些軍艦大炮，則是政治體制解決的問題。

在古代中國腐朽的人事制度下，自然是那些和權力人物有裙帶關係、不學無術的荷花惡少，或者只會貪污行賄溜鬚拍馬迎合上司陰暗心理，讓上司感到通體舒泰的投機政客，掌管了這支艦隊的指揮權。由這些既無技術勇氣又無情操責任心的政客去指揮「無敵艦隊」上戰場，結果是可想而知的。北洋艦隊在戰爭中的醜陋表現用血的事實證明了要想強大，光靠買船買炮不行，必須對阻礙清帝國強大的過時沒落的體制進行根本的變革。

大清國戰敗的代價是慘重的，清政府賠償白銀二億三千萬兩（其中三千萬兩贖遼費，遼東半島本已割讓，沙俄和德國對日本眼紅，用戰爭手段威脅日本把遼東半島歸還清政府，日本則向清政府索取三千萬兩贖金）；臺灣和澎湖列島被霸佔。

清政府的戰敗揭開了蒙在天朝大國頭上的最後一塊面紗，使它的弱點全部暴露，因而大大地刺激了列強的胃口。他們固然知道清帝國衰弱，但不知道衰弱到這種地步，這對他們是一個新的誘惑。當非洲、土耳其和印度莫臥兒帝國先後被歐洲瓜分之後，他們認為瓜分清帝國的時機已經成熟，而且必須迅速下手，否則就可能會被別人搶走。甲午戰爭至百日維新前的三年，各國在宰割清帝國時爭先恐後，就像一群急吼吼餓狼爭相撕扯著大清國的肢體。

1859年：德國在天津、漢口劃定租界，清帝國自此國內有國，本國主權在租界內不能行使。

1896年：俄國、法國在漢口劃定租界；日本在杭州劃定租界；俄國在中東鐵路沿線駐軍。各國跟著援例，紛紛派軍駐紮各地保護各國的利益。

1897年：法國要清政府保證海南島不割讓他國；這是瓜分大清國的信號，各國開始劃定在大清國的勢力範圍。日本在蘇州劃定租界。

1898年：德國租借膠州灣，並要清政府保證山東省不割讓他國；俄國租借遼東半島（清政府的三千萬兩贖金投進了黑水河）；英國租借威海衛和九龍；法國要清政府保證兩廣、雲南三省不割讓他國；租借就是佔領，小的瓜分自此開始。日本在天津、漢口、沙市劃定租界。

可以看出，到了百日維新前的1898年，清帝國已千瘡百孔、支離破碎，開始受到各國的凌遲酷刑。這個失去了神祕面紗的「天朝大國」，各國對它不再維持應有的禮貌和尊敬，在宰割它時不再做任何化裝。像俄國對旅順、大連，它的艦隊突然闖進港口，聲稱有租借它的必要，就大模大樣做軍事佔領，清政府只好答應。英國對威海衛也是直率提出他們的要求，清政府連猶豫一下的勇氣都沒有了。

華夏大地就是在列強張開的血盆大口下苟延殘喘。中華民族已到了生死存亡的關鍵時刻！任何一個有天良的國人都發現，如不立即改革發奮自強，擁有五千年歷史的文明古國，將永遠地從地球上消失。

被瓜分的危機，終於使廣大的青年知識份子覺醒，一場聲勢浩大的救亡運動在當時的首都北京爆發。

早在《馬關條約》（中日停戰協定）簽訂的那一年（1895），北京正在舉行科舉考試，集中在北京參加「會試」，來自全國各省的一千多名考生（舉人）悲憤交集，推舉一位廣東省的考生康有為當領袖，領導大家向光緒皇帝上書，要求效法日本的明治天皇，變法圖強。專制政府等級森嚴，這份請願書當然到不了光緒手中。

次年，康有為已考取了進士，再向光緒上書，光緒仍然沒能看到。不過以康有為為首被稱為維新黨的知識份子們的吶喊，已掀起政治性的狂飆，發展為激烈的知識青年救亡運動。他們和自強運動的當權官員發動的以改良武器為主的洋務運動不同，他們要求清政府在皇帝領導下做徹底的政治變革。

經過皇家教師副宰相兼財政部長翁同龢尚書的推薦，年輕的光緒皇帝發現了這個救亡運動。他在讀到康有為所著的《波蘭亡國記》《突厥亡國記》時，不禁痛哭流涕。這位頭腦清晰有著高貴情操的君主，對他的王朝和國家的前途懷著極大的憂慮。他決心領導這次救亡運動，挽大廈之將傾，變法圖強！

19世紀的最後三年，也是古曆戊戌年，年輕的光緒皇帝接見地位卑微的康有為，接受維新派的政治主張，下令變法。從4月23日起至8月5日，一百零三天中，光緒皇帝頒發了下列一連串嚴厲的詔令，實行明治維新式的變法。

1. 科舉考試廢除八股文，改用議論體裁。

2. 設立北京大學（京師大學堂），各省原有的舊式書院（專門研究儒家的四書五經，教授八股文）一律改為現代化的中學小學，並創辦茶絲專科職業學校。

3. 滿洲兵團全部改用現代化武器，用新法練兵。漢人組成的

綠營兵團改為員警。

4. 撤銷疊床架屋的若干中央機構，如：詹事府、通政司、光祿寺、鴻臚寺、太常寺、太僕寺、大理寺等。

5. 選派滿洲貴族出國遊歷考察。

6. 改良司法部門，改良刑事訴訟法，改革監獄弊端。

7. 命各省出版農業叢書，獎勵各種工商發明。

除此之外，康有為還建議光緒皇帝再進行更激烈的明治維新式的改革：

1. 封建立內閣會議制度，由皇帝召見大臣討論國事。

2. 禁止婦女纏足。

3. 請皇帝率先剪去辮子，改穿西服。

4. 請遷都上海，擺脫舊勢力，在新環境中改革。

5. 借鉅款六億元，改良軍隊，廣築鐵路。

可以看出，上面這些改革措施比王安石變法要激烈十倍，遇到的阻力自然也要大十倍。以王安石無懈可擊的道德聲望和崇高的宰相地位，政治後臺趙頊又有絕對控制政府的權力，王安石變法都歸於慘敗，戊戌變法的命運可想而知。

康有為不過是一個新進的小官——工程部科長；光緒皇帝雖然在理論上擁有絕對的最高權力，但他剛剛親政，實權掌握在他的伯母兼姨母慈禧太后手裏，皇帝連一支效忠他的軍隊也沒有，要他們領導負載如此沉重的政府，做出比王安石還要激烈十倍的改革，失敗自是早在命中注定了。

和王安石變法一樣，稍微有點理性的官僚都知道清帝國必須變法圖強，但前提條件是不能傷害他們的既得利益。事實上這是

不可能的，任何一項政治措施都是一部分人受益，一部分人為之付出代價。變法圖強通常都是傷害官僚集團的既得利益，因為他們利益的取得都是建立在對國家民族的傷害之上。喪失既得利益的階層，很少有光緒皇帝那樣的胸懷和境界（只要國家能夠富強，我這個皇帝就是不當也在所不惜），他們永遠把變法恨入骨髓。

守舊黨的勢力事實上比維新黨強大百倍以上，儒家學派理學巨頭宰相徐桐就是代表人物之一。他連從洋樓前面走過都不肯，堅持「寧可亡國，不可改革」（一國宰相居然說出如此沒水準的話，進一步說明中華民族的悲劇是何等深重）。

監察御史文祥是滿洲人，他向皇帝警告說，維新黨的目的只在救國，不在救清王朝。文祥的見解供給滿洲人反對改革的理論依據，他們誓言：「寧可把國家送給友邦，也不交給家奴。」家奴指的是漢人。

變法運動在技術上也發生了失誤，包括光緒皇帝在內，維新黨沒有一個人有實際的政治經驗。他們不先謀求廣大群眾的覺醒，反而在自己的力量還沒有能控制局勢之前，剝奪了太多人的既得利益，因而樹立了太多的政敵，把自己置身於一個強敵環伺的孤島之上。變法很快到了緊急關頭，維新黨發現自己已站在懸崖邊上，依靠理性的手段只能走向失敗和死亡，只有採取非常措施才能絕處逢生。

光緒皇帝想到了軍隊，這位沒有軍權的皇帝開始培養效忠於自己的軍隊。他親自接見在天津小站訓練新軍的袁世凱，並把他破格擢升為副部長。但袁世凱是官場中人物，這類人物只效忠於勢力較大的一方。那時中央的軍權全部掌握在守舊黨領袖直隸總督榮祿手裏，而榮祿正率領滿洲權貴日夜在慈禧太后身旁哭訴清

王朝滿洲人的危機和維新黨的罪大惡極。當維新黨求助袁世凱實行兵諫，用武力推進現代化改革時，袁世凱當面慷慨陳詞，要為君王兩肋插刀，可一轉身卻跑到榮祿那裏告密說，光緒皇帝將有對慈禧太后不利的突發行動。

那拉蘭兒發動了先發制人的政變。她從北京東郊六公里外挪用海軍經費興建的豪華蓋世的頤和園悄悄返回北京故宮，把光緒皇帝幽禁，下令逮捕維新黨。康有為梁啟超在英國和日本公使館的掩護下逃亡海外（這是一個更深層次的悲劇，中華的民族志士竟然要外國人來保護，類似的悲劇好像沒完沒了）。

六名維新黨領袖，包括中國近代偉大的、高貴的思想家之一的譚嗣同，都被以叛逆罪名押往刑場砍頭示眾，他們的鮮血被成群的愚昧百姓用來製作人血饅頭（古時迷信的人用來治癆病的一種藥方）。其他維新黨人也被貶至蠻荒。

慈禧太后再次掌握了行政大權，掌權後做的第一件事就是取消改革，下令一切恢復原狀。科舉考試仍使用八股文，各古老官署仍恢復設立，司法仍恢復嚴刑拷打，監獄仍恢復暗無天日。守舊黨取得了完全勝利，他們歡聲雷動，彈冠相慶，歌頌慈禧太后是滿洲民族的救星，亙古以來最英明的女聖。

下面是他們勝利的成果：

1899年，英俄兩國約定長城以北為俄國勢力範圍，長江流域為英國勢力範圍；日本在廈門、福州劃定租界；法國租借廣州灣。各國的勢力範圍也就是各國預定的瓜分地區，都已協調妥當，只等動手的信號。中華民族面臨分崩離析的危機。

這時，美國這個新興的經濟強國不願被排除在瓜分的行列之外，機智地提出了「對華門戶開放宣言」，聲明應維護中國領土

的完整和政治的獨立，各國在清應有均等的通商貿易機會。列強因為它可以消除各國在清帝國對抗的緊張形勢，先後表示贊成。基於陰錯陽差的原因，清政府統治下的中華領土暫時免除了被瓜分的噩運。

1900年，奄奄一息又無自知知明的清政府聽信「義和團」刀槍不入的謊言，氣咻咻地向世界各國宣戰。西方世界組成著名的「八國聯軍」，把北中國淹沒在屍山血海之中。俄國則出兵佔領了滿洲人的老窩——東北，攫取了面積一百一十餘萬平方公里的大清國領土。

1901年，清政府和列強簽訂戰敗和約，賠償白銀四億五千萬兩。這是一個天文數字。

1911年，老百姓推翻了滿洲人的統治。先前滿洲權貴害怕特權受到任何限制，害怕地位財產受到任何損失，現在連執政權也斷送掉了。清王朝崩潰後，全國陷入了長達四十年的血腥戰爭，幾萬萬人口死於非命，生產力遭受極大的破壞。

1937年，日軍佔領了首都南京，屠殺了三十七萬手無寸鐵的百姓，旅順的慘劇又一次在中國重演。

1945年，前蘇聯紅軍進入東北，俘虜了清王朝末代皇帝溥儀和漏網的滿洲權貴，把他們押往冰天雪地的西伯利亞，在堅硬似鐵的凍土上開荒服苦役。這些昔日的皇帝和王公大臣，現在連普通的百姓也當不上，成了最低賤的囚徒。

現在我們設想一下，如果當初光緒皇帝變法成功，清帝國可能不但會成為世界上最強大的國家，滿洲權貴也會照樣過著榮華富貴的生活，並像英國王室一樣受到全體國民的尊敬。

中國人對戊戌變法的失敗最為痛心疾首，因為中國失去了一

次巨大的機會。如果變法成功，不但可以趕超日本免受外侮，避免長達半個世紀的血腥戰爭，還可最大限度地利用新世紀世界科技革命的成果，使中國成為世界強國。

　　如果中國人能夠自此正確對待理性的社會變革；如果既得利益階層能夠眼光遠大一點，放棄既損害國家民族又給自己留下無窮後患的利益；如果統治者能記住前車之鑒，如果⋯⋯中國還是有機會的！

第 九 篇
士大夫的悲哀

　　知識份子在任何國家都應該是社會的進步力量，但中國
歷史上傳統的知識份子因為知識面極為狹窄的緣故，不能很
好地勝任自己的角色，最後甚至成為阻礙社會前進的力量。
今天的讀書人很難想像，明王朝的知識份子官員對皇帝連年
不上朝理政無動於衷，卻對皇帝不按儒家禮教稱呼自己的父
親為叔父，而堅稱為父親時冒死犯難，集合三百餘人在皇宮
門外放聲大哭，宣稱國家快要亡國滅種了，由此可以想見知
識份子好喧譁取鬧、不辨是非輕重的毛病到了何種程度。知
識份子本應該是擁護和推動變法的主力軍，可當王安石和康
有為起來變法時，知識份子卻反對得最為激烈，傳統知識份
子的保守和固執，讓人感到不可思議。

一

　　古代中國的集權專制社會能夠維繫兩千一百年之久，科舉制度起了相當大的作用。如果不是西洋文明的強制性介入，今天的中國人也許仍跪在達官貴人面前三拜九叩。在中世紀，通過競爭性考試選拔官吏的人事體制為古代中國所獨有，因而形成了一個特殊的士大夫階層，即專門為做官而讀書考試的知識份子階層。

　　士大夫是中國古代社會特有的產物。事實上，士大夫即知識份子，在儒家學派定於一尊之後的漫長年代裏，當然專指儒家學派的知識份子，有時也籠統稱之為「讀書人」，當然讀的是儒書。在專制社會的中國，他們以做官為惟一職業，所以更精確地說，士大夫即擔任政府官員的知識份子，包括現職官員、退休官員和正在苦讀儒書且將來有可能擔任官員的人物。

　　士大夫和知識份子又不是一個完全等同的概念。士大夫都是知識份子，但知識份子不一定是士大夫。士大夫專指那些以做官為惟一目的的知識份子。

　　19世紀以前的中國，士大夫和知識份子很難區分開來，因為那時讀書人的惟一目的就是為了當官，只有極少例外。今天的中國知識份子與當官沒有必然聯繫，但只要有機會當官，很少有知識份子會放棄這個榮耀。因此中國知識份子與士大夫在血統上是一脈相承的，本文的主題「士大夫的悲哀」也可以說成「中國知識份子的悲哀」。

　　這裏要提及一下古代中國的科舉制度。科舉制度起源於隋朝，到唐朝才成為一種備受尊重的制度。最初目的是變革門第世

家獨霸政府的不合理現象，通過公開競爭性考試向平民階層選拔新進官員，凡考試及格的知識份子，不問門第出身，一律委派官職。因此，科舉制度在早期有一定的進步意義，它對提高整個統治階級的整體素質、擴大政府的統治基礎、促進社會公平方面有著不可磨滅的積極作用。

這個進步合理的制度，因為唐以後的政府給予了過度的重視，才日益變得不合理起來。宋王朝時，考試及格人士所受的重視在今天的讀書人看來簡直不可思議。當進士及第的高級知識份子結隊朝見皇帝通過街市時，首都開封就好像瘋狂了一樣，萬人空巷。到了明王朝，科舉成為知識份子的惟一出路，非進士出身的人無論貢獻多大，都不能擔任宰相或部長級高級官員。不通過科舉考試知識份子就沒有任何出路，漢唐王朝時還有學校一途，明王朝的學校不過是培養參加考試的人才；漢唐王朝還有立功邊疆一途，明王朝則沒有任何其他機會。科舉考試的重視程度步入了一種畸形狀態，成為社會停滯不前的罪魁禍首。

科舉制度在中國實行了一千三百年（只13世紀元帝國時中斷數十年），直到20世紀初葉才被廢止。在此一千三百年中，成為儒家學派知識份子所追求的最高目標。科舉制度的主要功能，是使政權向下稍微做一隙的開放，使擁有相當資產的平民有機會借此狹縫，爬到政權高峰；但也使帝王通過它來控制知識份子。這些被長久控制的知識份子，在帝王和平民之間形成一個新的統治貴族，使本來應該和平民結合推動社會變革的力量，變為維護專制體制的力量。儘管科舉制度對中華文明有利有弊，但從總體上來看弊大於利。自從有了科舉制度，古代中國的國力日益衰弱，在對外戰爭中連吃敗仗，一直處於被動挨打的地步。

科舉考試和19世紀後期西方文明國家興起的公務員考試不

同。一是考試的內容不同：科舉考試的內容相當狹窄，只考儒家學派的九本儒書，考生答題不能有自己的觀點，而是代「聖賢」立言。公務員考試的內容相當廣泛，不但考核與辦理公務有關的專門知識，而且還考核自然社會科學的基礎學科等通才知識，公正地評判一個人的綜合素質。考生答題要有自己的觀點，尤其重視考生獨立思考的能力。二是考試的目的不同：科舉考試的目的是做官；公務員考試是為國家選拔辦理公務的合格人才。在「官本位」的中國，官僚是人上之人，擁有很多特權；公務員則是普通國民，沒有任何特權。

西方的知識份子因為掌握了自然和社會科學的緣故，是認識世界和改造世界的主導力量，因此他們是所在國家的先進階級，是社會的進步勢力。

古代中國專制社會的知識份子所學的知識則與自然社會科學無緣，他們的知識面極為狹窄，所受的教育和所學的知識僅限於儒家學派呆板僵硬的教條，教材不是「四書」就是「五經」，課程則主要教授如何做八股文和如何應付科舉考試。

因此，中國歷史上的知識份子充其量只是儒家學派的修士或傳教士，不是國家的先進階級和社會的進步力量。相反，因為儒家思想的核心是保守崇古，反對任何形式的社會變革，儒家學派的知識份子也就不自覺地扮演了阻礙社會前進的角色。

至於知識份子中的士大夫，因為沾染了封建社會中國官場特有的腐敗氣息，就更不可能成為進步力量了。在封建社會前期，儒家思想裏面還有部分合理內核，那時的知識份子因為識字較多見識較廣的緣故（普通百姓則目不識丁足不遠行），還可勉強躋身於社會前列。

到了宋王朝，儒家思想已開始僵化，儒家學派中最為機械保

守的宗派——理學道學成為帝王欽定的中國社會正統思想，本來就少得可憐的一點理性火花不再閃現，儒家思想也因此變得更加保守刻板更加不合時宜，儒家學派的知識份子也因此由社會的進步力量變為阻礙社會前進的力量。

尤其是到了明清時期，文字獄和八股文的出現，儒家思想蛻盡了人情味的外衣，只剩下死硬刻板的教條。

知識份子殘存的一點靈性也被無情扼殺，沒有自己的思想，更沒有自己的感情，只知道如何做八股文和如何做官，成為社會最為可悲可哀的階層和社會前進的絆腳石。

自辛亥革命以後，知識份子終於從「四書」「五經」中解脫出來，但儒家思想並沒有隨之退出歷史舞臺，它的影響是無處不在的，在一定時期內將長期存在，對知識份子的靈魂產生潛移默化的毒害。今天的知識份子雖然不像明清時期的讀書人一樣皓首窮經，作繭自縛，以做官為第一要務，但他們的脈管內仍流著傳統儒家知識份子的血液，個性品格、人生品味和價值取向受士大夫的影響很深，如果拿官帽子在他們眼前晃幾下，不為之心動的沒有幾個。

文中一再地提到知識份子，似乎偏離了主題，其實是為了加深讀者的印象。今天的中國人對士大夫這個名詞不太熟悉，但對知識份子則耳熟能詳。前文已經說過，中國傳統的知識份子和士大夫同氣連枝，談知識份子也就是談士大夫。

二

在中華文明史上，士大夫扮演著受壓制受迫害的角色，處境一直很被動；一旦與其他權力集團發生利害衝突，失敗的總是士大夫，明末「東林黨」的慘劇就是一個最有說服力的例證。尤其

是到了近代，知識份子連最後的一點自尊也毀滅殆盡。士大夫的悲劇，當權者的責任不容推卸，他們認為讀書人不好糊弄，而統治者或多或少都有點愚民的傾向，因此他們在感情上排斥知識份子；除此之外，知識份子自身的品格缺陷才是一切不幸的根源。

1. 貪圖安逸，不思進取，不尚冒險，把個人安危擺在第一位

冒險精神是一個民族的最大財富，富於冒險的民族一定是開拓進取積極向上的民族。在世界近代史上，基督教世界接連出現了一連串功勳卓著的探險家，哥倫布發現了新大陸；麥哲倫駕著帆船環球航行，證明地球是圓的，為西方世界掠奪東方土地財富開闢了道路。

近代史早期的兩個殖民帝國——西班牙和葡萄牙的奠基人達·伽馬、柯爾蒂斯、阿爾馬格羅也全是冒險家。柯爾蒂斯征服了墨西哥和中美地區，阿爾馬格羅征服了幅員遼闊的印加帝國——除巴西外的整個南美洲。更為神奇的是：柯爾蒂斯的軍隊只有四百人，阿爾馬格羅只帶了一百八十名非職業軍人，他們的對手是淹沒在萬山叢中神祕陌生的龐大帝國，沒有置生死於度外，不幹出驚天事業不回頭的冒險精神，是沒有人敢向前邁進一步的。

可見冒險精神對一個民族的興衰存亡至關重要。正是這些冒險家，使積弱不振的基督教國家加速的富裕強大，從被動挨打被征服被奴役的噩夢中走出來，成為近代世界的主人。歷史上中國的士大夫階級，缺少的就是這種精神，在事關大局的場合總是把個人的安危進退擺在第一位，不切實際地期待天上掉餡餅，搏個沒有危險的功名。殊不知風險和機遇是一對孿生兄弟，世上根本沒有收益豐厚而又絕對安全的事業。

中國歷代的開國皇帝，沒有一個是士大夫出身，按理士大夫

最有條件統領群雄興邦開國，就是因為士大夫貪生怕死不敢邁出第一步。等到劉邦、趙匡胤、朱元璋之流的市井流氓捷足先登坐上帝王寶座時，他們又開始在心理上強烈的不平衡，抱怨上天不長眼睛。

有一則歷史事件可以說明士大夫的患得患失心理：秦王朝末年，天下大亂，各地民眾紛紛武裝起來攻殺秦帝國的地方行政長官。蕭何是沛縣的一名文官，他策動民眾暴動，率領暴民攻入縣衙，殺掉了他的上司沛縣縣令，奪取了沛縣的統治權。武裝民眾一致推舉他當頭領，這本是一個特殊榮耀和出人頭地的大機會，可蕭何卻不領情，拒絕出頭領導他們，而是別有用心地推薦沛縣犯了死罪的地痞流氓頭目劉邦代替他的位置。因為他對起義能否成功沒有絕對的把握，如果起義失敗，他這個頭領將第一個掉腦袋，不如讓意識不到嚴重後果的大老粗劉邦來頂缸。

沒想到劉邦的烏合之眾居然打敗了強大的秦王朝，劉邦坐上了帝王寶座，蕭何則心不甘情不願地做他的後勤部長，並為保住這個部長耗費了畢生的心血。蕭何的才能比劉邦高許多，比劉邦更適合做皇帝，如果他當初多一點冒險精神，這個帝王寶座就非他莫屬了。

除了不尚冒險外，士大夫的懶散也是有目共睹的。士大夫在取得功名之前，獨守寒窗苦讀聖賢書，既勤奮又能吃苦；一朝進士及第，當年的吃苦精神也隨之喪失殆盡，除了升官發財外，沒有人想到在學識和能力上做更高的超越，只滿足於飽食終日，擁妻抱子，應付好到手的恍恍惚惚、不求進步、不求效率的官位。

部分知識份子功名還未到手就出奇的懶散，除了讀書外什麼也不幹，一副頹廢潦倒的落魄相。如魯迅筆下的孔乙己連衣服也懶得洗，鬍子也懶得刮，就更不用說洗澡了。如果不是那一身破

227

舊的長衫標明他的知識份子身分，人們很容易把他和乞丐劃上等號。今天的知識份子也或多或少地繼承了這一劣根性，讀中學時廢寢忘食，只差「頭懸樑、錐刺股」，千辛萬苦應付高考；一旦考上大學，畢業後謀到一份理想的工作就萬事大吉，很多人一年到頭不寫一封信不看一本書，對打牌賭博等不動腦筋的消閒倒有很高的興致。

2. 捨本求末，不辨是非輕重，在雞毛蒜皮的小事上過於計較

宋王朝的第四任皇帝趙受益沒有兒子，收養了他堂兄的兒子趙曙，趙受益的堂兄是封爵濮王的趙允讓。1063年，趙受益去世，趙曙即位，朝廷發生了我們現代人怎麼也想不通，但當時士大夫卻認為關係社稷存亡的稱呼問題，即趙曙應該如何稱呼他生身老爹（趙允讓）。大臣歐陽修、韓琦主張當然稱為父親，這是天經地義的。

可是另一派以司馬光為首的大臣，根據儒家學說，主張應該稱他生身老爹（趙允讓）為伯父。因儒家是宗法社會的產物，在宗法制度下，趙曙是「小宗」入繼「大宗」，就以大宗為主，對大宗「法定父親」（趙受益）的堂兄（趙允讓）當然稱為伯父。

兩派都擁有廣大的黨羽，而以司馬光的黨羽最多，熱情也最高。他的黨羽之一的監察部長賈黯臨死時特地留下遺書，請求趙曙一定要稱老爹為伯父；諮議部長蔡伉覲見趙曙時跪下來痛苦流涕，陳述國家興亡就在此一稱呼。

另三位黨羽監察部主任祕書呂誨和監察部委員范純仁、呂大防也顯得正氣凜然，請求把歐陽修、韓琦二人處斬以謝天下。當趙曙不接受他們的意見，堅持稱父親時，司馬光黨羽竟然群情激奮，威脅要集體辭職。

像司馬光這樣的國家大臣，應該以國家大事為第一要務，當

時宋帝國的大事很多，邊界兵連禍結，宋軍連吃敗仗，國家財政負擔日重，僅向外國繳納歲幣一項每年就達五十萬兩（遼帝國三十萬兩，西夏帝國二十萬兩）。廣大農民在沉重捐稅和士大夫地主強烈兼併下紛紛破產，國家稅源日益枯竭。這些士大夫應該關心的問題，司馬光等人卻不以為然，巴不得把這些棘手的事推得越遠越好。

「濮儀」本是一件雞毛蒜皮的小事，卻被當成一件天塌下來的關係到帝國存亡的大事，比當時被西夏帝國連連擊敗，死人千萬、喪師失地、被迫每年納貢還要重要，充分暴露了士大夫本末倒置，沒有辨別輕重是非能力的特質。

司馬光在當時的士大夫階層中素質還算最高的，他主編的四百萬字的巨著《資治通鑑》直到今天仍是最有價值的史籍之一，他的見識尚且如此，其他的士大夫就更不用說了。

類似的鬧劇在士大夫編年史上絕非偶然現象，四百年後的明王朝就發生了著名的「大禮儀」事件，它是宋王朝「濮儀事件」的翻版，但更熱鬧更荒唐，像一部妙趣橫生的喜劇一樣，讓人忍俊不禁。

明王朝第十一任帝朱厚照死後，沒有兒子，由他的堂弟朱厚熜繼任。因為朱厚熜是以親王的身分入承大統，於是發生震動朝野的「大禮儀事件」。濮儀事件中的現任皇帝趙曙是已死皇帝趙受益的侄兒，自幼就被趙受益抱到宮裏當作兒子撫養。大禮儀事件的現任皇帝朱厚熜只是已死皇帝朱厚熜照的堂弟，兩人從未見過面。依人倫常理判斷，濮儀事件所發生的問題根本不可能發生，但它還是不可抗拒地發生了。

儒家系統的士大夫翻開古老的儒書，揀出一條荒唐的邏輯：認為小宗入繼大宗，應以大宗為主，朱厚熜雖無法做朱厚照的兒

子，但必須做朱厚照的父親朱佑樘的兒子，這樣大宗才算不絕。依此推斷，朱厚熜應該改變稱謂，稱伯父朱佑樘為父親，稱伯母朱佑樘的妻子為母親，而改稱自己的父親為叔父，改稱自己的母親為叔母。

這一次跟濮儀事件不同的是，政府全體官員的見解完全一致，說明士大夫階層的整體素質在四百年中有很大的滑坡。只有一位新考取進士，在教育部實習的年輕人張璁有另外的看法。他向教育副部長張瓚說，朱厚熜是繼承堂兄的帝位，不是繼承伯父的帝位，是入繼帝統，不是入繼大宗。朱佑樘自有他的兒子，如果一定要大宗不絕的話，不應該為朱佑樘立後，而應該為朱厚照立後，所以朱厚熜不應改變稱呼。但他的建議立即招來以宰相楊廷和為首的全體官員的怒斥，並險些招致殺身之禍。

朱厚熜當時只有十五歲，位子還沒坐穩，只好向士大夫官員屈服。四年後，朱厚熜認為帝位已穩，就正式下令恢復舊稱，伯父仍稱伯父，父親仍稱父親。士大夫官員大為震撼，像是到了世界末日。這時宰相楊廷和已死，他的兒子楊慎繼承乃父的遺志，成為大禮儀事件的領袖人物，他大聲疾呼說：「國家養士一百五十年，仗義死節正在今日。」另一位大臣王元正也哀號說：「萬世瞻仰，在此一舉。」於是包括各部部長在內的全體高級官員數百人（都是士大夫出身），一齊集合在左順門外，匍匐跪下，大喊朱元璋和朱佑樘的帝王稱號，然後放聲大哭。（一個大男人能夠當眾大聲哭號，真難為他們。）他們宣稱所以如此，是痛心千古倫常和國家命脈都已瀕於毀滅前夕。雖然有宦官奉朱厚熜之命前來勸解，但他們誓言在朱厚熜不改稱父親為叔父、母親為叔母之前，就要一直哭下去。

朱厚熜下令逮捕哭聲最大的官員一百三十四人投入錦衣衛詔

獄。第二天再補行逮捕九十餘人，全部在早朝的大殿上當眾打屁股，其中十九位士大夫沒有福氣承受這種「養士」的待遇，竟橫死在杖下。楊慎、王元正幸而不死，於廷杖後貶竄蠻荒。

　　1540年，朱厚熜為了修煉成仙，像被皇宮吞沒了一樣，不再出席早朝，不跟群臣見面，國家行政因此陷於癱瘓。自1540年到1566年逝世，二十七年間總共只跟群臣見過四次面，平均每七年出席早朝一次。像這樣關係帝國命運的大事，士大夫更有理由跪在宮門外集體請願，可事實上一個也沒有。

3. 心胸狹隘，自視過高，互不買賬，好口舌之爭，好拉幫結黨，講派性不講原則

　　中唐時期，唐王朝中央政府出現了著名「朋黨之爭」。以李德裕為首的代表門第世家出身官員的「李黨」，和以牛僧孺為首的代表平民出身官員的「牛黨」，展開了不可調和的權力之爭。兩派互相攻訐，極盡傾軋陷害之能事，置國家民族利益於不顧，為了黨派內部的狹隘利益無視最基本的原則和是非標準。

　　黨派之爭的特點是：一切以是否屬於本黨本派為惟一尺度，屬於本黨本派的縱壞也好，不屬於本黨本派的縱好也罷；黨派內部的人犯了再大的錯誤也好商量，黨派外部的人就是再小的失誤也要上綱上線。至於善惡、是非、正邪、美醜等價值尺度，都要從屬於黨派，不能獨立作為評判某事某人的標準。

　　牛黨全是進士及第的知識份子，按理應該比靠祖宗福蔭不學無術的李黨有更高的政治理想和道德標準。如果不涉及到黨派他們確然有不少可取之處，如牛僧孺的節儉廉潔和自持自律在唐政府內部堪稱典範；可一涉及到黨派之爭就立即喪失理性，其偏狹短視比李黨有過之而無不及，為了打擊自己的政敵不擇手段，不惜踐踏國家利益，甚至不惜與比李黨還邪惡連牛黨也從心底蔑視

的宦官結盟。事實上在黨派之爭中，只要能有效地打擊敵對的政黨，士大夫就是連毒蛇也願意與之結盟，即使明知自己也會被反咬一口。

829年，李德裕在一代名相裴度的推薦下入朝就任宰相；牛黨巨頭李宗閔借助宦官的力量也被任命為宰相。兩黨巨頭短兵相接，李宗閔因有宦官的支持顯然占上風。只幾個月工夫，李德裕、裴度先後失去了宰相職位，牛僧孺回朝擔任宰相。李德裕被逐出長安，去兵連禍結的西川軍區擔任節度使。西川軍區是防禦吐蕃王國的前沿陣地，而吐蕃王國又是一個強大可怕的對手。這個在冰天雪地的高原上磨鍊出來的強悍民族，一直對唐王朝保持連續不斷的進攻態勢。在唐王朝強盛時期，唐政府的遠征軍在亞洲大陸上所向無敵，可對西南邊境的這個小王國則占不到半點便宜，無奈之下只好採取傳統的「和親」戰略，把美麗的公主嫁給吐蕃國王以換取邊界的短期寧靜。

安史之亂後，唐政府在軍閥、宦官和朋黨的折騰下國力大大衰弱，對吐蕃王國完全失去控制。吐蕃王國在西南邊境發動一連串不停止的攻擊，不斷宰割唐王朝的肢體，掠奪土地和人民，並在掠奪的土地上建立軍事重鎮，維州就是其中之一。唐政府不斷喪師失地，西南邊境全部殘破。把李德裕調往前線和吐蕃對壘，等於是把他放在死亡線上，牛黨的這步棋可謂煞費苦心。

李德裕擔任西川節度使期間，命運對唐王朝格外眷顧，吐蕃王國維州主將舉城歸降。這個失陷已久、百戰不克的軍事重鎮一旦物歸原主，唐政府文官武將無不彈冠相慶，認為這是唐王朝中興的象徵。李德裕興奮之餘，立即擬具乘勢收復失土的反攻計畫。李宗閔、牛僧孺作為唐政府的官員，對維州的歸降應該是高興的；但他們擔心這個對唐政府有益的勝利對李德裕也一樣有

益，李黨會因為這個勝利而增強實力。於是牛、李二人不顧國家興亡，指責李德裕擅開邊釁，說什麼「大唐跟吐蕃和解，惟『信』與『誠』而已，得到一個維州，算不了什麼；而失去信和誠，就不能立國。」

最後居然以中央政府的名義責令李德裕退出維州，交回降將。吐蕃王國就在邊境上把降將和他們的家屬以及隨從千餘人，全部用酷刑處死，用以鎮壓內部的叛變，和嘲弄唐朝官員的昏瞶糊塗。吐蕃王國的軍民因此眾志成城，不再做出投降唐政府的傻事。唐王朝的處境進一步被動。

宋王朝的知識份子喜歡拉幫結黨已是不爭的事實。舉世聞名的王安石變法就是在新舊兩黨的鬥爭中演進的。以王安石為首的支持變法的官員稱為「新黨」；以司馬光為首的反對變法的士大夫官員稱為「舊黨」。士大夫站在舊黨的立場上，不僅反對變法，而且對新黨的所有動議（包括與舊黨思想體系合拍的動議）都瘋狂地反對。

宋帝國有一個不成文法，皇家教師給皇帝上課時，一向是皇帝坐著聽，而教師站著講的。王安石建議：儒家學派一直提倡尊師重道，應該讓教師坐著講解才是。舊黨一向標榜為儒家思想的衛道士，這個建議應該很合他們的心意，但因為是新黨領袖王安石提出來的，他們就不分青紅皂白予以反擊駁斥。舊黨骨幹呂誨在彈劾的奏章上說：「王安石竟然妄想坐著講書，犧牲皇帝的尊嚴，以顯示教師的尊嚴，既不知道上下之禮，也不知道君臣之分。」並要求嚴懲王安石。

王安石變法失敗後，得勝的舊黨一下子失去了攻訐的對手，一黨一派一條心的日子士大夫是過不下去的，於是內部又分裂為「洛黨」「蜀黨」和「朔黨」三黨，彼此之間為了一些微不足道

的分歧互相謾罵，勢同水火，比當初同新黨的鬥爭還要激烈。

4. 思想保守，固執己見，從骨子深處仇視深層次的社會變革

前文已經說過，士大夫所受的教育只限於儒家學派的九本儒書，而儒家思想的核心又是尊祖崇古，強調祖宗的法度不可變。由這種思想武裝起來的士大夫也就自然而然地保守固執，表現在學術上是機械地照搬儒書上的教條；表現在政治上是反對任何古代沒有的東西，反對任何改革現狀的措施。

除了西元前4世紀的公孫鞅在渭河流域策動的那場令處於草昧狀態的秦王國一朝而霸、天下重歸一統的商鞅變法外，中國歷史上的變法都是失敗的，尤其是中世紀的王安石變法和近代戊戌維新的失敗，令後世的中國人扼腕歎息。

只要這兩個變法中的一個取得成功，今天的中國將是無與倫比的世界強國。在國外，阻礙變法的往往是最高統治者，封建的中國則不然，最高統治者皇帝往往是變法的支持者和領導者，如宋神宗趙頊和光緒皇帝就是這兩次變法運動的護法神。變法的失敗，既得利益階層是當仁不讓的罪魁禍首，除此之外，士大夫也站在變法的對立面，他們本能地反對任何祖宗法典裏沒有的新法。

王安石變法的失敗是以司馬光為領袖的「舊黨」士大夫最重要的「政績」之一。司馬光是一位正統的儒家，死死地抱住祖宗的法度不放手，他和皇帝趙頊之間有一段生動的對話，充分表露了他的保守思想。

趙頊曾問他：「西元前2世紀的西漢王朝，如果一直守著它第一任宰相蕭何制定的法律規章不加改變，你以為可以嗎？」

司馬光回答：「當然可以，豈止西漢王朝可以，即令西元前24世紀的那些帝王，和他們的夏、商、周王朝，所制定的法律規

章，一直用到今天的話，也都是最完善的。西漢王朝皇帝劉徹改變祖宗的法，盜匪遂遍中原。漢元帝改變父親的法，西漢王朝因之衰弱。所以祖宗所制定的法律規章，絕不要有任何改變。」

眾所皆知，蘇東坡和王安石都名列「唐宋八大家」，二人屬同時代人，前期關係一直不錯，後期反目為仇則起因於蘇東坡對新法的排斥和抵制。蘇東坡是一個品格光明磊落的人，作為士大夫中的一員，不可避免地沾染了思想保守的通病；但他的靈魂比其他士大夫要高貴一些，判斷力不受黨派的局限，能夠站在不偏不倚的立場上看問題。他後來發現了新法有不少可取之處，所以在司馬光當權後下令撤銷連舊黨也不得不承認是最好的改革「募役法」時，蘇東坡再三力爭不可，司馬光因此怒不可遏。因為士大夫的頑固抵制，中世紀這場最偉大的社會變革半途而廢，北宋王朝也隨之壽終正寢，站在勝利一方的士大夫這才發現他們勝利的果實是如此的苦澀——那種被異族奴役的滋味著實不是好味。

19世紀末期，除極少數士大夫隊伍中的精英人物外，幾乎所有的讀書人都對維新運動的發起人康有為之流恨入骨髓，極力攛掇那拉蘭兒把那場有望使清帝國脫穎而出的變法運動扼殺在血泊之中。大清國也自此陷入長達半個世紀的血腥混戰。士大夫在亂世是最可憐的群體，他們懷抱的儒書在刀光劍影的戰場一文不值，別說做上等人發號施令，連混口飯吃都極為困難，甚至成為武夫為顯示優越感而實施屠殺的最理想的對象。可這又能怪誰呢？

戊戌變法前三十年，日本政府也發動了震撼世界的變法運動，即著名的「明治維新」。這個落後的草昧小國變法成功，一躍而成為亞洲經濟的霸主。日本成功的原因是多方面的，但最主要的原因是日本沒有科舉制度和士大夫階層。日本政府航行的大

海是寬闊的，只要領導人決心改變航向，它就可以改變。

士大夫所受的全部教育是兩千年前的儒書，儒家學派強烈的保守和崇古本質，養成士大夫最突出的冥頑性格，八股文的機械訓練，更使士大夫腦袋瓜裏殘存的想像力蕩然無存。士大夫習慣於不用自己的思想，對社會現象從不去做冷靜的思考，因此對任何社會變革和他們所不知道的事物都狂熱地對抗，養成一種不切實際發高燒的毛病。

日本知識份子也有這種毛病，但病情要輕得多，大多數能冷靜思考自己國家的缺點，虛懷若谷地接受能促使個人和國家富強進步的文化。所以日本變法能夠成功，日本能夠強大起來。

也許有人要說，士大夫並非反對變法的階級，像兩次偉大變法運動的發起人王安石和康有為都屬於士大夫階層。這種說法未免有失偏頗，王安石、康有為雖然是士大夫出身，也屬於儒家學派，但他們超越了他們的階級，解除了儒家加給他們的束縛，事實上他們已不屬於傳統意義上的士大夫，而是士大夫隊伍中的叛逆人物。

5. 一盤散沙，沒有團結禦侮的意識，好喧譁取鬧，成則獨擅其功，敗則彼此推諉

人人都知道秀才造反，成不了大事。主要原因有三：(1)是秀才貪生怕死，不敢冒大的風險，尤其是拿生命做代價的風險。每逢反政府的起義舉事，秀才總是把個人的退路先找好，然後跟在大眾後面起鬨，沒有勇氣站在隊伍前列抵擋刀槍劍戟，如此畏首畏尾的人難得有什麼號召力。(2)是秀才心胸狹隘，不能容物，不能團結有共同志向的同盟軍。沒有群體的力量做後盾，一個人再聰明再有能力也孤掌難鳴，顧此失彼。(3)是秀才好喧譁取鬧，喊得多動得少，大敵當前時總是用大言不慚的口號鼓動別人向前

衝，自己則縮頭縮腦地站在隊伍後面最安全的地方。如果己方得勝則擠到前面自我表功，聲稱自己運籌帷幄，決勝千里；一旦露出敗像就率先腳底抹油——走人，事後再把過錯推給別人，詭稱失敗的原因是某某人不按他的「計謀」行事。這裏說的秀才就是指士大夫。

中國古典名著《水滸傳》裏的白衣秀士王倫就是秀才造反的一個典範代表。他被貪官逼得走投無路時，只好上梁山打家劫舍。但他沒有容納英雄豪傑的胸懷，對上梁山投奔他的人，如果被認為能力高於他就一概拒絕接納。因此他的實力一直得不到壯大，只能東晃一槍西射一箭地小打小鬧，對官軍構不成實質性的威脅，隨時都有被官軍和其他「山大王」吞沒的危險。末了一位能力高於他的部下林沖，在忍無可忍之餘一刀把他砍死，梁山才開始興旺起來。

元朝期間，依職業性質，把帝國人民劃分為十個等級。一向在中國傳統社會最受尊敬的儒家知識份子士大夫被列為第九等，比儒家所鄙視的娼妓都不如，僅只稍稍勝過乞丐。在蒙古人眼中，士大夫是徹頭徹尾的寄生蟲，對國家社會沒有任何價值。因為在蒙古故土的沙漠地區，每一個人，包括婦女兒童，都要從事生產勞動，在他們知識領域內，實在想不通世界上還有專門讀書和專門做官的這種行業。基於這個成見，元政府取消了科舉制度，也不准蒙古人讀漢書，尤其不准讀儒書。

科舉制度和儒書是士大夫的命根子，沒有這兩樣東西，他們就失去了活命發迹的本錢，不但不能升官發財，連勉強活下去都很困難。無論是從民族尊嚴還是個人出路，士大夫都應率先揭竿而起反抗蒙古統治者；但基於上述的原因，他們沒有「犯上作亂」，而是卑躬屈膝地做蒙古人馴服的奴隸，連妻子女兒被蒙古

人糟蹋也忍氣吞聲，實在忍受不了時就在背地裏小聲發上兩句連自己都聽不清的牢騷。元朝末期，漢民族向蒙古人發動了復仇式的攻擊，變民領袖都是平民，不是鹽販布商就是教書算命先生，沒有一個是士大夫，說明士大夫愛國的言論多於愛國的行動，即令有行動，也沒有影響力。

士大夫不團結的劣根性在今天的知識份子身上仍有很深的烙印。在知識份子集中的地方，人際關係都相當緊張。在一個沒有胸懷，沒有包容性，沒有全局觀念，互不買賬，好口舌之爭，這個自認為最聰明最清醒的群體裏，人與人之間很難友好相處。

6. 皓首窮經，變節求官，官性大於人性，「官本位」價值觀深入骨髓

清王朝的天才作家吳敬梓寫了一部批判現實主義的力作《儒林外史》，對士大夫階級做了一幅全方位的畫像。吳敬梓筆下的士大夫是形形色色、千奇百怪的，但有一點是共同的，那就是為了科舉考試死啃儒書，一頭埋在故紙堆裏不問世事，除了四書五經和八股文外，他們什麼也不幹，養家糊口好像與他們無干，不惜讓柔弱的妻子去操勞只有男人才能勝任的體力活。

由於一門心思應付科舉的緣故，他們的人格或多或少有點變態，對親屬的感情極為淡漠。一朝科考得中，長期被壓抑的人性如山洪潰堤，以至醜態百出，做出許多荒唐可笑的鬧劇。如窮秀才范進直到五十多歲才中了舉人，接到喜報時竟歡喜得發了瘋，披頭散髮跑到大街上大喊「中了！」「中了！」像范進這樣的儒生在當時的社會絕不僅止他一人。《儒林外史》雖是一部小說，虛構的情節在所難免，但卻是整個士大夫階層的真實寫照。

士大夫傾畢生精力應付科舉考試，終極目的是為了當官，官帽才是他們全部神經的敏感區域。為了當官升官，他們可以把儒

家學派的全部道德信條拋到一邊，幹出諸般低三下四卑躬屈膝賣友求榮的勾當。什麼「溫、良、恭、謙、讓」，什麼「禮、義、廉、恥、信」，所有的價值標準都圍繞著官帽打轉。

前些日子看到一篇小說，寫一位知識份子出身的公務員為了升官，竟別出心裁地去挖自家的祖墳，得到兩件明清時期的仿古花瓶，然後連夜抱著這兩個花瓶去行賄愛好古董收藏的上司，說明今天的知識份子血液中仍遺留著傳統士大夫的餘毒，對國家民族的振興有著極大的負面影響。

「官本位」價值觀是中華文明最醜陋的部分。官本位價值觀的形成是士大夫有意培植的結果，因為他們的全部工作就是讀書做官，讀書只是手段，做官才是目的。正因為士大夫是專門做官的階級，他們就把官職的高低作為衡量一切社會價值的尺度。官大的才高德高，官小的才小德少，無官的則無才無德。商人掙的錢再多，如果不能買頂官帽子，你的身分仍是一個平民，一個輸得精光的小官僚也可在你面前頤指氣使。

你在科學上做出了重大的發明，哪怕國家的富強全仰仗你的發明，但如果政府不給你一頂像樣的官帽子，人們照樣不把你當回事。結果魚肉百姓禍國殃民的小人眾星捧月；為民請命憂國憂民的君子折戟沉沙。在士大夫還沒有成氣候的春秋時期，屈原愛國遭貶，悲憤之餘抱石沉江，當地百姓還爭先恐後划著龍舟去救他；這樣的場面在宋王朝以後不可能再出現了，除了至愛親朋外，誰會去救一個丟官自殺的人呢！

中國的「官本位」價值觀還表現在對人的稱呼上。在西方，人們對總統照樣直呼其名，大不了在姓氏後面冠以標明性別的「先生」「女士」二字。在中國就不同了，一個人無論當了多麼小的官，你都得用職位來稱呼他，直呼其名則是最大的不禮貌。

三

士大夫在西元前1世紀的西漢王朝開始出現在政壇，那時朝廷為了增加政府的新血液，仿傚戰國時代「招賢」辦法，命高級官員和地方政府推薦「賢良方正」「直言極諫」人士。政府中非貴族血統的官員群，遂逐漸形成一個新興的士大夫階層。到了東漢時期，朝廷再仿傚西漢王朝，命高級官員和地方政府推薦「茂才」「孝廉」人士，於是政府中非貴族血統的官員，即士大夫人數更形增加，並終於凝聚成為一股力量。但士大夫最終成為控制政府的勢力，則在唐王朝科舉制度確立之後。

唐王朝以前，士大夫步入政壇全靠貴族的恩賜，如果貴族不推薦，他們就是再有學問和德行也是枉然。因此士大夫對貴族多少有點感恩戴德，施政時不可能不看恩主（貴族）的臉色行事，不可能形成獨立於貴族之外的政治勢力，不可能不受貴族的影響左右朝政，更不可能控制政府。

科舉制度確立之後，士大夫通過公平競爭性考試謀得官職，自認為他們的官職是靠自己的學問掙來的，不是貴族恩賜的，因此也不用對貴族報知遇之恩；相反還認為貴族的顯赫地位是靠祖宗福蔭或裙帶關係，是不學無術的庸才，不像自己一樣有真才實學，於是對貴族很有點從心底瞧不起。這樣，他們在政府不但不用看貴族的臉色，還故意和貴族抗衡，中唐時期的「朋黨之爭」就是一個典型的例子。

宋王朝雖然積弱不振，但卻是士大夫的樂園。宋王朝社會異於唐王朝社會的是，門第世家消滅。唐王朝末期和五代十國時代，那些跟盜匪沒有區別的所謂政府軍隊和將領，往往屠殺門第世家，以奪取他們的財產，尊貴的門第已失去有效的保護。同

時，長期勞力缺乏，土地不能生產足夠的糧食以供養大批寄生份子，尊貴的世家也不得不被迫星散。宋王朝對封爵貴族也同樣嚴格防範，親王、駙馬都沒有實權，所以國家統治階層全由士大夫充當。

士大夫不但掌握了全部政權，而且掌握了全部的軍權，因為趙姓皇帝為了防止「陳橋式兵變」，剝奪了武將的軍權，改由文官統率軍隊。宋王朝還有一個不成文的規定，非進士出身不能擔任宰相部長級高級官員，你的出身再高貴，哪怕是皇親國戚也要受士大夫的領導。於是士大夫對政府有絕對的控制權，在社會上擁有至高無上的地位。

士大夫在宋王朝如魚得水的另一個重要原因是：宋王朝是中國古代歷史上惟一有言論自由的王朝（這種自由僅限於官僚），士大夫對他的言論所負的責任很輕。朝廷允許任何高級官員隨時向皇帝提出意見，或隨時對宰相以下提出批評，這對於以寫文章為主要學問的士大夫確然是一個好制度，使他們舞文弄墨的英雄伎倆有了用武之地。

士大夫本應利用這種寬鬆環境來推進國家民主政治和人權法案，但他們所受的儒家教育窒息了他們的靈性。他們不但沒有利用這個有利制度來促使國家政治現代化，相反隨時隨地對任何進步改革和陌生的事物發表反對的言論，目的不在於把自己的意見付諸實施，只是希望他的文章能在皇帝心目中留下良好的印象。

元帝國是士大夫的墳墓，蒙古政府取消了科舉制度，士大夫失去了做官的機會，在帝國找不到自己的位置，從最尊貴的階層一下子跌入到社會的最底層，連他們一向瞧不起的販夫走卒都可在他們面前表現優越感。因為這些人的社會地位比他們高。

在蒙古政府為帝國人民劃分的社會等級中，士大夫屈居第九

位，連娼妓也比他們高一個等級。在蒙古人心目中，娼妓能夠創造財富，是自食其力的勞動階級；而士大夫則是全靠他人養活的徹頭徹尾的寄生蟲，這對於在荒涼苦寒的沙漠地帶成長起來的以勞動為美德的強悍民族來說是不能容忍的。尤其讓蒙古人瞧不起的是：這個自以為高貴尊嚴的群體在淫威暴力的壓制下居然能夠出奇的忍辱負重，誰也沒有拿起武器造反，向執政府討回尊嚴，這樣的群體真是一個理想的奴役對象。

明清時期的士大夫有地位但沒有尊嚴，而失去尊嚴的人地位再高也是枉然。但士大夫並不在乎這些，只要能給他官做，人性的尊嚴可以暫時擱置一邊。明王朝的士大夫為了升官封爵，竟然挖空心思給皇帝配春藥和爭先恐後向宦官諂媚。在清帝國各級政府，士大夫見了滿人官員都要下跪。士大夫不但沒有尊嚴，還沒有任何自由，言論和行動自由都沒有。朱元璋得天下後，士大夫連不當官的權利也被取消，一直受社會尊敬的「隱士」與大奸大惡的罪犯一樣被處以極刑。如果你想辭官不幹（士大夫很少幹這事），李仕魯則是典範。他在金鑾殿上表示堅決辭職，朱元璋認為這是看不起他這個皇帝，看不起皇帝的人就只有死路一條，於是他很悲慘地死去。

本文的標題是《士大夫的悲哀》，但主題則是「知識份子的悲哀」。文章最初就是定的這個標題，但因害怕招來整個知識份子階層的普遍敵視，才改為現在的標題。

讀者可以看到，我在文中一直努力迴避「知識份子」這個名詞，但仍不可避免地經常提到它。好在士大夫和知識份子是一個近義詞，讀者應該體會得到。

在論述知識份子的悲哀時，並不是從整體上否認知識份子群體，只是論述知識份子的劣根性，不能因此斷定知識份子身上就

沒有可取的優勢。事實上知識份子的優勢是顯而易見的：如有學問、自制力強、有較高的道德情操、有責任感和使命感、頭腦較清醒，不容易被愚弄等等。

這些不是本文論述的範圍，本文的初衷是忠實地暴露知識份子自身的弱點，使知識份子能夠勇敢地面對它並進而戰勝它，使自己的能力和德行有更高的超越，真正成為社會最優秀的階層。知識份子只有從改正自己的不足著手，才能使歷史的悲劇不再重演。

儘管我在文中專門說知識份子的「不是」，但在情感上是偏愛知識份子的，因為本人也是一個知識份子，上述的弱點劣性或多或少也沾染一些。寫此文的用心是想使我們國家的知識份子更優秀，並因此更受全社會的尊重。

有一點需要特別強調一下：文中的士大夫和知識份子並不包括知識青年（太學生或大學生）。知識青年無疑是中國封建社會最有良知也最為進步的階層。在國難當頭的時刻，知識青年不止一次率先站起來掀起偉大的救亡運動，用自己的胸膛去迎擊侵略者和反動政府舉起的血淋淋的刀劍，為有著悠久歷史的中華民族譜寫出悲壯雄渾的最強音符。但同樣值得一提的是：知識青年一旦走向社會成為知識份子，就很難抗拒被士大夫的「同化」，他們高貴的靈魂不久就會沾上污點。

在本文將要結束之際，把今天知識份子的弱點概括如下，便於讀者與士大夫的劣根性進行比較，並因此發現士大夫文化對中華文明的深遠影響。

1. 自視過高，互不買賬，好口舌之爭，為一些雞毛蒜皮的小事也要爭個是非曲直。

2. 過分以自我為中心，不願正視他人的優勢和長處；辦事分不清主次，總喜歡在細枝末節的問題上自我表現。

3. 沒有全局觀念，不善於在協同事業中做出必要的讓步；在寬鬆的環境中過分吹毛求疵，在淫威和暴力的壓制下又能出奇地忍辱負重。

4. 對自己的不幸記憶深刻，對人類普遍的痛苦，則引不起深刻的同情。

5. 好抱怨不好行動，台下勇士臺上懦夫。

6. 對個人的安危進退過於在乎，缺乏為共同事業所必需的犧牲精神，結果付出的代價更大。

7. 思想固執，小事精明大事糊塗；對他人求全責備，對自己遍設臺階，很少在口頭上肯定他人的能力。

8. 行為懶散，作風疲遝，缺乏進取精神；自以為掌握知識就可坐享其成，絲毫意識不到知識與貢獻是決然不同的兩個概念，報酬只能以貢獻來衡量。

〈全書終〉

附　錄

楊玉環被立為皇后的玄機

　　楊貴妃，名玉環，號太真，她出生在一個官宦之家，自小學習音律，能歌善舞，並且姿色超群，唐玄宗的女兒咸宜公主在洛陽舉行婚禮時，楊玉環也應邀參加，壽王李瑁對她一見鍾情，在武惠妃的要求下，唐玄宗在當年冊立楊玉環為壽王妃。

　　五年後，唐玄宗見到了自己的兒媳，竟然也對她一見鍾情，為了得到她，唐玄宗先是打著為竇太后荐福的旗號，下詔令楊玉環在太真宮出家做道士（壽王只好另外去選個王妃）。公元754年楊玉環守戒期滿，唐玄宗便下詔讓其還俗，並接入宮中，正式冊封為貴妃。從此以後，楊玉環「集三千寵愛於一身」，唐玄宗為了她甚至能夠「春宵苦短日高起，從此君王不早朝」。

　　唐玄宗將元配王氏皇后廢為庶人之後，皇后之位一直空著，而在這期間，楊玉環做了長達十五年的貴妃，唐玄宗如果要想冊封楊玉環為皇后，可以有足夠的運作時間，但是，唐玄宗為什麼沒有將自己最愛的人冊封為皇后呢？

　　有的史學家認為，唐玄宗是透過不正當的手段把楊玉環從兒子手中搶過來的，雖然唐朝比較開放，這種婚姻關係也很自由隨意，但是作為封建社會的最高統治者，搶奪兒子的老婆畢竟是一件不光彩的事情，而被兒子搞完又讓老子來搞的女人，顯然也不具備「母儀天下」的資格，而且聽說楊玉環是一個具有浪漫氣質的女人，她並沒有多少權力欲望，因此有沒有皇后的名號，對她

來說並沒有太大的影響。

　　儘管唐玄宗後來把韋昭訓的女兒許配給壽王，並立為妃，想以此來安撫壽王受傷的心靈，但這顯然難以彌補壽王心中的感情創傷，如果封楊玉環為皇后，勢必會將壽王心中壓抑的怒氣激發出來，而他最好的發洩途徑恐怕就是發動宮廷政變了，這對唐玄宗來說可謂是得不償失。

　　另外，楊玉環得寵後，她的族人也都得到朝廷的重用，已經成為一股龐大的政治力量，如果再封她為皇后，必將引起大臣的反對和權力的傾斜，這不利於維持大唐政權的穩定。

　　此外，一個最重要的原因就是楊玉環長期沒有生育，而此時的太子已經冊立多年，如果強行將楊玉環封為皇后，必然會引起太子的不滿，再加上壽王一直對老婆被搶的事情耿耿於懷，很可能會導致政變的發生，唐玄宗自然不敢去冒這個險。

　　然而，楊玉環雖無皇后之名，卻有皇后之實，她享受的待遇、禮儀早已是皇后的標準，能夠得到了天子的萬千寵愛，她又怎麼會在乎皇后這個虛名呢？

楊貴妃是否曾逃往日本？

　　「蜀江水碧蜀山青，聖主朝朝暮暮情。行宮見月傷心色，夜雨聞鈴腸斷聲。天旋地轉回龍馭，到此躊躇不能去。馬嵬坡下泥土中，不見玉顏空死處。」

　　唐朝詩人白居易的這首《長恨歌》形象地敍述了唐玄宗與楊貴妃的愛情悲劇。詩人借歷史人物和傳說，講了一個優美動人的故事，並通過塑造的藝術形象，再現了現實生活的真實，感染了千百年來的讀者。但是此詩在給人以唯美藝術享受的同時，也讓

很多人想入非非，甚至有人就因這首類似神話故事的名詩推斷，楊貴妃沒有死在馬嵬坡。

日本知名女星山口百惠在2002年接受訪問時，曾宣稱自己是楊貴妃的後代。於是有人開始出來說日本人不僅有楊貴妃的墳墓和塑像，而且現今還有個稱為「楊貴妃之鄉」的久津村。很多人開始相信一個久遠的傳說：當年楊貴妃在馬嵬坡兵變的形勢逼迫下，一名侍女代替她去死了，楊貴妃在遣唐使的幫助下，乘船離開了大唐，輾轉到了今日的日本山口縣久津村。

美人之死讓很多人都覺得惋惜，更何況是楊貴妃。但是，她並沒有因人們的美好幻想而逃過一劫，更沒有逃到日本，她的確已經死了。

據史料記載，公元755年11月，節度使安祿山詐稱「有密旨，令祿山將兵入朝討楊國忠」，兵起范陽。同年12月攻陷東都洛陽。

當時，深受唐玄宗寵愛的楊貴妃兄妹犯了一個大錯誤──得罪了太子。據《舊唐書・后妃傳》記載：「河北盜起（即『安史之亂』），玄宗以皇太子為天下兵馬元帥，監撫軍國事。國忠大驚，諸楊聚哭，貴妃銜土陳情，帝遂不行內禪。」

這樣一來，皇太子李亨自然恨透了楊貴妃兄妹，也為後來的貴妃之死埋下了伏筆。

公元756年5月，玄宗皇帝舉眾西逃，倉惶中的楊貴妃、楊國忠等人絲毫沒有注意到，太子李亨已經將護駕的禁軍大將陳玄禮及其所統率的護駕禁軍收買。

據史料記載，逃離長安後的次日，玄宗一行來到了距長安百里之遙的馬嵬驛（今陝西興西）。當時李隆基、楊貴妃二人正在驛內休息，驛外的隨行吐蕃使者卻因為沒有東西吃而與楊國忠爭

吵起來，這時，李亨和陳玄禮不失時機地跳了出來，向禁軍官兵宣布：「楊國忠打算謀反。」

一些沒有完全被陳玄禮收買的士兵起先半信半疑，但是李亨與陳玄禮指著不遠處與吐蕃使者說話的楊國忠，煞有介事地說：「你們還不信？那你們看——那個逆賊正與胡虜商量要劫皇上，把你們這些人全部殺死呢！」這句話太具煽動性了，所有的人一下子都認定楊國忠是叛賊，於是，亂箭齊發，將楊國忠射死了。

噩運很快就降臨到了楊玉環的頭上，《舊唐書·后妃傳》中云：「（玄宗一行）至馬嵬，禁軍大將陳玄禮密啟太子誅國忠父子，繼而四軍不散，玄宗遣力士宣問，對曰：『賊本尚在！』蓋指貴妃也。力士覆奏，帝不獲已，與妃詔，遂縊死於佛寶，時年三十八，就埋在驛西道側。

對於楊貴妃之死這段歷史，司馬光的《資治通鑑》記載得更詳細：上（玄宗）杖屨出驛門，慰勞軍士，令收隊，軍士不應。上使高力士問之，玄禮對曰：「國忠謀反，貴妃不宜供奉，願陛下割恩正法。」上曰：「朕當自處之。」入門，倚杖傾首而立。久之，京兆司隸書諤前言曰：「今眾怒難犯，安危在晷刻，願陛下速決！」因叩頭流血。上曰：「貴妃常居深宮，安知國忠謀反？」高力士曰：「貴妃誠無罪，然將士已殺國忠，而貴妃在陛下左右，豈敢自安！願陛下審思之，將士安則陛下安矣。」上乃命力士引貴妃於佛堂，縊殺之。與屍置驛庭，召玄禮等人視之。

殺死楊貴妃後，為使亂軍心安，玄宗還命亂軍頭子陳玄禮人進行驗屍。中國有句古話叫斬草除根，陳玄禮肯定是最關心楊貴妃死活的人，他絕對不可能隨便就讓一個假冒的宮女糊弄過去，讓楊貴妃日後有找他報仇的機會。因此，在關係身家性命這點上他是絕對不會允許有萬一出現的。更何況，兵荒馬亂之中如何能

馬上找到一個跟楊貴妃如此相像的宮女？

根據《舊唐書・后妃傳》記載：「上皇自蜀還，令中使祭奠，詔令改葬。禮部侍郎李揆曰：『龍武將士誅國忠，以其負國兆亂。今改葬故妃，恐將士疑驚，葬禮未可行！』乃止。上皇密令中使改葬於他所。初埋時以紫褥裹之，肌膚已壞，而香囊猶在。」

從這段記載可以看出：楊貴妃確實死於馬嵬驛，不然李隆基就不會令中使（宦官）前去祭奠並詔令改葬。並且掘墓後發現了紫褥、香囊，這與《新唐書》中的「裹屍以紫茵」的記載相吻合。最重要的是，掘墓後，楊貴妃並非「空死處」，而只是「玉顏不見」——肌膚已壞而已。這就足以駁斥「不見屍體」的謠傳，由此推之白居易的「玉顏不見」應理解為「屍體已腐」，而不是「不見屍體」。

吳三桂衝冠一怒，是否真為紅顏？

「慟哭六軍俱縞素，衝冠一怒為紅顏」，自從這句經典詩句流傳之後，吳三桂降清的原因就被總結為「衝冠一怒為紅顏」，甚至許多歷史學家也採納了這一說法，陳圓圓似乎成了促使吳三桂降清的關鍵因素，因此她也被人辱罵了幾百年，那麼，歷史的真相真的是這樣嗎？

公元1644年春，李自成率領的農民起義軍攻占北京，崇禎帝在煤山（景山）自盡，推翻了腐朽的明王朝後，闖王接下來亟待解決的問題就是，如何迅速招降吳三桂統領的官軍。

當時身為遼東總兵的吳三桂手握重兵，駐守山海關，在其背後是南下的清兵，而南面則是勢頭正旺的大順軍隊，吳三桂的選

擇將對這場戰爭起著決定性的影響。據《明史》記載：「初，三桂奉詔入援，至山海關，京師陷，猶豫不進。自成劫其父襄，作書詔之……」由此可見，李自成確實想要招降吳三桂，那麼，吳三桂的反應又是怎樣的呢？

對於李自成的招降，吳三桂在經過反覆考慮後，決定先試探一下部將們的想法。於是，在一個例行公事的碰頭會上，他問手下將領，「然非借將士力不能以破敵，今將若之何？」眾部將猜不透他的心思，因此均沉默不語。看到大家都不說話，吳三桂終於亮出底牌，說：「今闖王使至，其斬之乎，抑迎之乎？」在吳三桂這種帶有暗示和壓力的逼問下，眾部將終於明確表示「今日死生惟將軍命」，聽了手下的回答，吳三桂最終決定「報使於自成，卷甲入朝」。

當吳三桂帶領將士行至半路時，卻又突然轉而投靠清兵，那麼原因何在呢？有的史學家認為，在半途中，吳三桂得知自己寵愛的陳圓圓被闖王部將劉宗敏掠為己有，於是憤恨至極，轉而乞降清兵，吁請清軍「滅流寇於宮廷，示大義於中國」。

但是，在《明季北略》這本書中，卻有著這樣的記載：「自成入京，劉宗敏繫吳襄，索沅（沅，指陳圓圓）不得，拷掠酷甚。三桂聞之，益募兵七千。三月二十七日，將自成守邊兵二萬盡行砍殺，止餘三十二人，賊將負重傷逃歸，三桂遂居山海關。」這也就是說，劉宗敏因為沒有得到陳圓圓，而對吳三桂的父親吳襄嚴刑拷打，最終導致吳三桂與李自成反目成仇。

而且，作為一個大地主官僚，吳三桂必然會維護自己的階級利益，保證自己的榮華富貴，即使他帶兵歸降李自成，也不過是一種政治投機而已。況且闖王攻占北京後，將明朝的降臣全部投入監獄，並追繳他們貪污所得的贓款，而滿清則對吳三桂許以高

官厚祿，這也就必然導致吳三桂做出降清的選擇。

在吳三桂降清這件事中，陳圓圓無疑是最無辜的，根深蒂固的男權主義，總是讓一些弱女子來背負著冤假錯案，成為替罪羔羊，以便為男人的錯誤開脫，這就是所謂的紅顏誤國。

名妓陳圓圓的結局之謎

山海關戰役後，吳三桂從李自成手中奪回陳圓圓。隨後他被清政府封為平西王，陳圓圓也跟著他去了雲南。那麼，之後的陳圓圓又經歷了哪些事情？她的結局如何呢？

史學界流傳的一種說法是，陳圓圓年老色衰，好色的吳三桂對她產生厭倦，轉而疼愛「四面觀音」「八面觀音」（吳三桂寵妾的綽號）。看破紅塵的陳圓圓立意吃齋念佛，不與他人爭寵。雖然她還住在吳三桂的寢宮，但獨處一室，常年吃素，與外事隔絕，與「出家」無本質區別。

還有一種說法，當清兵攻破昆明城時，吳三桂之孫吳世潘服毒自殺，而吳世潘妻子與陳圓圓均自縊而亡，或陳圓圓絕食而死。清代文人孫旭在《平吳錄》中曾經記載：「（吳三桂叛亂失敗時）桂妻張氏前死，陳沅（圓）及偽后郭氏俱自縊。一云陳沅不食而死。」《平滇始末》也說：「陳娘娘、印太太及偽后俱自縊。」又有人說，陳圓圓在吳三桂兵敗後，沒有自殺或者絕食而亡，而是在昆明歸化寺出家做了尼姑，法名「寂靜」。

直到1983年，貴州岑鞏縣的考古工作者提出「陳圓圓魂歸岑鞏」的說法，被多數學者所接受，至此，有關「陳圓圓結局」的爭論才告一段落。據考古學家稱，在岑鞏縣水尾鎮馬家寨獅子山上有一個土堆，便是陳圓圓的墓。墓碑上刻有「故先妣吳門聶氏

之墓位席，孝男：吳啟華。媳：涂氏。孝孫男：仕龍、仕杰。曾孫：大經、大純……皇清雍正六年歲次戊申仲冬月吉日立。」

原來，馬家寨的人全部姓吳，是吳三桂的後代。當年，吳三桂將敗，其愛將馬寶將陳圓圓與吳三桂的兒子吳啟華偷偷送至四州（今岑鞏）。後來，吳啟華為紀念馬寶的救命之恩，也為躲避清朝政府的追殺，就改姓馬、其居住的寨子就叫馬家寨。陳圓圓死後，家人不敢明目張膽地寫上她的名字，便採用暗語。「先妣」指已經去世的母親；「吳門」既指代吳家，也表明這裡所藏之人是蘇州人，古時候蘇州亦稱吳門；「聶」可看作「雙耳」陳圓圓本名姓邢，後跟養母姓陳，邢和陳都帶有「耳」字旁，且「雙」字含有美好、團圓之意，因此「聶」暗指陳圓圓；「位席」有正妃之意，表示其地位崇高。於是墓碑上「故先妣吳門聶氏之墓位席」可以理解成「母親蘇州人氏陳圓圓王妃之墓」。但後來有人根據史書記載：「馬寶在楚雄繼續對抗，最後兵敗被俘，被押送省城，終被凌遲致死」，認為馬寶沒有去過四州。

一代美女陳圓圓突竟是看破紅塵出家為尼，還是為吳三桂殉情，抑或吳三桂兵敗後她隱姓埋名生活數年，至今，史學界沒有統一定論。

國家圖書館出版品預行編目資料

〔新版〕歷史在暗夜哭泣，熊飛駿主編，
初版，新北市，新視野 New Vision，2020.04
　　面；　公分 --
　　ISBN 978-986-98435-8-4（平裝）

856.9　　　　　　　　　　　　　　109001452

〔新版〕歷史在暗夜哭泣

熊飛駿　主編

出　　版　新視野 New Vision
製　　作　新潮社文化事業有限公司
　　　　　電話 02-8666-5711
　　　　　傳真 02-8666-5833
　　　　　E-mail：service@xcsbook.com.tw

印前作業　東豪印刷事業有限公司
印刷作業　福霖印刷有限公司

總 經 銷　聯合發行股份有限公司
　　　　　新北市新店區寶橋路 235 巷 6 弄 6 號 2F
　　　　　電話 02-2917-8022
　　　　　傳真 02-2915-6275

初版一刷　2020 年 04 月